LE TAUREAU DE PHALARIS

DU MÊME AUTEUR

Aux Éditions de la Table Ronde

LE DÉFI, essais, 1965 (nouvelle édition revue et augmentée, 1977).
L'ARCHIMANDRITE, roman, 1966 (nouvelle édition, 1981).
LA CARACOLE, pamphlet, 1969.
COMME LE FEU MÊLÉ D'AROMATES, récit, 1969.
LE CARNET ARABE, journal de voyage, 1971 (nouvelle édition, 1982).
NOUS N'IRONS PLUS AU LUXEMBOURG, roman, 1972 (nouvelle édition dans le Livre de Poche, 1987).
ISAÏE RÉJOUIS-TOI, roman, 1974 (nouvelle édition, 1985).
DOUZE POÈMES POUR FRANCESCA, poèmes, 1978 (nouvelle édition revue et augmentée, 1984).
IVRE DU VIN PERDU, roman, 1981 (nouvelle édition dans la collection Folio, 1983).
LA DIÉTÉTIQUE DE LORD BYRON, essai, 1984.
LE SABRE DE DIDI, pamphlet, 1986 (nouvelle édition, revue et augmentée de LA CARACOLE).

Les Carnets noirs :

1) CETTE CAMISOLE DE FLAMMES, journal intime 1953-1962.
2) L'ARCHANGE AUX PIEDS FOURCHUS, journal intime 1963-1964.
3) VÉNUS ET JUNON, journal intime 1965-1969.
4) UN GALOP D'ENFER, journal intime 1977-1978.
Ces quatre volumes des *Carnets noirs* ont paru en 1976, 1983, 1979 et 1985.

Aux Éditions Julliard

LES MOINS DE SEIZE ANS, essai, 1974 (nouvelle édition, 1976).

Aux Éditions Stock

LES PASSIONS SCHISMATIQUES, essai, 1977.

GABRIEL MATZNEFF

LE TAUREAU DE PHALARIS

Dictionnaire philosophique

LA TABLE RONDE
40, rue du Bac, Paris 7e

IL A ÉTÉ TIRÉ DE CET OUVRAGE 20 EXEMPLAIRES SUR VÉLIN CHIFFON DE LANA, NUMÉROTÉS DE 1 À 20 ET QUELQUES EXEMPLAIRES HORS COMMERCE.

PRÉFACE

Depuis mon adolescence, je demande à la philosophie d'être pour moi une école de bonheur, un eudémonisme. Je n'ai jamais eu le goût de la connaissance spéculative, et je ne lis les maîtres qu'afin d'y trouver des leçons que je puisse appliquer dans ma vie de tous les jours. J'attends de la philosophie qu'elle soit semblable au népenthès, cette substance qu'Hélène (la belle Hélène de Homère et d'Offenbach) rapporta d'Asie et qui, mêlée au vin, chasse la tristesse. Si elle est inapte à me délivrer de mes angoisses, à me cuirasser contre les chagrins, la sagesse n'est qu'une imposture ou, du moins, une jonglerie de concepts sans contact avec le réel, et cela ne m'intéresse pas. Je ne suis pas un philosophe universitaire, je suis un amateur, un dilettante, et seule est capable de me charmer une sagesse telle que la définit Sénèque, dans la XXe de ses *Lettres à Lucilius :* « La philosophie enseigne à agir, non à parler », *facere docet philosophia, non dicere.*

Ce souci du verbe incarné explique la prédilection que j'ai pour les moralistes romains, stoïciens d'abord (Sénèque, Marc Aurèle), mais aussi épicuriens (Horace, Lucrèce), qui, les uns et les autres, ont toujours les pieds sur la terre, contrairement aux Grecs, Platon et Aristote en particulier, qui se perdent volontiers dans les nuages, dans la Cité des Coucous que raille Aristophane. Je ne me berce pas pour autant de chimères sur leur efficace. Je pratique avec assiduité ces grands ancêtres, je leur témoigne estime et amitié, mais je ne surfais pas leur emprise sur mon âme, ni le soutien qu'ils sont aptes à m'apporter dans les douleurs de la vie. Je n'accorde pas un tel crédit à la raison pratique. La tentative des stoïciens pour employer la raison, ce privilège de l'homme, à la délivrance des maux est admirable, mais non probante. Épicure affirmant que, même placé dans le taureau de cuivre incandescent où Phalaris, tyran d'Agrigente, suppliciait ses victimes, le sage dira : « Que ceci est agréable! que j'en suis peu ému! », *Quam suave est! quam non curo!,* m'épate sans me convaincre. Un jour (c'était pendant les derniers feux de la guerre d'Algérie), Montherlant, qui était comme moi un cinglé de la *res romana,* après m'avoir écrit quelques conseils pour m'aider à supporter sereinement le service militaire, conclut sa lettre par cette restrictive *cauda :* « Je m'excuse, mais je vous envoie une *consolatio* du genre de celles de nos maîtres, c'est-à-dire que c'est du pipi de chat! » C'était drôle, et bien vu, hélas.

L'éthique stoïcienne, qui est le développement le plus parfait de la raison pratique, n'a guère la cote parmi les modernes. « Il faut acquérir soit la raison, soit une corde pour se pendre », disait Antisthène. Nous ne croyons plus aujourd'hui que la raison soit le meilleur remède contre la corde. Schopenhauer – ce dieu de mon adolescence –, qui n'est pourtant suspect ni d'hostilité à la philosophie gréco-romaine ni d'indulgence pour le judéo-christianisme, juge illusoires les prétentions du stoïcisme à délivrer l'homme de la souffrance, et au sage stoïcien qui n'est, selon lui, « qu'un mannequin inerte et raide », il oppose « le Christ sauveur, figure idéale, débordante de vie, d'une si large vérité poétique et d'une si haute signification ».

Est-ce Jérusalem contre Athènes ? La liberté contre la loi morale ? La révolte des prophètes contre le fatalisme de ceux que Nietzsche, reprenant à son compte les griefs de Schopenhauer, appelle ironiquement « les toréadors de la vertu » ? Oui, c'est bien de cela qu'il s'agit, et cet autre éveilleur que fut pour moi Chestov dit, dans *Athènes et Jérusalem,* son mépris pour « une métaphysique qui console et ordonne l'existence ». Selon lui, l'objet de la philosophie n'est pas de nous rassurer, mais de nous inquiéter ; il est de nous apprendre à vivre dans l'inconnu, de nous introduire dans l'univers du terrible. Si Chestov n'a pas un seul mot contre le matérialisme que, écrit-il dans *le Pouvoir des clefs,* « personne n'a jamais réfuté », il ne cesse en revanche de lutter contre les « ennuyeux consolateurs » qui, ayant éloigné le spectre de la foi et passé Dieu au ripolin, s'abandonnent aux bras rassurants de l'éthique et de la raison. Socrate, Hegel, Tolstoï – ces belles âmes idéalistes – sont ses ennemis intimes qu'il pourfend avec fougue et auxquels il oppose les grands aventuriers tragiques : Pascal, Kierkegaard, Dostoïevski, Nietzsche.

Dans son article *Memento mori,* qui contribua d'importance à faire connaître Husserl à Paris, Chestov, tirant la langue à la logique du « deux et deux font quatre » et crachant, avec Ivan Karamazov, sur « l'harmonie universelle » chère à Platon et à tous les petits Platons qui courent les rues, écrit : « La sagesse, c'est-à-dire une longue barbe blanche, un front immense, des yeux profondément enfouis sous des sourcils touffus, et, comme couronnement, le geste bénisseur : tout dans cette image de piété antique respire le mensonge de l'impuissance soigneusement masquée. Et, comme tout mensonge, cette image nous irrite et nous écœure. »

Les prétentions eudémonistes de la philosophie

gréco-latine sont-elles le népenthès d'Hélène ou le pipi de chat de Montherlant ? Nietzsche et Chestov penchent, semble-t-il, du côté du pipi de chat, et la vérité avec eux : qu'elles soient physiques ou morales, les souffrances se montrent volontiers rebelles aux consolations de la sagesse. Le désespoir ne se laisse pas si aisément persuader. Solon pleure la mort de ses enfants. Un philosophe le gronde, et lui représente que cela ne sert à rien. Alors Solon de répondre : « C'est précisément parce que cela ne sert à rien que je pleure. » Il ne faudrait toutefois pas en conclure trop vite à un échec des philosophes. L'enseignement d'Épicure et des stoïciens romains a corroboré Montherlant dans sa décision de se tuer. La philosophie ne nous aide pas toujours à vivre. Elle nous aide parfois à mourir.

Pour ma part, entre Athènes et Jérusalem, entre l'*amor fati* et la révolte contre le ciel, je n'ai pas envie de choisir. Je réclame le droit d'aimer Sénèque *et* Chestov. Je me sens chez moi autant parmi les ruines du Forum qu'au jardin des Oliviers. C'est avec innocence que je me livre à mes contradictions, et avec désinvolture que je fais mon miel de mes antinomiques enthousiasmes. La vie ne me captive que si elle est une vérité multiple, un tourbillon avoué de passions inconciliables.

C'est pour tenter de mettre de l'ordre dans ce chaos que j'ai voulu écrire un dictionnaire. J'ai toujours aimé les dictionnaires : qu'il s'agisse du Littré, qui est à mon chevet, ou du Gaffiot, ou du *Dictionnaire étymologique de la langue latine* d'Ernout et Meillet, ou du *Dictionnaire universel* de Bouillet, ou du *Dictionnaire des antiquités grecques et romaines* de Daremberg et Saglio, ou du *Dictionnaire philosophique* de Voltaire, je suis très friand de ce genre littéraire particulier. Il était naturel qu'après avoir si longtemps pratiqué les dictionnaires des autres, j'eusse le désir de constituer le mien. Le voici.

Je l'ai intitulé *le Taureau de Phalaris* en hommage à Épicure. Certes, je l'ai noté ci-devant, je crains que soumis à la torture dans le taureau d'airain du tyran d'Agrigente ou dans la cave de quelque police politique d'aujourd'hui, je ne fasse preuve d'un manque total de sérénité, et qu'en une aussi horrible circonstance la sagesse du monde ne me soulagerait d'aucune façon. Néanmoins, le taureau de Phalaris n'est pas seulement une école d'impassibilité; il est aussi une école de courage. L'impassibilité, je n'en suis sans doute pas capable; en revanche, le courage est une vertu que peut-être je possède ou que, si je ne l'ai pas encore, je puis tenter d'acquérir. Épicure et le Christ, le Bouddha et Nietzsche nous enseignent, chacun à sa façon, que la formule de notre grandeur n'est pas *Sum,* mais *Sursum;* que « l'homme est quelque chose qui doit être surmonté ». Telle est la leçon de l'Évangile; et telle est la leçon de Lucrèce; et telle est la leçon de Byron. *Sursum corda!* « Élevons nos cœurs! » Tous les gens que j'aime, tous ceux qui m'ont enfanté à la vie de l'esprit, pensent semblablement sur ce point; tous, ils ont, dans leur âme ou dans leur corps, été soumis à l'épreuve du taureau de Phalaris, qui n'est que la figure métaphorique de notre existence. Fortifié par leur exemple, c'est avec humilité que j'ose donner à mon ouvrage ce titre tant orgueilleux.

G.M.

« J'ai toujours mis dans mes écrits toute ma vie et toute ma personne; j'ignore ce que peuvent être des questions purement intellectuelles. »

Nietzsche, *Fragments posthumes,*
1880-1881, XI, 2e partie, § 590.

Aux mânes d'Arthur Schopenhauer.

Pour Vanessa, qui m'a délivré du « galop d'enfer » et a métamorphosé ma vie.

A

Absolu (1)

On aurait tort de railler ces moines du mont Athos qui, en rébellion contre le laxisme du patriarche de Constantinople, ont hissé sur leur monastère un drapeau noir avec cette inscription : *l'orthodoxie ou la mort,* et ont menacé de s'immoler par le feu, comme leurs confrères bouddhistes au Viêt-nam. Il n'y a qu'une façon d'être chrétien, et c'est celle-là. Dans le christianisme, ni le doute ni la tiédeur ni le relatif n'ont leur place. Être moine (et chaque chrétien est un moine, ainsi que le rappelle la tonsure opérée le jour du baptême), cela n'est *supportable* que si l'on s'est persuadé que l'Église incarne et détient la vérité absolue. Qu'une faille apparaisse, et il nous faut jeter notre froc aux orties. C'est tout ou rien. La plénitude ou l'imposture. *L'orthodoxie ou la mort.*

Pour les zélotes du mont Athos, c'est adultérer l'ouvrage de Dieu que de modifier, si peu que ce soit, l'enseignement de l'Église, son calendrier, sa discipline, sa foi, ses rites. L'orthodoxie ne se débite pas en rondelles, comme du saucisson : c'est un bloc qu'il convient de rejeter ou d'accepter dans sa totalité, sans rien ajouter ni retrancher.

Assurément, une telle fixité peut être nommée sclérose par les bouches hostiles qui, à cette fidélité littérale, ont beau jeu d'opposer l'imagination créatrice du Saint-Esprit. Pourtant, je persiste à penser que le drapeau noir de l'Athos figure des valeurs qui sont, elles aussi, du côté de la juvénilité, de la vie. Oser maintenir est parfois plus fécond que d'accommoder à la sauce du jour. Et puis, quel que soit le respect filial que je nourris à l'endroit du patriarche de Constantinople, je ne crois pas que sa sainteté ait des leçons d'orthodoxie à donner aux moines de l'Athos. Franchement non, je ne le crois pas.

Absolu (2)

Un matin de 1840, Tourguéneff et Bélinski disputent de Georges Fédorovitch (c'est ainsi que les hégéliens russes appellent leur maître berlinois) et de Dieu. Les questions se bousculent au portillon. Peut-on prier le Dieu de Hegel ? Un Dieu personnel est-il compatible avec le système hégélien ? Samarine a-t-il raison d'écrire que le destin de l'Église est indissolublement lié à celui de Hegel ? Le dogme de la Résurrection est-il enseigné dans *la Phénoménologie de l'Esprit* ? Hegel confesse-t-il que Jésus-Christ est le fils de Dieu ? La discussion dure depuis des heures. Tourguéneff s'agite et déclare qu'il a faim. Alors Bélinski, indigné : « Comment! nous n'avons pas encore résolu la question de l'existence de Dieu, et vous voulez manger! »

Grâce à Dieu (il ne s'agit pas du Dieu de Hegel), tout le monde ne partage pas alors le naïf enthousiasme des intellectuels moscovites, et en Allemagne même quelques âmes supérieures résistent à la fascination de *Herr von Absolut* (« Monsieur de l'Absolu » est un des surnoms de Hegel). Schopenhauer est de ceux auxquels Georges Fédorovitch coupe l'appétit, et pour d'autres raisons que Bélinski. Aux yeux de l'oncle Arthur, Hegel n'est qu'un extraordinaire charlatan, un barbouilleur de bêtises. En 1838, où la gloire de Hegel est à son zénith, Schopenhauer écrit dans son *Essai sur le libre arbitre :* « La philosophie a, de nos jours, atteint le dernier degré de l'avilissement dans la personne de la créature ministérielle Hegel. Cet homme jette sur elle le voile du verbiage le plus creux et du galimatias le plus stupide qui aient jamais été proférés, du moins en dehors des maisons de fous. »

« La créature ministérielle », voilà une jolie formule, qui, par-delà Hegel, s'applique à tous les penseurs qui n'ont pas le courage de demeurer des hommes seuls, mais rêvent d'une grande carrière universitaire et pactisent avec le pouvoir ou avec la mode. Si nous considérons le XIXe siècle, nous observons que les seuls philosophes qui nous touchent encore furent des hommes isolés, qui ont fait une œuvre totalement libre, sans se soucier de la manière dont elle était accueillie : Schopenhauer, Kierkegaard, Nietzsche. Hier comme aujourd'hui, les maîtres sont des irréguliers et des clandestins.

Acceptation

Certains de mes amis ont déploré l'apathie avec laquelle j'ai subi la cabale qui a mis fin à la chronique hebdomadaire que, de 1977 à 1982, je donnais au *Monde.* Ils ont regretté que je n'aie répondu que par un haussement d'épaules aux intrigues qui aboutirent à mon éviction. Ils m'auraient voulu agressif et batailleur. A les entendre, j'aurais dû lutter, faire la guerre à cette gazette, ameuter l'opinion. Ils n'ont pas aimé le ton ironique et courtois avec lequel, dans ma chronique d'adieu, j'ai masqué mes blessures, et ma défaite.

Peut-être ont-ils raison. Pourtant, je suis heureux d'avoir agi de la sorte. Ni les plaintes ni l'âpreté ne sont dans ma nature. Je suis semblable à ces officiers de l'ancienne armée impériale japonaise, élevés dans l'esprit du Bushidô, qui, lorsqu'ils recevaient l'ordre du suicide, écrivaient avant de se donner la mort une lettre de remerciements à l'empereur.

Des vertus enseignées par les stoïciens, la plus féconde est l'acceptation. Il ne sert à rien de se rebeller contre le sort. On y perd son temps, son équilibre nerveux, sa dignité. Ce sont mes ennemis qui, dans cette cabale, se sont déshonorés, ce n'est pas moi. J'étais très content de ma chronique hebdomadaire, mais dès lors qu'on me la retirait je n'allais pas en faire une histoire. *Sustine et abstine.*

Accident

Une mort accidentelle est toujours absurde, c'est-à-dire, au sens étymologique de l'absurdité, discordante. Un accident fatal rompt l'harmonie d'une vie avec une brutalité sans remède qui nous sidère. Nous savons que nous sommes mortels, mais nous ne voulons pas le croire. Nous savons la nature fragile, volage, du souffle qui nous anime, mais nous n'imaginons pas, lorsque nous cueillons des mûres, au cours d'une paisible journée d'automne, qu'une guêpe va nous piquer à la gorge et qu'en un éclair nous allons basculer dans la mort. L'apôtre Paul nous a pourtant prévenus : « Le jour du Seigneur vient comme un voleur dans la nuit. » Il y a beaucoup d'inconséquence à être frappé de stupeur par la soudaineté d'un événement dont la caractéristique est précisément qu'il est soudain.

Acédie

Le XIIIe degré de *l'Échelle sainte* est consacré à l'acédie. Qu'est-ce que l'acédie ? Ce mot ne figure pas dans le Littré et, lorsque je l'utilise, je reçois des lettres de lecteurs m'en demandant la signification.

C'est pour éviter de recevoir de telles lettres qu'Arnauld d'Andilly, traduisant le livre de saint Jean Climaque, n'emploie pas le terme d'acédie, mais une périphrase : « De l'acédie », qui est le titre exact du XIIIe degré, devient chez le solitaire de Port-Royal : « De l'ennui ou de la paresse. » La traduction d'Arnauld d'Andilly est un modèle d'élégance, mais elle manque de rigueur théologale, et les termes spécifiques de la spiritualité orthodoxe, tels que l'acédie et l'hésychasme, y sont ignorés.

L'acédie, c'est assurément l'ennui et la paresse, mais ce n'est pas que cela, et la périphrase, loin d'enrichir l'idée qu'elle prétend exprimer, l'appauvrit. L'acédie, c'est aussi le désenchantement et la désillusion. L'acédie, c'est un relâchement de l'âme, un laisser-aller de l'esprit, une langueur dans la psalmodie, une faiblesse dans la prière, une mise en doute de la bonté de Dieu et de la fécondité de notre énergie créatrice. L'acédie, c'est la tristesse et l'angoisse qui nous envahissent, quand nos élans généreux nous semblent soudain sans justification; lorsque nous cessons de croire à nos propres actes. L'acédie détourne le militant de son combat, l'amant de sa maîtresse, l'écrivain de son manuscrit, le croyant de son ardeur au salut; elle nous rend secs et stériles; elle endurcit notre cœur.

Dans sa thèse sur la métaphysique du corps chez saint Jean Climaque, Christos Yannaras compare la description par le moine orthodoxe de l'acédie aux pages de Heidegger sur la déchéance et la déréliction, dans *Sein und Zeit.* Ce parallèle est juste, mais nous n'avons pas besoin de nous référer à Heidegger (non plus qu'à La Rochefoucauld et à Dostoïevski, autres lecteurs de saint Jean Climaque) pour comprendre la modernité de *l'Échelle sainte;* il nous suffit de scruter notre propre cœur. Ce qu'au VIIe siècle l'higoumène du monastère Sainte-Catherine du Sinaï nomme « le deuil selon Dieu », tout être sensible et passionné le vit, un jour ou l'autre, dans sa chair. Une grande âme est nécessairement appelée à faire l'expérience de la perdition et de la chute, à connaître cet exil où, prisonnière de ses démons, elle devient le bourreau de soi-même. L'essentiel est que cette aventure ténébreuse ne nous détruise pas, mais au contraire nous ressuscite.

Acte

Ce qui, dans le suicide, est important, n'est pas la réflexion, mais l'acte. Il ne s'agit pas de ratiociner sur la mort volontaire, mais d'acquérir une telle maîtrise de soi que, le jour où l'on décide de se détruire, le suicide passe, si je puis dire, comme une lettre à la poste. Dans la tradition du Bushidô, le calligraphe s'exerce pendant trente ans, cinquante ans, pour que le jour venu il fasse sans même y penser un dessin qui atteigne à la perfection. Ce qui compte, c'est le soleil, et non le doigt qui désigne le soleil. Aussi tout bavardage sur le suicide est-il vain. Seul est fécond cet acte de destruction de soi qui paradoxalement manifeste la suprême possession de soi.

Un homme qui sa vie durant s'est mal conduit, a commis des vilenies, des lâchetés, voire des crimes, rejoint, en décidant de se donner la mort, sa meilleure part; il est rendu à lui-même. Ce n'est qu'à l'instant où il cesse d'être, qu'il parvient à une plénitude de vie. Le suicide nous lustre, il nous purifie telle une eau baptismale. La mort volontaire nous grandit; elle nous met hors d'atteinte.

Actualité

Tacite écrit dans *la Germanie* que le vrai tombeau des morts est le cœur des vivants, *viris meminisse.*

Cela vaut pour les êtres, et pour leurs œuvres. Tant qu'un tableau, une musique ou un livre, si antiques qu'ils soient, ont le pouvoir de nous captiver, ils sont toujours parmi nous, ainsi que leurs créateurs. Une œuvre belle est une décisive victoire contre la mort; elle est un fragment d'éternité.

La culture, c'est la mémoire de cette beauté incorruptible; c'est le refus de l'oubli. Certes, il faut vivre la perfection de l'instant présent, et ne pas se diluer dans le regret d'hier ou l'attente de demain; mais ce principe, qui fonde l'enseignement des maîtres du bouddhisme zen, n'a jamais signifié le mépris de ce qui a été accompli sur cette terre avant que nous y fussions.

« Les Grecs et les Romains, on n'en a rien à foutre », m'a lancé lors d'un débat public (cf. *Un galop d'enfer,* à la date du jeudi 4 mai 1978) l'un de ces irrémédiables barbus crasseux pour lesquels la vie de l'esprit commence avec Karl Marx. Moi, c'est des barbus crasseux dont je n'ai rien à foutre, et je préfère passer une semaine tête à tête avec Plutarque qu'une heure en compagnie d'un type de ce genre.

Notre époque ayant inventé ce mot ridicule d'*actualité,* je dirai que pour moi Lucrèce est aussi *actuel* que Baudelaire; qu'Épicure et Sénèque me passionnent autant que Nietzsche et Rozanov; que tel poème d'amour de Tibulle ne me touche pas moins que tel autre de Catherine Pozzi. Dans ma bibliothèque, qui est d'ailleurs fort réduite, car je lis peu, préférant toujours mon propre univers à celui des autres, les siècles se mêlent allégrement. Les contemporains que j'admire, je ne les admire pas à cause qu'ils sont mes contemporains; je les admire parce qu'ils sont dignes d'être admirés.

Lorsque je reçois la lettre d'une fille de seize ans m'expliquant que mes livres l'aident à devenir soi-même, cela me fait plaisir. Mais je n'écris pas spécialement pour les personnes qui ont seize ans aujourd'hui; j'écris aussi pour celles qui auront seize ans dans un siècle. J'écris pour ne pas mourir.

Quand deux êtres ont été unis par un grand amour, cet amour survit à leur rupture; il survit même à leur mort. J'ai nommé Catherine Pozzi. Elle est morte, l'homme qu'elle a aimé est mort, lui aussi, mais l'amour qu'ils ont vécu continue, grâce au poème *Vale* qui l'immortalise, de briller dans nos cœurs telle une étoile dans la nuit.

Adolescence

La nostalgie de l'absolu n'est pas un article de catéchisme : elle ne s'apprend pas dans les livres, mais s'éprouve dans l'intimité de l'âme. On ne peut fréquenter les adolescents de l'un et l'autre sexe sans être frappé par l'aptitude des meilleurs d'entre eux à échapper à la bêtise de l'univers adulte dans lequel ils grandissent : en vérité, ce sont les pierres précieuses qui brillent entre les ordures, dont parle saint Jérôme. Aussi, ne nous faisons pas trop de souci pour eux. La lutte en faveur des droits de l'enfant est certes nécessaire; mais sachons qu'un adolescent plus fin que son entourage ne peut d'aucune façon faire l'économie de l'expérience de la révolte.

C'est à ces fils et ces filles de roi que le Christ songe, quand il déclare que nous aurons pour ennemis les gens de notre propre maison. Ce combat, tant exaspérant ou douloureux qu'il soit, est une épreuve féconde, car il nous permet de prendre conscience de notre singularité. Un enfant supérieur qui vit parmi des gens ordinaires, gagne à rompre, au moins intérieurement, avec eux : une telle rupture est un vaccin contre la gangrène de la médiocrité; elle est le sésame de la possession de soi.

Adulte

Il y a beaucoup de grandes personnes, mais peu d'adultes, c'est-à-dire d'êtres capables de transmettre un enseignement. Cette notion de transmission est capitale. L'enfant est celui qui reçoit; l'adulte est celui qui transmet. L'adulte est un initiateur, et un mystagogue. Ce n'est pas un hasard si, rendant hommage au maître de sa jeunesse, Nietzsche intitule le livre qu'il lui consacre : *Schopenhauer éducateur.*

Dans la tradition de l'Orient chrétien, le père spirituel est appelé, littéralement, « le vieux » : *géronte* chez les Grecs, *staretz* chez les Russes. Mais l'âge et l'état d'adulte ne se confondent point. A douze ans, Jésus enseigne les docteurs. En revanche, le Bouddha, quoique marié et père de famille, ne devient adulte que le jour de son illumination sous le figuier. Un adulte, ce n'est pas un monsieur qui a des rides sur le front; un adulte, c'est un Éveillé.

Si la vie est un chemin initiatique, nous devons distinguer l'esprit d'enfance, auquel nous invite l'Évangile, de l'infantilisme. Le monde est plein de gens qui ont des diplômes, des postes de responsabilité, et qui, spirituellement, sont à un stade infantile. Un sage indien contemporain, cité par Arnaud Desjardins, aimait à dire à ses disciples : *Be childlike,* « Soyez pareils à des enfants », et il ajoutait aussitôt : « Mais ne soyez pas infantiles », *But not childish.*

Amour (1)

Pour les anciens Romains, aimer, et si scandaleux que puisse être aux yeux du monde cet amour, c'est obéir à la volonté des dieux. Lorsque Nietzsche écrit que ce qui s'accomplit par amour se fait par-delà le bien et le mal, il exprime l'idée toute *classique* que la passion ne se soumet pas aux règles morales forgées par les hommes; qu'elle est d'essence surnaturelle.

Rome doit sa fondation à un amour interdit : celui qui unit le dieu Mars et la vestale Réa Silvia. L'amour est, pour ainsi parler, toujours coupable, mais cette nécessaire transgression est une transgression sacrée, sanctifiée, bénie du ciel, et Vénus punit ceux qui refusent de se soumettre à son joug, telle Anaxarétè, cette jeune Chypriote changée en pierre pour avoir repoussé l'amour du malheureux Iphis.

« Ils se croient au-dessus de la loi et de la moralité ordinaire », se plaint, dans une série de lettres à la Brigade des mineurs, un dénonciateur anonyme, à propos d'un homme et de sa maîtresse de quatorze ans. Certes, monsieur le délateur, les amants sont au-dessus de la morale et de la loi : ce n'est pas un paradoxe, c'est un pléonasme, et ce ne sont ni un mouchard qui n'ose pas signer ses dégueulasseries ni les inspecteurs du 12 quai de Gesvres qui me feront changer d'avis sur ce point.

C'est dans son essence même qu'une passion illégitime puise sa légitimité; et, parce que la révélation de cette essence n'appartient qu'à l'artiste, celui-ci est, plus encore qu'un autre mortel, justifié d'enfreindre les règles vulgaires. Si cet homme et cette adolescente de quatorze ans vivent une grande passion, c'est déjà magnifique; cela l'est plus encore, si cet homme est un créateur et si sa jeune amante lui inspire des lettres, des poèmes, des pages de journal intime, peut-être plus tard un roman, qui s'incorporeront au patrimoine esthétique et spirituel de l'humanité.

Amour (2)

C'est la nature cosmique, théandrique de l'amour qui rend vaine toute tentative d'isoler telle ou telle forme particulière de la vie érotique. Un homme peut avoir le désir des femmes, se marier, être l'amant de nombreuses jeunes filles, et, simultanément, ne pas être insensible à la grâce et à la vénusté de certains jeunes garçons imberbes. Tibulle aime la belle Délie, mais il aime aussi le petit Marathus. Pour les meilleurs d'entre les Anciens, la distinction entre la nature et la contre-nature ne signifie rien. L'helléniste anglais Kenneth Dover observe avec raison qu'il n'y a pas en grec de mots qui correspondent à nos modernes concepts d'homosexualité et d'hétérosexualité.

Amour (3)

Les pères du désert disent volontiers que les péchés contre la chair sont les péchés de l'esprit contre la chair. Don Juan et Lovelace le savent bien : ce n'est pas le corps, mais le cerveau qui mène le bal. Notre soif d'aventures toujours nouvelles a sa source, non dans notre bas-ventre, qui est repu, mais dans notre imagination, sans cesse vagabonde. Messaline, *lassata nondum satiata,* est la patronne des séducteurs.

Ce qu'un tempérament donjuanesque aime par-dessus tout, c'est captiver, conquérir; c'est l'instant exquis où le fruit tombe. Certes, si l'occasion s'en présente, il ne dédaigne pas les joies faciles de la vénalité : dans ses *Mémoires,* Casanova passe ingénument d'opérations séductrices à des amours mercenaires, et il prend goût aux unes comme aux autres.

Charmer une jeune personne demeure néanmoins plus excitant pour le cœur et l'esprit que de la payer. Se faire aimer, c'est se prouver à soi-même sa propre existence. Séduire, c'est être.

A l'inverse, être trahi, trompé, c'est être nié. Une femme qui rompt avec son amant, lui signifie de la sorte qu'elle n'a plus besoin de sa présence, qu'il a cessé de lui être indispensable. Dire à quelqu'un : « Je ne t'aime plus », c'est lui dire : « Tu peux mourir. » Un tel rejet atteint notre *ego* le plus intime, notre soif de confirmation, notre nostalgie de l'éternité.

Les cierges, que durant l'office du mariage les nouveaux époux tiennent à la main, figurent la lumière de l'Esprit Saint, sa joie, sa chaleur et sa beauté. Cependant, même non consacré par l'Église, chaque amour est porteur de cette beauté, de cette chaleur, de cette joie et de cette lumière. Les gens qui s'aiment s'éclairent au réciproque, et ils illuminent leur entourage. La tendresse qui brille sur le visage des amants est le plus vivifiant des soleils.

« Dans le véritable amour, c'est l'âme qui enveloppe le corps. » Cette phrase de Stendhal, que Nietzsche cite avec admiration, ne veut pas être un éloge de l'amour désincarné, mais elle justifie que le seul désir des corps n'est qu'une caricature de l'amour total. Aimer un être, c'est le découvrir comme une personne, c'est-à-dire comme quelqu'un d'unique. Si sordide que soit en apparence telle aventure amoureuse, elle est purifiée par le respect de l'autre et par la tendresse. Dans *Crime et Châtiment,* c'est une misérable petite prostituée qui lit à Raskolnikov, dans l'Évangile, le récit de la résurrection de Lazare; c'est elle qui, en le convainquant d'expier sa faute et en l'accompagnant au bagne, devient l'instrument de son salut.

Amour (4)

Ce qui distingue l'amour de tout autre sentiment, c'est le besoin de la présence physique de l'autre. Si l'amitié est un sentiment calme, c'est parce qu'on peut ne pas voir un ami pendant six mois et, quand on le revoit, le retrouver comme si on l'avait quitté la veille. L'amitié ne vous remet pas en question, c'est un lien qui se tisse dans la confiance et la paix. L'amour, lui, est fondé sur ces deux colonnes d'Hercule que sont le désir et l'inquiétude. Désir de voir la jeune personne aimée, son visage, son sourire, d'entendre sa voix, de la prendre dans ses bras, de lui faire l'amour. Inquiétude, si j'ai rendez-vous avec elle à deux heures, et si à deux heures cinq elle n'est pas là : est-elle malade? a-t-elle été renversée par une voiture? a-t-elle décidé de rompre avec moi? ses parents ont-ils découvert notre liaison? Le désir et l'inquiétude conjugués font de l'amour un sentiment exténuant, captivant et, lorsqu'on est une âme vulnérable, toujours douloureux.

Si je considère les périodes (rares, car j'ai un cœur combustible) de ma vie où je n'aimais pas, ce furent mes seuls moments de tranquillité : je vivais pour moi, je ne dépendais de personne, je n'étais pas suspendu à l'attente d'une lettre, d'un appel téléphonique, d'un coup de sonnette. Aimer, c'est vivre dans la dépendance : l'amour est une drogue, comme l'alcool ou l'héroïne. C'est pourquoi, chaque fois que j'ai rompu, et si déchirante qu'ait pu être cette rupture, j'ai toujours éprouvé une sensation de délivrance, tel le duc de Beaufort, quand, dans *Vingt ans après,* il s'évade du donjon de Vincennes et s'enfuit au grand galop en s'écriant : « Libre! libre! »

Amour (5)

Bossuet observe avec justesse que, de quelque endroit qu'il considère la vie, il trouve la mort en face, « qui répand tant d'ombres de toutes parts sur ce que l'éclat du monde voulait colorer ». Tout nous appelle à la mort, tout nous met en mémoire son empire, et nous avons beau marcher vers le cimetière à reculons, nous n'en trébucherons pas moins dans la fosse, irrémédiablement.

Ce caractère fugace de son existence est ce que l'homme supporte le moins. D'où notre frénétique désir de vaincre la mort. Nous voudrions que notre vie fût une perpétuelle nuit de Pâques. Telle est notre chimère, mais cette chimère est aussi notre grandeur, car c'est grâce à elle que nous échappons à la bestialité.

Les progrès de la médecine et la vigilance écologique nous permettent de croire que nous vivrons centenaires; que nous léguerons à nos enfants une planète en bon état. C'est beaucoup, mais c'est encore trop peu. Nous désirons davantage. Si tardif qu'il doive être, nous ne supportons pas l'idée de notre final anéantissement. Nous nous rêvons indestructibles.

Mieux que la médecine et l'écologie, ce sont l'amour, l'art et la religion qui me donnent le plus clairement conscience du principe impérissable que je porte en moi. Cioran parlerait ici de *fictions.* Soit, mais je suis en droit de dire de semblables fictions ce que les catholiques disent du péché originel : *felix culpa.* Heureuses fictions qui m'aident à me dépasser, et qui me délivrent, au moins provisoirement, de la tentation du suicide.

Aimer, créer, communier sont les actes magiques qui nous délivrent de l'angoisse de la mort. L'amant qui serre doucement dans la sienne la main de la femme aimée, l'écrivain qui donne dans un livre le meilleur de soi, le fidèle qui s'approche du saint calice, font, chacun à sa manière, l'expérience de l'éternité. Ainsi que l'écrit l'archimandrite Sophrone : « Tel est le pouvoir de l'amour : il échange les vies. Celui qui aime vit l'existence de l'aimé comme la sienne, au point de lui transmettre la force et la lumière de son amour ; il assume en retour ses ténèbres et sa mort. »

Il y a beaucoup de beauté sur la terre, et de bonté. Si nous étions plus attentifs que nous ne le sommes à la beauté du monde créé, aussitôt nous deviendrions bons : la méchanceté, l'aigreur, la jalousie tomberaient, telles des écailles pourries. Les agressifs et les envieux sont toujours des mal-aimés. Mais pour être aimé, il faut devenir capable d'amour. On ne reçoit que ce que l'on donne. Ouvrir son cœur à la compassion, c'est être délivré de la peur, et donc de la mort. Chacun de nous porte dans son cœur la clef du paradis.

Amour (6)

Roméo et Juliette, Tristan et Iseult, n'incarnent pas seulement la transgression des lois de la société et de la morale, la lutte de la clandestinité contre l'institution, la fuite de la cage familiale : ils symbolisent aussi la nature tragique et fatale de la passion. Le filtre de Tristan et d'Iseult est un filtre de mort autant que d'amour, et c'est la mort que, dans leur ultime baiser, Juliette boit sur les lèvres de son amant. Ce n'est pas un hasard si le plus célèbre poème amoureux de Leopardi s'intitule : *Amore e Morte,* « amour et mort ».

L'amour exprime le désir de l'immortalité, mais simultanément il est porteur de l'aiguillon de sa propre ruine. L'amour, c'est la souffrance : aimer un être, c'est souffrir à cause de lui. La souffrance, et aussi la mise à mort : « C'est moi qui l'ai tuée, ma Carmen, ma Carmen adorée! » Nietzsche tenait avec raison ce cri de Don José pour le plus beau des cris de l'amour. La tension paroxystique de l'amour est incompatible avec l'organisation de la vie quotidienne. C'est l'excès même de nos passions qui les rend intolérables à la société et invivables pour nous. Il n'y a pas de sixième acte à *Roméo et Juliette.* L'amour-passion est un sentiment qui sécrète son propre cyanure, qui enfante sa propre mort : c'est un sentiment suicide.

Anarchisme

Les anarchistes ont des idées de gauche et un tempérament de droite, au lieu que les fascistes ont des idées de droite et un tempérament de gauche.

L'anarchisme est aristocratique, et le fascisme plébéien.

L'anarchiste, qui ne croit qu'en sa propre destinée, est byronien; le fasciste, qui révère l'État, est hégélien.

L'anarchiste boit du vin de bourgogne et mange des truffes; le fasciste boit de la bière et mange de la choucroute.

L'anarchiste soigne sa ligne et pèse à cinquante ans le même poids que le jour où il a passé le conseil de révision; le fasciste, au-delà de trente ans, prend du bide.

Le fasciste aspire au pouvoir, et l'anarchiste au sublime.

Il y a du bourgeois dans le fasciste; dans l'anarchiste, du dandy. Et du stoïcien.

Antipode

Quand on vit à Manille, que représente la France ? Un point minuscule sur le globe terrestre du parc de Rizal que j'évoque aux dernières pages de *Ivre du vin perdu.* Un point, un concept, une chimère. Les êtres, les paysages n'existent que pour le sujet qui les perçoit. Que les petits garçons philippins aient du mal à croire en l'existence de Paris, voilà qui n'a rien de surprenant. « Saint Paulin vit un possédé qui marchait la tête en bas comme un antipode », écrit Voltaire. D'ici à imaginer que les antipodes sont une ruse du diable, il n'y a qu'un pas...

La connaissance abstraite, c'est de la blague, et les forêts d'Amazonie où je n'ai jamais mis les pieds, que je suis incapable de situer sur une carte, n'ont pas pour moi plus de réalité que les ennuyeux mondes extra-terrestres des films d'anticipation. Hérodote, Strabon, Marco Polo, Vidal de La Blache, c'est très bien, mais cela demeure de l'ordre du divertissement. La seule géographie véritablement utile est celle que l'on peut étudier avec le goût, la vue, l'ouïe, l'odorat et le toucher.

Apostolat

A l'époque où j'étais producteur de l'émission orthodoxe télévisée, la plupart de mes coreligionnaires considéraient mon travail avec une indifférence teintée d'ironie. La fonction pastorale d'une telle émission leur échappait et, lorsque je leur représentais que, si l'apôtre Paul vivait de nos jours, il parlerait à la télévision, je ne les convainquais pas.

Le pire, c'était quand le réalisateur débarquait dans une église avec ses techniciens, ses caméras, ses micros, ses projecteurs, pour filmer un office de vigiles ou des fragments de la liturgie eucharistique. Nombreux alors étaient les fidèles qui protestaient ou, s'ils avaient été avertis de la présence de l'équipe de la télévision, boycottaient le tournage en ne mettant pas, ce jour-là, les pieds dans leur paroisse.

Les lumières, l'agitation, le bruit, les empêchaient de prier. A cette forme selon eux dégradée, inférieure (et sans doute diabolique) de l'apostolat, ils opposaient l'*unum necessarium* de la parabole évangélique : « Mais le Seigneur lui répondit : Marthe, Marthe, tu t'inquiètes et t'agites pour beaucoup de choses; cependant une seule chose est nécessaire. Marie a choisi la meilleure part, qui ne lui sera point ôtée » (saint Luc, X, 41-42). Ces pieuses personnes, clercs et laïcs, déploraient que j'eusse réclamé pour l'Église orthodoxe, et obtenu, le droit à une émission télévisée, qui était jusqu'alors le privilège des trois religions concordataires : le catholicisme romain, le protestantisme et le judaïsme. En militant de la sorte, j'avais sacrifié à l'esprit du siècle; trahissant la vocation contemplative de l'Église d'Orient, je succombais au goût illusoire de l'Occident pour l'action.

Arbre

Athos habite rue Férou, Porthos rue du Vieux-Colombier, et Aramis près de la rue Cassette, dans une maison « enfouie sous un massif de sycomores et de clématites ». Les sycomores de la demeure parisienne d'Aramis dans *les Trois Mousquetaires* ne sont pas les seuls à l'ombre desquels conspirent nos héros. Il y a aussi dans *Vingt ans après* ceux du château de Bragelonne, où d'Artagnan retrouve Athos : « ...à un quart de lieue plus loin environ, la maison blanche encadrée dans ses sycomores se dessina sur un fond d'un massif d'arbres épais que le printemps poudrait d'une neige de fleurs ». Cependant, les sycomores des bords de la Loire jouent, chez Dumas, un rôle moins important que les pavés de Paris. En littérature comme dans l'existence, il y a les rats des villes et les rats des champs. Dumas est résolument un rat des villes, et ses personnages sont des citadins passionnés. « Allons! il faut devenir vieille femme », soupire la duchesse de Chevreuse, quand à la fin de *Vingt ans après* elle s'apprête à partir pour Bragelonne avec Athos. Chez Dumas, la campagne est toujours liée à la mélancolie, à l'ennui. La jeunesse, l'aventure, la résurrection, c'est Paris.

Certes, à l'occasion, les mousquetaires entonnent la chanson scoute : « A l'ombre des hêtres, on se sent renaître. » C'est en de semblables dispositions que Dumas décrit d'Artagnan traversant la forêt de Compiègne pour se rendre chez Porthos : « Il sortait de toute cette nature matinale un parfum d'herbes, de fleurs et de feuilles qui réjouissait le cœur. D'Artagnan, lassé de l'odeur fétide de Paris, se disait à lui-même qu'on devait être bien heureux dans un pareil paradis. » Ce n'est qu'arrivé au château de Bracieux que d'Artagnan comprendra que Porthos s'ennuie à mourir parmi ses arbres, ses vignes et ses champs. Bracieux, Bragelonne, les sycomores, les peupliers, c'est bien, mais à petites doses. Vivement Paris, son bruit, sa foule, ses passions.

Dumas (comme Dostoïevski, qui n'aime que Saint-Pétersbourg et que la campagne barbe au suprême) est avare en descriptions bocagères, et quand il évoque les tilleuls, ce sont ceux de la place Royale. Pourquoi quitter Paris, quand on a le bonheur d'être mousquetaire et d'habiter près du jardin du Luxembourg ? « D'Artagnan, suivant une ruelle située sur l'emplacement où passe aujourd'hui la rue d'Assas, respirait les émanations embaumées qui venaient avec le vent de la rue de Vaugirard et qu'envoyaient les jardins rafraîchis par la rosée du soir et par la brise de la nuit. » Dumas est mort depuis longtemps, mais ses mousquetaires continuent à vivre dans nos cœurs, et les arbres du Luco à projeter leur ombre propitiatoire sur nos amours.

Aristocratie

Mieux que les miracles, toujours suspects, les *Béatitudes* sont un éclatant témoignage de la divinité de Jésus-Christ. « Bienheureux les pauvres... les doux... les pacifiques... » Dans un monde soumis depuis le commencement des siècles à la loi des violents et des riches, seul un dieu pouvait concevoir de telles absurdités.

Le christianisme, religion pour les esclaves ? Je dirais plutôt : religion pour les inadaptés. Dans *les Frères Karamazov,* le Grand Inquisiteur reproche avec raison au Christ d'avoir fondé une religion aristocratique; il lui fait grief de ne chérir « que les grands et les forts » et de mépriser la multitude, « les millions et les milliards d'âmes qui n'auront pas le courage de préférer le pain du ciel à celui de la terre ». Or les aristocrates, c'est-à-dire les meilleurs, sont nécessairement des irréguliers.

Être supérieur à la société dans laquelle on vit, n'est pas un avantage, mais un handicap. Ce sont nos défauts et nos vices qui nous poussent dans le monde; nos qualités et nos vertus qui nous perdent. « Essayez d'être libres : vous mourrez de faim », annonce Cioran dans *Précis de décomposition.* Ce nonobstant, Cioran et ceux qui appartiennent à la même famille spirituelle que lui, s'emploient à demeurer des hommes libres. Ils ont pour maxime souveraine ces lignes de Nietzsche : « Je me sens porté vers une indépendance idéale : il faut choisir les lieux, la société, les séjours, les livres parmi les plus élevés qui soient; et, au lieu de faire des compromis et de s'encanailler, savoir supporter les privations, sans poser au martyr. »

La solitude d'une âme extraordinaire est fondée sur la haute idée que celle-ci a de son destin; et elle porte ses fruits parce qu'elle est délibérée. « De l'exil volontaire », tel est le titre du IIIe degré de *l'Échelle sainte* de saint Jean Climaque. *L'Échelle sainte* s'adresse principalement aux moines; mais chaque homme qui se sent différent des autres, et qui veut vivre à l'écart du monde, peut y faire son miel. Il trouvera dans ce livre admirable des leçons qui fortifieront son mépris de la société, de la famille et des liens qui prétendent l'y assujettir.

Un franc-tireur ne doit pas traîner sa différence comme un boulet, mais il doit la porter comme une couronne. Une certaine presse s'est fait, par son courrier des lecteurs et ses petites annonces, une sorte de spécialité des témoignages de marginaux. Ce qui déçoit dans ces textes, c'est qu'on y sent rarement la surabondance de vie. Ces réfractaires sont des pleurnichards. Ils se veulent en marge de la société, mais avec inconséquence ils espèrent ses faveurs et souhaitent être reconnus d'elle. Pareils à ces chrétiens qui rêvent d'un christianisme qui ne serait pas crucifiant, ils aimeraient faire l'économie de l'expérience tragique. Ils crient dans le noir, et cherchent des semblables contre lesquels ils puissent se blottir, une communauté qui leur tienne chaud.

La planète est devenue toute petite, et l'État contrôle les émotions de l'individu depuis le berceau jusqu'au cercueil. Hier, dans les sociétés traditionnelles, le fou, l'idiot du village, était respecté : on voyait même en lui un messager de Dieu. Aujourd'hui, on l'enferme et on le soigne pour qu'il devienne normal, c'est-à-dire conforme. La termitière s'organise. Plus que jamais la singularité se sentira en exil sur cette terre. Mais n'en a-t-il pas toujours été ainsi ? En 1884, ayant fait imprimer à ses frais la IVe partie de *Zarathoustra,* Nietzsche était dans un tel abandon qu'après avoir épluché son carnet d'adresses, il ne trouva que sept personnes à qui envoyer son livre.

Arithmétique

« Les sciences sont entrées dans l'Église, comme les mouches en Égypte, pour y faire une plaie. » Cette parole de saint Grégoire de Nazianze résonne tout au long de l'histoire de l'Église, de manière négative (Galilée, Giordano Bruno, Vanini), mais aussi libératrice, et l'ultime écho en est la protestation ironique, passionnée, de l'homme souterrain de Dostoïevski : « 2 et 2 font 4 n'est déjà plus la vie, messieurs, c'est le commencement de la mort. »

Cette révolte contre les lois de l'arithmétique et de la raison visait « le palais de cristal » dont rêvaient les philosophes scientistes à la Tchernychevski. Dans ce texte, paru en 1864, où il prête sa voix à l'homme du sous-sol, Dostoïevski montre que l'aboutissement nécessaire du palais de cristal est le camp de concentration; avec un siècle d'avance, il annonce, décrit la terreur léniniste et stalinienne : « Eh bien! moi, si je me méfie de ce palais de cristal, c'est précisément parce qu'il est en cristal, indestructible, et qu'on ne pourra pas lui tirer la langue, même en tapinois. »

Les railleries de Dostoïevski s'appliquent également à une certaine théologie dogmatique qui prétend confisquer Dieu et s'arroge le privilège d'en exprimer les mystères. L'Église tolère les ouvrages doctrinaux des professeurs, mais elle anathématise l'écrivain qui ose mêler « la source pure de la révélation chrétienne aux eaux douteuses du roman, du poème ou du journal intime » *(le Sabre de Didi) :* elle y flaire plus de soufre que d'encens. Confondre ainsi le Christ et le sexe, les pères de l'Église avec les petites filles, l'enfer et le paradis, pouah! c'est scandaleux! Muselons cet énergumène!

Certes, « 2 et 2 font 4 » est nécessaire à l'ordre social : telle est la loi d'airain de la fourmilière. Pour que les peuples marchent droit, il faut des savants et des dogmatiques qui leur disent ce qu'ils doivent faire, et ce qu'ils doivent penser. Mais « 2 et 2 font 5, ou 6, ou 1 000 », c'est le charme de la vie, la part de la poésie et de l'amour. D'où l'utilité des hommes souterrains, qui tirent la langue au palais de cristal, et des schismatiques, qui gambadent sur les pelouses interdites. Messieurs les arithméticiens et les inquisiteurs, je n'ai aucune intention de me laisser rôtir sur vos bûchers.

Artiste (1)

La différence entre l'homme de la rue et l'artiste est que celui-ci exprime dans son œuvre les passions contradictoires que celui-là subit sans les connaître. Cela ne signifie pas que l'homme de la rue et l'artiste soient l'un pour l'autre des martiens. Ils sont semblables, et c'est pourquoi des adolescents d'aujourd'hui peuvent s'identifier, avec passion, à des auteurs qui sont leurs aînés, et parfois sont morts depuis longtemps. Le créateur est un homme ordinaire, avec toutes les faiblesses et les limites de l'homme ordinaire. Son unique singularité est d'avoir reçu le don de transmuter en œuvre d'art l'essence et les signes de la vie quotidienne; de métamorphoser en beauté le banal, et parfois la boue.

Artiste (2)

La fonction de l'artiste dans la cité est analogue à celle de l'Esprit Saint dans la vie trinitaire : un rôle de sub-version, de circum-version. *Logos spermaticos.*

Le lundi de Pentecôte est appelé dans la tradition orthodoxe « le jour du Saint-Esprit ». Ce jour est le seul de l'année liturgique où l'Église prie explicitement pour les suicidés. Ce jour est aussi celui où, en 1979, Jean-Louis Bory s'est tiré une balle dans le cœur.

Attente

On peut être par tempérament le plus impatient des hommes et néanmoins goûter les plaisirs de l'attente. Les victoires qui foudroient sont bien agréables, surtout en amour, mais il est des rencontres qui gagnent à être longtemps désirées, et rêvées. Les sources d'une vie féconde ne sont ni les vertus ni les vices; elles sont la tension et l'éveil. Le verbe latin *tendere* ressort à la langue des moralistes mais aussi à l'argot militaire; il appartient au vocabulaire érotique comme à l'idiome des théologiens. Monter une tente, bander un arc, persister dans un effort, cingler vers un but, *tendere nervum.*

Un voyage, une fête, une lecture, cela se prépare et se conquiert. Seuls ceux qui observent le jeûne du carême peuvent se réjouir véritablement aux agapes de la nuit pascale. Le Graal ne serait rien, sans la Quête.

Autel

Les prêtres qui célèbrent la messe face aux fidèles commettent un non-sens liturgique. L'eucharistie n'est pas un spectacle qu'un acteur joue devant un public, mais une action mystagogique que le prêtre et les fidèles accomplissent ensemble, « d'une seule voix et d'un seul cœur », *orientés* d'un même élan vers l'autel, qui figure le monde céleste, un monde délivré du mal, déjà transfiguré; l'espérance eschatologique. Le « Nous » du célébrant n'est pas un pluriel de majesté : c'est un pluriel qui signifie que le prêtre et le peuple sont co-liturges.

Autobiographie (1)

Dans son fameux texte sur Goethe et Tolstoï, Thomas Mann montre que « la puissance du besoin autobiographique » est un des principaux moteurs de la fascination que Goethe exerce sur ses lecteurs : derrière une œuvre, sans cesse nous découvrons un homme. Thomas Mann rappelle que Goethe lui-même a dit que ses livres ne sont « que les fragments d'une grande confession ». Par ailleurs, il cite Merejkovski sur « la franchise magnanime » avec laquelle Tolstoï a dans ses livres révélé les détails intimes, et souvent scabreux, de sa vie privée. Cette impudique sincérité de Tolstoï fut aussi celle de Goethe, et la leçon qu'ils nous lèguent, l'un et l'autre, est que nous ne devons pas céder à la tentation de masquer ni nos vices ni notre chaos, et de nous peindre meilleurs ou intérieurement plus unifiés que nous ne le sommes. Pour un artiste, l'exhibitionnisme est préférable à la tricherie. C'est le mot de Schopenhauer, admirateur fervent de Goethe, et qui allait être le dieu de Tolstoï et de Thomas Mann : « Seuls survivent les livres où l'auteur s'est fourré tout entier. »

Autobiographie (2)

Qu'un roman soit autobiographique ou qu'il ne le soit pas, est sans importance. Cependant tel critique triomphe, quand il croit avoir démontré qu'un personnage antipathique ou immoral est le double de l'auteur, son portrait craché, et de brandir cette ressemblance tel un procureur une pièce à conviction. Il faudrait expliquer à une pareille canaille que ce qui compte, ce n'est pas qu'un héros de roman soit dessiné à partir d'un modèle ou inventé par l'auteur; ce n'est pas qu'il soit gentil ou méchant, vertueux ou débauché : le seul point qui importe est la vérité du personnage, sa force, sa présence. Si l'héroïne d'un roman *existe,* si ses paroles et ses actes sonnent juste, si elle a une réalité humaine, psychologique, charnelle, si des milliers de femmes peuvent s'identifier à elle, en quoi cela vous regarde-t-il de savoir si, pour la créer, le romancier a, oui ou non, fait appel à ses souvenirs intimes, à sa vie privée? Seul compte le résultat, seule importe l'œuvre d'art.

Autoportrait

Tallemant des Réaux, toujours mesquin, explique la retraite à Port-Royal d'Antoine Le Maistre par son « dépit de ne pouvoir être avocat général ».

Un médiocre, ne concevant pas autre chose que la médiocrité, rapporte tout à elle. D'instinct, il hait la noblesse, la générosité, la poésie. Il s'acharne à salir ce qui lui est supérieur, ou à le moquer. Mais quand il prête à autrui des sentiments bas, c'est sa propre âme qu'il peint. Son fiel le trahit.

Les articles féroces que tel folliculaire écrit contre un écrivain qu'il jalouse, n'apprennent rien sur l'écrivain, mais en apprennent beaucoup sur le folliculaire. Celui-ci croit avoir écrit un libelle, et il n'a commis qu'un autoportrait.

Avenir

Les politiciens me font hausser les épaules avec ce mot d'« avenir » qu'ils ont sans cesse à la bouche. De quoi parlent nos jeunes loups bedonnants, nos vieux crabes farcis? Des « prochaines échéances ». Les échéances! C'est le propre des âmes vulgaires, ou légères, d'être sans cesse projetées dans le futur. L'avenir est une foutaise, l'avenir n'existe pas. Nous devrions vivre chaque jour comme s'il allait être le dernier.

Pour nos hommes politiques, de droite ou de gauche, le lendemain est toujours plus intéressant que la veille. Ils vivent, et font vivre ceux qui ont la faiblesse de les écouter, à la surface d'eux-mêmes, dans un perpétuel mirage, une agitation sans fin et les délétères illusions de l'espérance. Ah! combien j'aimerais qu'un cataclysme emportât cette meute de courtisans, et la désabusât éternellement de ses châteaux en Espagne! Je serais englouti avec elle, mais qu'importe! Je préfère les flammes de l'Apocalypse à la mélasse des lendemains qui chantent.

Déjà trois de mes plus proches amis ont été saisis par la mort avec la soudaineté de la foudre : en 1968, le père Pierre Struve, tué dans un accident de la route; en 1977, Dominique de Roux, anéanti par une crise cardiaque; en 1984, Alexandre Rozier, parti pour Ceylan avec le désir d'y acheter une maison et qui n'y a trouvé qu'un tombeau. Demain, ce sera notre tour. Laissons aux niais les chimères du futur. Seul me captive l'instant présent, volage, fugace, que je savoure avec une gourmandise désespérée.

Que les marxistes croient en l'avenir, au progrès, à toutes ces blagues, passe encore. Mais les chrétiens! Certes, qu'ils soient catholiques romains ou orthodoxes, glabres ou barbus, nos bons pères s'entendent à désamorcer les bombes de l'Évangile; à les métamorphoser en d'inoffensifs pétards. Cependant, le plus retors des jésuites, le plus byzantin des archimandrites, aurait beaucoup de mal à détourner de son sens la parabole des lys des champs, au VIe livre de saint Matthieu : « Ne vous inquiétez donc pas du lendemain; le lendemain s'inquiétera pour lui-même. A chaque jour suffit sa peine. » Ces mots sont plus limpides que le cristal, et un enfant de douze ans les comprend. Mais les comprendre ne suffit pas, il faut les vivre, et c'est une autre paire de manches, car si nos contemporains adorent les concepts, ils ont peur de l'incarnation. Au reste, j'ai tort d'écrire « nos contemporains », car de tous temps les hommes ont eu la trouille de suivre le Christ : ce fut le mobile de la trahison de Judas et du reniement de Pierre.

S'enthousiasmer, militer, se battre pour une cause, c'est très bien : vive d'Artagnan arrachant des griffes de Milady les ferrets de la reine! A condition que ce soit pour le plaisir, pour l'honneur, et non par foi en l'avenir ou certitude de détenir la vérité. Un esprit libre a toujours un pied dans le camp d'en face. Les mousquetaires ont raison, mais le cardinal de Richelieu a raison, lui aussi. Et de toutes ces raisons diverses, la seule qui soit capable de m'enivrer durablement, ce sont les baisers de la jeune et belle Constance Bonacieux.

Avortement

La scolastique chrétienne condamne l'avortement pour les mêmes motifs qu'elle condamne le suicide : un homme n'est pas libre de disposer de sa vie, une femme n'est pas libre de disposer de l'enfant qu'elle porte, car ni cet enfant ni cette vie ne leur appartiennent, ils appartiennent à Dieu.

Un tel enseignement implique que le dévot ne se donnera pas la mort, que la dévote ne se fera pas avorter. Soit, mais l'Église n'a pas à imposer ses règles à la société civile. Quand ma philosophie particulière me conseille de me tirer une balle dans la tête ou d'aider ma petite amie à se faire avorter, la seule personne qui ait dans l'un et l'autre cas son mot à dire est précisément ma petite amie, mais je ne tolère pas que des inconnus, fussent-ils des puissances religieuses ou politiques, prétendent m'empêcher d'agir selon ma conscience.

« Avoir commis tous les crimes, hormis celui d'être père », écrit Cioran dans *De l'inconvénient d'être né.* Et l'on sait qu'une des raisons qui ont retenu Nietzsche d'épouser Lou Salomé était son hostilité à la procréation. Celui qui, touchant la paternité, partage le sentiment de Nietzsche et de Cioran, est à l'évidence un zélateur, non certes de l'avortement qui est toujours un acte d'une tristesse affreuse, mais des méthodes contraceptives.

Ce qui me gêne le plus chez les adversaires de l'avortement, c'est que dans le secret de leur cœur ils sont *aussi* des adversaires de la pilule. Leur fille de quinze ans, ils ne supportent pas l'idée qu'un amant la rende heureuse. Ce qu'ils nomment leur respect de la vie n'est en réalité que la haine de la vie, c'est-à-dire du bonheur et de la liberté. L'hypocrisie de notre bourgeoisie bien-pensante me fait furieusement horreur.

B

Bibliothèque (1)

L'étroitesse du grenier où je serre ma bibliothèque m'impose une discipline rigoureuse. Il n'est pas question que je me laisse envahir par les livres : je suis condamné au petit nombre, et donc à l'essentiel. Mais parfois je songe que ce peu est encore trop, et que la bibliothèque idéale devrait tenir dans un cartable d'écolier. Sans cesse, et avec cette vigilance qui est la première vertu que doit acquérir celui qui veut progresser dans la vie spirituelle, nous devons nous alléger, ou, comme on disait au XVIIe siècle, nous désembarrasser.

Il est important de savoir demeurer dans son cabinet de travail; mais il est plus important de savoir quitter son cabinet de travail. Une promenade au jardin du Luxembourg, un trajet en autobus, une badauderie sur les boulevards nous instruisent sur le monde, sur les êtres et sur nous autant que la lecture des œuvres de notre philosophe préféré.

Un jour, nous serons soumis à l'épreuve de la mort, et assurément la pratique des textes que ce mystère ultime a inspirés aux sages de tous les temps peut nous aider à nous y préparer. Cependant, à l'heure élyséenne où s'ouvriront pour moi les portes de la miséricorde, ni Platon, ni Chestov, ni aucun des auteurs dont les livres sur la mort ornent ma bibliothèque, ne me seront du moindre secours, non plus que ce que j'aurai moi-même écrit à ce sujet : c'est seul et nu que j'entrerai dans le face-à-face éblouissant.

La connaissance abstraite n'est rien; ce qui compte est la manière dont nous l'exprimons dans notre vie. C'est le « Prenez la posture » des moines zen. Lisons les maîtres, imprégnons-nous de leur enseignement, mais sachons les oublier, pousser plus avant, voler de nos propres ailes! Un véritable maître ne modèle pas ses disciples à son image, mais il les aide à accoucher d'eux-mêmes, à devenir ce qu'ils sont.

Il est bon de posséder les œuvres des Pères de l'Église, de n'avoir qu'une main à tendre pour saisir les *Lettres* de saint Jérôme ou les *Catéchèses* de saint Syméon le Nouveau Théologien; mais il est plus fécond d'être capable de déchiffrer la tendresse et la beauté de Dieu sur le visage de la femme aimée, ou sur celui d'un enfant croisé dans la rue, ou sur celui du vieux clochard qui mendie à la sortie du métro. Aimons nos livres, mais n'acceptons jamais de penser à travers la tête d'un autre, et de vivre par procuration.

Bibliothèque (2)

Un homme d'esprit va en bibliothèque pour draguer, pour dormir, pour se chauffer, et même pour lire. Que l'on soit lycéen ou clochard, la bibliothèque Sainte-Geneviève est, les jours de pluie, le prolongement naturel du Luxembourg (ou du moins l'un d'eux, car les banquettes du Rostand et son pamplemousse pressé ont, eux aussi, leur charme). Quant aux jolies étudiantes qui, les jours de soleil, s'emploient à préparer leurs examens sur les planches de la piscine Deligny, elles n'ignorent pas que la bibliothèque de la Sorbonne est, pour ce genre de sport, un lieu plus propice. J'ai jadis raillé les jeunes filles qui font mine de lire Kierkegaard à Deligny. En revanche, les bibliothèques sont des endroits où l'on peut lire le *Traité du désespoir* sans susciter les moqueries de son voisin.

Il y a les bancs publics, chantés par Brassens; il y a les bains publics, célébrés par votre serviteur; et il y a les bibliothèques publiques, où nous avons le sentiment que rien de fâcheux ne peut nous arriver : cette atmosphère légèrement poudreuse, intemporelle, est propice à l'insouciance, et qu'on y lise *la Famille Fenouillard* ou qu'on y fasse la sieste, on se sent protégé par des siècles de savoir. Pendant la guerre d'Algérie, la bibliothèque de l'Institut d'Études Latines, à la Sorbonne, était un des rares points de France d'où l'on pouvait avoir une vue sereine des événements, et les complots prétoriens de Numidie prenaient leur véritable dimension, recevaient leur juste éclairage, dès lors qu'on les décryptait à la lumière de Tacite et de Plutarque.

Il est toujours agréable pour un auteur de tomber sur une ravissante jeune personne lisant un de ses livres. Cela se produit parfois dans l'autobus, ou à la piscine, mais le plus souvent à la bibliothèque, et une telle circonstance favorise la suite des opérations. C'est une des douceurs de notre métier.

Biscotte

Je dîne, seul, au restaurant. Fonds d'artichauts frais, cèpes à la bordelaise, arrosés d'un pommard 1971; puis, comme j'ai encore un petit creux, je me tape le foie gras maison, et vide un flacon de sauternes. J'ai sous les yeux un article où Bernard Frank me décrit comme un personnage éthéré, mangeur de biscottes et buveur d'eau. Cela est d'un comique extrême, car je suis une des plus solides fourchettes de Paris, j'ai la dalle en pente, et mes amis disent qu'il vaut mieux m'avoir en portrait qu'en pension. Frank a écrit cela, paraît-il, après m'avoir vu à l'émission télévisée de Bernard Pivot, « Apostrophes ».

Rien n'est plus déconcertant que l'impression que l'on fait sur les gens.

Bohème

Posséder, c'est être possédé. Le métropolite Antoine de Souroge donne en exemple le voleur qui saisit subrepticement une montre et la serre dans son poing fermé : il a ainsi gagné une montre, mais il a perdu l'usage d'une main.

Les biens nous encombrent, et nous ligotent. Une fortune à gérer, des affaires à administrer, sont autant de chaînes qui, quoique dorées, entravent un homme et alourdissent sa démarche. Dieu se trouve dans la légèreté.

Tant qu'il est jeune et fringant, l'artiste pratique avec allégresse le « Ne vous inquiétez pas du lendemain » évangélique. Les mots d'*économie* et de *retraite* n'ont aucun sens pour lui, et il vit au jour le jour. Il gagne peu d'argent et habite un sixième étage sans ascenseur, mais qu'importe! Les jeunes personnes qui lui font l'honneur de l'aimer gravissent joyeusement les marches qui conduisent à sa mansarde. En outre, il jouit d'un bien qui, pour un créateur, est le plus précieux : la libre disposition de son temps. Il n'a ni bureau, ni charges, ni fonctions, et chaque matin au réveil il peut s'exclamer : « La journée m'appartient! »

Cette indépendance, ce vagabondage sans frein, à une époque où la planète semble se transformer en une immense termitière, sont d'inestimables trésors, d'exquis privilèges. L'artiste qui n'a ni second métier ni fortune doit néanmoins témoigner d'une certaine force d'âme pour résister aux tentations de la société mercantile. A vingt-cinq ans, la bohème est l'ivresse absolue. A cinquante, continuer de mener cette existence de franc-tireur n'est plus aussi évident : une telle organisation de vie suppose en effet le renoncement aux avantages matériels du monde adulte, à ses honneurs et à sa sécurité; elle exige le dépouillement et l'acceptation de l'incertitude.

Jusqu'à quel âge serai-je capable de cette ascèse frugale et voluptueuse? Si le *Casanova* de Fellini m'a tant bouleversé (cf. *Un galop d'enfer*), c'est parce que je me suis reconnu, ou ai craint de me reconnaître, dans ce terrible portrait : Casanova jeune, beau, mais déjà enveloppé d'une solitude luciférienne; Casanova vieux, spectre ridicule et humilié. Songeons à cette scène impitoyable où Casanova, après avoir subi les brocards de belles jeunes femmes qui n'ont rien lu de lui, ignorent son nom et le tiennent pour un grotesque, s'enfuit du salon, se réfugie dans son grenier et laisse tomber ce murmure : « Je suis fier parce que je ne suis rien. »

Bombe

La société occidentale est si douillette qu'elle ne supporte plus le danger. Au siècle dernier, en Europe, les lanceurs de bombes étaient légion. De nos jours, nous jugeons naturel que les indigènes du tiers monde – c'est loin, et puis, n'est-ce pas Mme Michu, ces gens-là sont des sauvages – crèvent la gueule ouverte par dizaines de milliers, mais qu'une grenade explose à Paris, et c'est l'indignation. Nous faire ça, nous qui sommes si exquisement civilisés, quel scandale! Pourtant les Parisiens devraient être flattés de mourir de la même mort que jadis les grands-ducs de la cour impériale de Russie.

Bonheur (1)

Il n'y a pas de petits bonheurs. Faisant sur son lit de mort le compte des événements heureux de son existence, Antipater de Tarse n'a garde d'oublier sa bonne traversée de Cilicie à Athènes.

Une vie où le bonheur serait continu est impossible. Une vie heureuse est une vie où les moments de bonheur ont été plus nombreux et intenses que ceux de malheur. Une journée où, de dix à douze, vous avez souffert d'une douloureuse crise de gravelle, puis où, de trois à sept, vous avez tenu dans vos bras la jeune personne que vous aimez, n'est pas une journée uniment heureuse : c'est une journée où vous avez connu deux heures de malheur et quatre de bonheur. Encore ne parlé-je ici que du bonheur actif et ardent : à ces quatre heures de *voluptas in motu*, il faut pour être complet ajouter celles de bonheur paisible : par exemple, un bon sommeil, un repas agréable avec des amis, une promenade au Luxembourg, qui, telle l'heureuse navigation d'Antipater, sont des joies non négligeables, quoique de second ordre, car à côté du bonheur fou il existe des bonheurs calmes, et enfin un bonheur qui est surtout absence de douleur, *voluptas in stabilitate*.

Bonheur (2)

Le bonheur ne connaît pas de règles générales : ma conception de la *vita beata* ne vaut que pour moi, et ce qui m'exalte pourrait foudroyer un éventuel imitateur. Jeunes gens, cette quête de la possession de soi est une aventure solitaire, et ne comptez pas sur vos aînés pour qu'ils vous mâchent la besogne. Vous devez découvrir votre nature propre, votre *physis*, puis organiser votre vie en conséquence, avec la volonté d'accomplir votre destin particulier, sans vous soucier des traverses du monde qui, ne l'oubliez jamais, ne souhaite pas votre bonheur, mais votre assujettissement.

Ces conseils ne s'adressent qu'aux garçons. Les

filles, elles, n'en ont pas besoin; elles sont *ailleurs.* Pour une jeune fille, le bonheur est de se trouver auprès de l'être aimé. C'est l'amour qui donne un sens à sa vie, et l'illumine. Une femme heureuse est une femme aimée.

Nous aussi, nous n'imaginons pas un souverain bien où n'entreraient pas, pour une part importante, la tendresse et le plaisir; mais la tension *agonique* qui nous anime, nous porte plus loin. Quand nous nous embarquerons pour le mont Athos ou le jardin des Hespérides...

Bouillon

Ruysbroeck l'Admirable écrit : « Si tu te trouves au septième ciel et si un pauvre te demande un bol de bouillon, descends du septième ciel et donne au pauvre son bouillon. » Dans une vie poétique, il y a de la place pour tout : pour la raison et pour la folie, pour le donjuanisme et pour la constance, pour le profane et pour le sacré, pour la lucidité et pour l'amour, pour le septième ciel et pour le bol de bouillon. Marie a sa place aux pieds de Jésus, mais Marthe aussi.

C

Calendrier

Pour celui qui est ensemble un admirateur fervent de la Rome païenne et un fils affectionné (quoique turbulent) de l'Église orthodoxe, vivre au rythme bimillénaire du calendrier julien est une source de joie toujours renouvelée.

Lorsque Jules César – dictateur et grand pontife – réforma le calendrier de Numa, il ne se doutait pas que ce serait un autre pontife romain, le pape Grégoire XIII, qui jetterait son calendrier aux oubliettes pour y substituer le sien, ce qui était d'une certaine façon l'assassiner une deuxième fois. César se doutait moins encore que deux mille ans après sa mort ses ultimes sectateurs seraient une poignée de Byzantins et de Scythes irréductibles qui, pour célébrer un prophète galiléen du temps d'Auguste, demeureraient fidèles au vieux calendrier païen de la République romaine.

Vivre avec treize jours de retard manifeste que l'on se moque de l'actualité, ce qui est en soi une excellente disposition d'esprit. « Ne vous laissez pas troubler par les événements », enseigne saint Jean Chrysostome à Olympias; et un autre père de l'Église, saint Frédéric Nietzsche, dicte dans *le Gai Savoir* ce commandement : « Vis *ignorant* de ce qui paraît le plus important à ton époque; mets l'épaisseur d'au moins trois siècles entre elle et toi. » A défaut de trois siècles, treize jours sont déjà mieux que rien; et en l'an 2000 l'écart sautera de treize à quatorze jours. Ce n'est qu'un début, continuons le combat.

Célébrer Noël quand le reste de la chrétienté s'étouffe avec la galette des Rois, et accueillir l'an neuf au son des violons tziganes quand le monde entier patauge parmi les soucis d'un morne 13 janvier, est une manière innocente de refuser la grisaille du conformisme, et de s'offrir ce luxe suprême qu'est en ces temps grégaires le droit à la *singularité*. Que Jules César et l'Église orthodoxe, auxquels nous devons ces schismatiques délices, en soient conjointement remerciés, dans les siècles des siècles.

Cambriolage

Être la victime d'un cambriolage ou d'un vol est une excellente leçon de détachement : passé le premier moment, qui est de fureur, on se calme et on songe : « Cela m'enseignera à ne pas m'attacher aux objets, à l'argent, aux choses. »

Si l'on me permet cet approximatif calembour, je dirai : ce sont *les biens* qui sont *le mal*.

Mais le roi des cambrioleurs, c'est la mort, qui nous allège de tout. Les cercueils n'ont pas de poches.

Carême

« Entrons joyeusement dans le temps du jeûne, et livrons-nous au combat spirituel », chante l'Église quand s'ouvrent devant elle les portes du carême. Pour mener ce combat, les ascètes se retiraient jadis au désert, car c'était au désert qu'erraient les démons. Aujourd'hui, le désert des cœurs, c'est la ville, et les démons sont les perpétuelles tentations qui, dans nos grandes cités, nous font vivre à la surface de nous-mêmes en nous distrayant de l'unique nécessaire.

« C'est pour que nous soyons libres que le Christ nous a libérés : tenez donc ferme, et n'allez pas vous remettre sous le joug de l'esclavage », enseigne l'apôtre Paul (*Galates,* V, 1). Pour l'homme moderne, cet esclavage est d'abord celui du bruit, de l'agitation, des nouvelles inutiles, des paroles superflues, de l'ahurissement télévisuel, de tout ce qui contribue au morcellement et à la décomposition de la personne.

Chez les premiers chrétiens, les catéchumènes se préparaient durant ces quarante jours du grand carême, par l'instruction, la prière et le jeûne, à la solennité de leur entrée dans l'Église. Au XXe siècle après Jésus-Christ, nous avons plus encore que nos aïeux besoin de la période d'effort et de purification que constitue la sainte quarantaine durant laquelle nous sommes invités à nous détacher du monde factice qui nous ensorcelle. Le diable, au reste, manque d'imagination, et depuis qu'il a en vain tenté le Christ au désert, ce sont toujours les mêmes passions illusoires avec lesquelles il s'emploie à nous appâter : la passion de l'avoir et la passion du pouvoir. Le temps du carême a pour but de nous délivrer de ces chimères de la possession et de la puissance.

Pardonner à ceux qui nous ont offensés, jeûner, prier, exercer la charité, forment une discipline ascétique qui, pendant ces semaines d'attente de la Résurrection, nous rend plus légers, plus libres, et donc plus heureux. Le carême vécu comme un printemps spirituel. Jeûner, c'est désinfecter son corps et son âme; c'est réapprendre le désir; c'est redécouvrir la virginité des sensations; c'est renouveler en soi l'esprit créateur. Pour les repus que nous sommes, l'ascèse du carême pascal est semblable à une nouvelle naissance; elle demeure un des plus efficaces instruments de notre victoire sur la mort.

Cause

En démocratie, nous avons le droit de nous battre pour les causes qui nous plaisent; nous devrions aussi avoir celui de ne nous battre pas : le droit à l'indifférence.

Ce souhait ne constitue d'aucune façon un éloge de l'apolitisme égocentrique, mesquin, où se complaisent les âmes petites-bourgeoises. Plus subtil que l'asservissement à un pouvoir extérieur, l'esclavage de soi-même n'est pas moins pernicieux, et l'individualiste qui ne s'intéresse qu'à son nombril est aussi dérisoire que le fanatique prisonnier de ses slogans.

Ce que j'entends par droit à l'indifférence, c'est le droit de ne me laisser dévorer ni par les informations ni par les indignations : le droit, par exemple, de me passionner pour la situation politique aux Philippines, qui est un pays que je connais bien et que j'aime, mais de me ficher de ce qui se passe en Afrique noire, qui est une région du monde où je n'ai jamais mis les pieds et qui ne m'attire pas.

Je réclame le droit de n'être pas mobilisé en permanence par les justes causes. Comme tout homme sensible, je suis capable d'éprouver des douleurs civiques. Mais à mi-temps seulement.

Chasse

Ce qui est grisant est volontiers immoral. Le vin et le haschich ont mauvaise réputation. Le libertinage mêmement. Ce sont des ivresses coupables que les vertueux ne se lassent pas de condamner. Toutefois, de telles condamnations n'impressionnent guère les buveurs, les drogués et les don Juans, que les réquisitoires des moralistes n'ont jamais empêchés de boire, de fumer et de séduire.

On peut en dire autant de la chasse à courre. Les cavaliers connaissent très bien ce qui s'écrit contre la cruauté de leur passion, et parfois ils y adhèrent intellectuellement. Mais cette adhésion théorique ne fait pas le poids face à la griserie du galop des chevaux, des aboiements de la meute, des cris des piqueurs, du son des cors, des branches qui fouettent le visage, de l'odeur de la terre mouillée. La chasse à courre, c'est mal, nous sommes d'accord. Mais ce mal est captivant, étourdissant, enivrant. « Toute chasse est mystique », écrit Dominique de Roux. De quel mysticisme s'agit-il ? Du mysticisme de l'ivresse.

De même que seuls les sobres ont le droit de blâmer l'ivrognerie, de même seuls les végétariens ont celui d'anathématiser la chasse. Tonner contre les chasseurs et manger du steak au poivre est une inconséquence qui ridiculise ceux qui s'y abandonnent. Dans son beau traité *Sur l'usage de manger de la chair*, Plutarque enveloppe avec raison les chasseurs et les carnivores en une condamnation unique : pour lui, ces deux termes sont des synonymes, et tout mangeur de viande est un meurtrier.

La vérité est que le meurtre est dans la nature de l'homme. Nous sommes des destructeurs. Nous tuons ce que nous n'aimons pas, mais nous tuons aussi ce que nous aimons. Le vocabulaire de l'amour est un vocabulaire de chasse et de manducation. L'amour-passion, cet anthropophage : c'est à qui dévorera l'autre.

Il n'est pas fortuit que la spécificité de la discipline de jeûne dans l'Église orthodoxe soit l'abstinence de viande et des produits animaux tels que les laitages et les œufs. Mais les plus profonds enseignements touchant le respect de la vie des animaux se trouvent chez le Bouddha et chez Pythagore. Celui-ci prescrivait le végétarisme à ses disciples, leur recommandait la bonté envers les bêtes, obtenait des oiseleurs qu'ils libèrent les oiseaux et des pêcheurs qu'ils rejettent les poissons à la mer. Quant au Bouddha, la défense de tuer les animaux était une règle à laquelle il attachait une importance particulière : ce fut cet amour des êtres vivants, fussent-ils de simples vers, qui le conduisit à interdire aux moines l'usage des couvertures de soie.

Écrire des pamphlets contre la chasse, traiter les chasseurs de salauds, troubler les messes de Saint-Hubert, voilà une agitation qui ne sert à rien : elle est aussi vaine que celle des pacifistes en politique. Le goût du meurtre est une passion qui ne peut être vaincue isolément. Pour le Bouddha et Pythagore, le respect de la vie des animaux n'est pas une fin en soi : il n'est qu'une des attitudes ascétiques qui permettent à l'homme d'atteindre à la délivrance des passions. Ce n'est que lorsque nous serons libérés de nos peurs et de nos désirs qu'alors, peut-être, nous cesserons de tuer.

Civisme

« En prévision de ma mort, écrit Schopenhauer, je fais cette confession que je méprise la nation allemande à cause de sa bêtise infinie, et que je rougis de lui appartenir. » Nietzsche, pour échapper lui aussi à la honte d'être allemand, fait l'éloge du métissage (« Contre la distinction entre aryens et sémites : où les races se mélangent jaillit la source de la culture »), joue au métèque et s'invente des ancêtres polonais. Byron insulte l'Angleterre et s'installe en Italie. Tourguéneff brocarde la Russie et prétend qu'il ne peut vivre qu'à Baden-Baden. Flaubert, coincé en Normandie, raille la France et crie sa nostalgie de l'Orient.

Les écrivains sont si convaincus que la fonction de l'écriture est de subvertir l'ordre en place que, lorsque l'un d'eux se met au service de cet ordre, il devient aussitôt suspect. Racine paye cher d'avoir été l'historiographe de Louis XIV. Les admirateurs de Dostoïevski affectent d'oublier son nationalisme monarchiste et slavophile, préférant mettre l'accent sur l'époque où il conspirait contre le régime impérial. Avoir été persécuté par le pouvoir est un certificat de talent. Tout le monde n'a pas lu Sade, mais chacun sait qu'il a été embastillé, et cela suffit pour sa gloire.

Cohabitation

Une fille amoureuse accepte mal de n'occuper qu'une part de la vie de son amant : cette vie, elle voudrait l'emplir dans son entier. Elle croit de la sorte servir son amour, mais en réalité elle le gangrène, car un homme, pour passionné qu'il soit, ne supporte pas longtemps d'être envahi de la sorte.

Ne se voir que deux heures par jour, mais intensément, vaut pour des amants beaucoup mieux qu'une cohabitation continuelle, et donc nécessairement languissante. Cette vérité, qui est la pierre d'angle de ma vie érotique, est d'ordinaire refusée par les demoiselles, qui s'imaginent que vivre ensemble est un gage de sécurité, de constance.

Colonie

Un Français n'a pas à porter un jugement moral sur la licence des pays asiatiques où le dollar est roi; mais il n'a pas davantage à en porter sur la coercition de ceux qui ont basculé dans le camp de Léviathan. Là, les délices de Capoue; ici, les rigueurs de Sparte. Si nous sommes animés par une conception hédoniste de l'existence, nous pouvons raffoler des premières et redouter les secondes; mais nous n'avons pas à parer nos vices du noble masque de la défense des droits de l'homme. Chez les nostalgiques de l'ancienne Indochine coloniale, la condamnation des actuels régimes du Vietnam et du Cambodge a toujours quelque chose de suspect; elle sent irrémédiablement le fagot.

Comète

La comète qui fait son vol dans le ciel me captive moins que le cœur de ma jeune amante qui bat contre le mien.

Communication

Les gens croient que communiquer, c'est être entendu, comme ils pensent qu'aimer, c'est posséder. Or c'est le contraire qui est vrai : aimer, c'est donner, *se* donner, et communiquer, c'est entendre, être aux écoutes de l'autre.

Les doctes ont de brillantes idées sur la communication, mais ils manquent souvent d'attention envers leur prochain. Si les gens sont seuls, c'est que la plupart de leurs prétendus dialogues ne sont que des monologues. Dans les débats, où les interlocuteurs piaffent d'impatience, se coupent la parole, cela est vrai jusqu'à la caricature; mais cela vaut aussi pour la plupart des conversations, et même des lectures.

Si les gens qui ne m'aiment pas se font de moi une image qui ne correspond aucunement à ce que je suis, c'est parce qu'ils m'écoutent, me regardent et me lisent à travers une grille déformante. Cette grille, née de leur propre difficulté d'être, les empêche de voir ce qu'il y a de bon en moi, et ne décrypte que ce qu'il y a de mauvais. Les gens qui me dénigrent sont toujours des gens qui ne me connaissent pas, qui refusent de me re-connaître, qui veulent me tenir dans l'illégitimité.

Cette méchanceté n'est pas un simple travers mondain, parisien : c'est une très grave maladie de l'âme. Si les pères du désert interdisent avec tant de fermeté la médisance, c'est parce qu'ils savent que la condamnation du prochain est, par excellence, la marque du diable. L'enfer, c'est le rejet des autres, comme dans ces toiles de Czapski où les personnages, murés dans leur solitude, ne se regardent jamais, ou se regardent sans se voir.

Des colloques sur la communication ? Des livres sur la communication ? Soit, mais il est plus urgent d'aider les hommes à se délivrer des serpents qu'ils ont dans le cœur. Il faut leur enseigner la bienveillance. Ce qui manque cruellement au monde contemporain, c'est une théologie de l'icône, c'est-à-dire une théologie du visage et de la contemplation du visage; une théologie de la transparence.

Après la résurrection du Christ, près du tombeau vide, Marie de Magdala pleure, désespérée. Elle voit Jésus, mais elle ne le reconnaît pas : elle le prend pour le jardinier. Dans la vie, nous sommes souvent ainsi : Dieu passe près de nous, mais nous ne voyons que le jardinier et, comme Marie de Magdala, nous nous réputons abandonnés. Dans chaque être humain brille l'étincelle divine. C'est cette icône christique que nous devons nous appliquer à découvrir sur le visage de ceux que nous aimons, et aussi sur celui de ceux que nous n'aimons pas. C'est alors que nous cesserons d'être seuls.

Communisme

Parce que les nazis se sont abusivement réclamés de lui, Nietzsche demeure suspect. L'ombre des camps de la mort fait une tache sur son œuvre. En revanche,

Marx, qui a directement nourri les convictions et les actes de Lénine, conserve sa virginité littéraire : le *Goulag* ne l'atteint pas.

De Berdiaeff à Soljenitsyne, de *la Philosophie de l'inégalité,* écrit à Moscou en 1918, à *l'Archipel du Goulag,* les Russes ont publié une masse énorme d'informations et de réflexions sur le communisme. Ils auraient pu aussi bien labourer la mer. Leurs livres n'auront servi à rien, et les quatre-vingts millions de morts de la guerre civile et des camps de Russie ne pèsent pas plus lourd que les morts des guerres puniques ou ceux de la bataille de Waterloo.

Un an après la prise du pouvoir par Lénine, Berdiaeff écrivait, prémonitoirement : « Seule la révolution russe suggère ce que sera le paradis collectiviste. Vous, les socialistes, vous ne vous rendez pas compte, pour la plupart, de l'aboutissement de vos aspirations et de vos songes. » Aujourd'hui, de telles remarques sont banales; en 1918, alors que les « lumineux espoirs » marxistes-léninistes embrumaient les cerveaux, elles témoignaient d'une extrême originalité.

Toutefois, dans cette querelle, le plus remarquable est que ces vérités sur le communisme, qu'elles soient originales ou banales, admises ou rejetées, ne servent strictement à rien. Les batailles pour la vérité sont toujours des batailles perdues. Les écrits de Voltaire sur la tolérance n'ont pas désarmé le bras d'un seul fanatique; ceux de Berdiaeff sur la révolution n'ont pas sauvé une seule victime du Moloch marxiste-léniniste. Prétendre éclairer les esprits, c'est le tonneau des Danaïdes. La vérité ? Qu'est-ce que la vérité ? Un immense et funèbre « A quoi bon ? » a depuis longtemps éteint nos enthousiasmes, et dissipé nos illusions.

Confession

Dans la confession, le plus difficile est de se confier toujours au même prêtre. Avouer ses actes, durant des années, à un unique témoin silencieux, c'est prendre conscience du caractère répétitif de sa vie, si variée et bigarrée qu'elle soit : toujours les mêmes vices, toujours les mêmes faiblesses, le piétinement, la rechute, l'absence de progrès spirituel, comme cela est désespérant, et humiliant!

En revanche, s'épancher à un inconnu ne demande pas de courage particulier. Chacun de nous a pu observer l'aisance avec laquelle dans un train les gens vous racontent leur vie. Ils ignorent qui vous êtes, ils ne savent rien de vous, et ils ne veulent rien en savoir, car c'est précisément cette ignorance qui leur permet de se déboutonner avec une telle impudeur. Vous êtes le spectateur anonyme, le lecteur sans visage, le confesseur auquel ils demandent une muette absolution. Ils vous livrent leurs secrets, puis, quand le train entre en gare, ils vous serrent la main et disparaissent. Si le lendemain ils vous croisaient dans la rue, ils détourneraient la tête pour n'avoir pas à vous reconnaître.

Semblablement, dans son œuvre, l'artiste se confesse à des confesseurs inconnus. Publier un livre, c'est jeter une bouteille à la mer. Nous la jetons en ignorant qui la recueillera. Il y a une impudeur de l'édition qui fait que l'on diffuse à des milliers d'exemplaires un texte dont on n'aurait pas osé confier le manuscrit à son plus proche ami. Dès que l'enfant vient au monde, le cordon ombilical est coupé. Quand je vois *Un galop d'enfer* à la vitrine des librairies, je ne suis ni gêné ni ému. Ce journal intime qui mène sa vie autonome n'est plus moi. J'en suis délivré.

Consolation

A une femme qui vient de perdre son fils à la guerre, l'abbé de Saint-Cyran écrit : « Si monsieur votre fils était aussi vertueux comme je le crois, c'est une grâce de Dieu de l'avoir de bonne heure retiré du monde, de peur, comme dit l'Écriture, que la malice qui y règne ne le corrompît. » Quelques siècles avant le réformateur de Port-Royal, Sénèque avait utilisé ce même argument, et quasi dans les mêmes termes : consolant Marcia de la mort de son fils, il lui déroule les « mille souillures » de l'âme et du corps auxquelles, s'il avait vécu, l'adolescent aurait été exposé. Ce que l'histoire ne dit pas, c'est si les deux mères y ont, oui ou non, puisé un réconfort.

Consubstantialité

Il n'existe pas d'un côté les belles âmes, les artistes aux mains propres, et de l'autre les brutes qui violent, massacrent, détruisent. Nous sommes tous consubstantiels, et embarqués sur la même galère.

Conversion

L'islam ne connaît pas cette notion, spécifiquement chrétienne, d'adhésion personnelle à une foi : pour les sectateurs de Mahomet, ce qui compte, c'est la conversion d'un peuple, d'une tribu, à la rigueur d'une famille, mais toujours d'un groupe. En terre d'islam, le destin du clan importe plus que l'aventure individuelle, et le solitaire, tel Iblis, est suspect. D'où la déception des chrétiens qui prennent le turban : il semble que ces néophytes ne soient, nonobstant leur bon vouloir, jamais adoptés par les musulmans de souche. Ils ne sont pas pris au sérieux; ils font sourire.

Est-ce propre aux mahométans? Ne pourrait-on observer le même dédain chez les hindouistes et chez les juifs? Ce qui est sûr, c'est qu'on retrouve ce sourire condescendant, discrètement moqueur, chez les Russes et les Grecs à l'endroit des Français qui se convertissent à l'orthodoxie.

Cosmopolitisme

La vocation d'un homme d'esprit est de sauter par-dessus les barrières que dressent les imbéciles. Je n'aime ni les étiquettes, ni les catégories. Ainsi, je ne crois pas qu'il existe de contradiction entre l'amour de la patrie et le cosmopolitisme. Je suis né, en France, de parents russes, et l'éducation que j'ai reçue à l'école était française. Aujourd'hui, mon travail est au service de la langue française; mes livres appartiennent au patrimoine littéraire français; à ma manière, je contribue au rayonnement de mon pays.

Cette passion toute française n'a pour autant jamais fermé mes yeux sur les beautés du monde. Durant mon adolescence, mes initiateurs furent, au moins autant que les auteurs français inscrits au programme, des romanciers russes, des philosophes allemands, des cinéastes américains; et l'écrivain avec lequel je me sentais le plus d'affinités était un poète anglais. Aujourd'hui encore, je ne perds jamais une occasion de publier ma dette, ma gratitude, envers ces excellents maîtres. De même, l'atmosphère judéo-chrétienne dans laquelle j'ai grandi n'a pas rendu mon cœur insensible aux vérités dont le paganisme gréco-romain et les religions asiatiques sont dépositaires. L'eau qui jaillit est française, mais les sources, elles, sont cosmopolites.

Arthur Schopenhauer, qui fut un des dieux chéris

de ma jeunesse, peut ici nous servir de modèle. Ce maître de la prose allemande, cette gloire du XIXe siècle allemand, fut toujours, par tempérament et par conviction, un cosmopolite. Il avait horreur du chauvinisme allemand, raillait les efforts des Allemands pour bannir les mots étrangers de leur langue, méprisait le fanatisme du moyen âge allemand où l'on brûlait les hérétiques sur les bûchers, et en 1813 refusa de prendre le fusil contre les armées de Napoléon.

Ayant vécu une partie de son enfance au Havre, il parlait notre langue à la perfection, et sa bibliothèque était principalement française. « Il y a, disait-il, plus de métaphysique vraie dans un seul vers de Lamartine, dans une plaisanterie de Chamfort, que dans toute la prétentieuse *Phénoménologie* de Hegel. » Il savait aussi l'italien, l'espagnol; il avait à l'âge adulte appris le grec et le latin; en 1829, il exprima le vœu, qui malheureusement n'aboutit pas, de traduire Kant en anglais. Cet Européen accompli, qui vécut en France, en Angleterre, en Suisse, en Hollande, en Italie, en Autriche, et qui en Allemagne aimait à s'entourer d'Anglais et de Français, fut l'introducteur en Occident de la pensée de l'Inde. Ce cosmopolite opiniâtre a plus fait pour la grandeur de son pays que tous les bataillons de Bismarck.

Cosmos

En délivrant l'homme des obscures forces telluriques qui, dans toutes les religions païennes, asservissent la nature, le judéo-christianisme a rendu possible la technique moderne, dans le règne de laquelle Heidegger voit l'aboutissement de la métaphysique occidentale. La révélation biblique sacre l'homme roi de l'univers. Par l'Incarnation et la Résurrection, Dieu « réalise l'union entre la terre et les corps célestes », écrit saint Maxime le Confesseur.

La venue du Christ a une portée cosmique; elle est le signe d'une nouvelle humanité, d'une nouvelle création. C'est ce qu'a resserré le cardinal Daniélou dans cette formule : « Le christianisme nous a donné deux choses : la machine et la personne. »

Mon ami Alain Daniélou, frère du cardinal et célèbre shivaïste, s'indigne, lui, de cette prétention de l'Église à modifier l'ordre divin et à subjuguer l'univers. Il la juge odieuse, et dérisoire.

Courtoisie

Nous ne rencontrons pas tous les jours un type qui nous enfonce un couteau dans le ventre. Les violences auxquelles nous sommes affrontés sont d'ordinaire plus subtiles. Elles participent néanmoins à une même décomposition des mœurs.

L'amour du prochain n'est pas un sentiment naturel : comme la croyance en la résurrection des morts, il est d'ordre surnaturel, et ce n'est pas un hasard si c'est Dieu qui nous l'a enseigné. Spontanément, sauf à être des saints (mais la sainteté n'est jamais donnée : elle s'acquiert), nous ne débordons pas de bienveillance pour le genre humain. Dans un restaurant, dans une salle de spectacle ou sur une promenade publique, le contact avec la foule nous crispe et souvent nous répugne.

La vie en société n'est supportable que soutenue par une extrême courtoisie. C'est une conduite civile et honnête qui rend les relations humaines heureuses. En termes *politiques*, cela se traduit ainsi : seule la *politesse* des citoyens peut nous épargner la *police* du gouvernement. La grossièreté et le sans-gêne des imbéciles sont autant de prétextes offerts au pouvoir pour légitimer la répression. A la goujaterie des particuliers répond toujours la brutalité de l'État.

Or, notre société devient, chaque jour davantage,

une société de goujats. Dans mon adolescence, un type qui vous bousculait sans vous prier de l'excuser était l'exception. Aujourd'hui, c'est celui qui, après vous avoir heurté, murmure un rapide « Pardon! », qui est devenu l'oiseau rare. Autrefois, dans les magasins, le métro, les gens vous tenaient naturellement la porte. Aujourd'hui, ils vous la claquent à la figure. Jadis, habiter le quartier Latin était une vraie joie. Aujourd'hui, la vie y est empoisonnée par la présence de butors agressifs, qui semblent toujours prêts à aboyer ou à mordre. Un ami insomniaque qui se promène beaucoup la nuit, m'affirme qu'on rencontre à Paris des êtres qui ne sont pas des êtres humains : il suppose que ce sont des extraterrestres qui peu à peu s'infiltrent parmi nous. Une cinquième colonne de gorilles, en quelque sorte.

L'abruti qui à la piscine empoisonne avec son transistor la quiétude de deux cents personnes; les crétins en goguette qui au restaurant parlent à voix haute, gâchant ainsi par leurs propos niais la soirée de ceux qui dînent aux tables voisines; les débiles mentaux qui saccagent les cabines téléphoniques : voilà quelques exemples des attaques innombrables que nous subissons dès que nous nous mêlons à nos « semblables ». Je comprends Louis II de Bavière qui, lorsqu'il désirait voir *Lohengrin,* faisait évacuer le théâtre et, dans sa loge royale, assistait au spectacle – seul.

Quand nous étions enfants, au catéchisme, nous avons appris cet adage des pères de l'Église : « Dieu s'est fait homme pour que l'homme devienne Dieu. » Cette maxime qui résume tout le génie du christianisme, est un magnifique appel à se surmonter. Aujourd'hui, avec des ricanements de dérision, l'homme nie l'étincelle divine qui brille en lui. Une telle négation est certes la pire des violences que l'homme puisse exercer contre soi-même. Mais alors ne nous étonnons pas s'il se met à marcher à quatre pattes. Dieu est mort, et l'homme descend du singe. Maintenant, il y remonte.

Couvercle

Ce qui me gêne dans la condamnation du suicide par l'Église, c'est que les théologiens qui la formulent font du Dieu chrétien une sorte de couvercle sur la marmite des passions, comme pour empêcher la vapeur de s'envoler. Or la vapeur, c'est le Saint-Esprit. Un très fameux philosophe catholique a dit à Christian Chabanis ceci, que je trouve horrible : « Si notre sainte mère l'Église autorisait le suicide, il y aurait longtemps que je me serais fait sauter la cervelle. » Ce Dieu couvercle de marmite n'est pas le Dieu de la liberté et de l'amour; ce n'est pas le Dieu de l'Évangile. C'est un Dieu éteignoir, un Dieu père fouettard. Peut-être est-ce le Dieu d'Augustin d'Hippone. Ce n'est pas le mien.

Création (1)

L'écriture n'est pas, elle, un vice impuni. Le verbe se fait chair, soit, mais il ne se fait chair que pour être cloué sur la croix. On ne peut être un créateur et simultanément opérer une brillante carrière sociale ou mondaine. Il est ridicule d'espérer être à la fois Baudelaire et le professeur Tartempion du Collège de France; il est obscène de prétendre gagner sur tous les tableaux.

Créer, c'est partir à l'aventure et courir le risque de se perdre. Celui qui dans son œuvre ose être lui-même, fait par avance le deuil de son honorabilité, de sa sécurité, voire de sa vie. Tout grand livre est de la dynamite pour celui qui l'écrit; tout grand livre a sa source dans une audace suicidaire. Un destin créateur s'accomplit sous le double signe du scandale et du danger.

Création (2)

Notre seul devoir est de donner une œuvre naturelle, c'est-à-dire une œuvre qui soit le véridique reflet de notre tempérament, de nos passions, de nos actes, de notre style de vie. Nous sommes pareils aux arbres d'un potager : le cerisier donne des cerises, le pommier des pommes et le poirier des poires. L'important, que l'on soit arbre ou écrivain, c'est de rester soi-même. Certes, Philippe Sollers a raison de dire que notre tâche est de raconter la création. Mais la création n'a pas d'existence objective. Nous ne percevons le monde créé qu'à travers le prisme de notre sensibilité particulière. Quand, Sollers et moi, nous nous promenons ensemble au jardin du Luxembourg parmi un tourbillon d'enfants et de feuilles mortes, nous ne voyons ni ne notons les mêmes choses. L'unicité du Luxembourg éclate dans la multiplicité de nos représentations. En littérature, le regard que nous portons sur la création a plus de réalité que la création elle-même.

Croix

Mes coreligionnaires aiment à citer cette belle parole de saint Grégoire de Nysse : « On vient à Dieu par des commencements sans fin. » Soit, mais les voies par lesquelles nous nous éloignons de Dieu sont, elles aussi, tortueuses, interminables. Si affranchis du Christ que nous nous figurions être, les clous de la croix nous retiennent à lui. Sur les champs de bataille, dans les hôpitaux, dans les prisons, il n'y a qu'un sang qui coule sur la terre, et c'est le sien.

Toute souffrance nous est une eau baptismale. Nous pouvons nous croire sceptiques, libertins, athées : chacune de nos nuits d'angoisse nous emporte au jardin de Gethsémani.

Culte

Il est courant d'entendre les gens dire qu'ils sont croyants, mais non pratiquants; faire l'éloge de Dieu, et dénigrer ses prêtres. Je suis aux antipodes de cela. Je ne suis pas certain de croire en Dieu, mais j'aime les églises, j'aime les prêtres, j'aime les célébrations. Qu'il s'agisse du christianisme, religion du Christ, ou de l'érotisme, religion d'Éros, ce n'est pas la théologie spéculative qui me passionne, c'est le culte.

D

Dandysme

Le dandysme, c'est la rigueur, l'ascèse et le désir d'être, en toutes circonstances, sublime, c'est-à-dire supérieur aussi bien à la tentation du désespoir qu'à celle du conformisme social.

Le dandysme est, ou devrait être, synonyme de générosité, de dépouillement, d'élan vers la sainteté.

Un dandy s'affirme autant par ce qu'il refuse d'être que par ce qu'il est. Tel Dieu, il se définit apophatiquement. Ainsi, par exemple, le refus d'être habile. Dans une société mue par les petites ambitions, les petites intrigues, le dandy se caractérise par sa droiture et son désintéressement. Il n'a que dédain pour les jeux misérables de l'arrivisme, et sa clandestinité supérieure est aux antipodes de la tapageuse vanité de l'histrion. Un dandy ne sollicite rien. Si on lui offre un poste, ou une médaille, à la rigueur il l'accepte; mais il ne lui viendrait pas à l'esprit de briguer.

Le dandy ne fait rien pour obtenir quoi que ce soit, sauf dans sa vie amoureuse où il est prêt à affronter la société, l'opinion publique, les parents, la Brigade des mineurs, le diable et son train; il devient un tigre de courage et d'opiniâtreté. Le dandy est nonchalant, désinvolte, mais ne vous y frottez pas : soudain, la foudre.

Les noms de Byron, d'Alfred d'Orsay, de Brummell, de Barbey, de Baudelaire et... d'Ivan Matzneff (cf. le mot « Famille ») font que le dandysme est historiquement lié à la sensibilité du XIXe siècle européen; mais le dandysme est intemporel, il est de toutes les époques, et Lucullus, Atticus, Ovide, Apicius, Sénèque et Pétrone ont, chacun à sa manière, incarné le dandysme avec une perfection depuis lors jamais surpassée. Cela est naturel, car s'il existe des dandys chrétiens (Baudelaire, *for instance*), le dandy est essentiellement un païen qui récapitule en soi les meilleures écoles de l'antiquité gréco-romaine; qui est à lui seul un pyrrhonien, un cynique, un épicurien et un stoïque.

Le dandy aime d'être aimé des gens qu'il aime ou estime ou admire; mais la haine des imbéciles et la jalousie des médiocres ne l'affligent pas outrément : au contraire, elles le corroborent dans le plaisir qu'il a d'être celui qu'il est.

Danger

Le haschich est dangereux, car cette drogue douce est le premier degré de l'échelle des drogues dures. Le tabac est dangereux, car il est le fourrier des maladies du cœur et des poumons. L'alcool est dangereux, car celui qui s'y abandonne est guetté par la cirrhose du foie. L'amour est dangereux, car il nous expose aux coups de pied de Vénus. Le cheval est dangereux, car c'est un sport où l'on risque de se casser les vertèbres. L'écriture est dangereuse, car dans les temps de troubles ce sont les écrivains qu'on fusille en premier. Respirer est dangereux, car l'air de nos villes est pollué. En un mot, vivre est dangereux. On comprend les Thraces qui, lorsque naissait chez eux un enfant, saluaient le nouveau-né par des gémissements et, assis autour de lui, énuméraient les maux qu'il allait nécessairement éprouver durant son existence.

Un dicton affirme que des éperons aux talons

d'un débutant, c'est un rasoir entre les mains d'un singe. En revanche, un cavalier confirmé fera le meilleur usage de ses éperons et souvent, en concours, leur devra sa victoire. Le haschich, l'amour et le vin sont, eux aussi, le pire et le meilleur. Tout dépend de l'usage que nous en faisons. Aussi n'est-ce pas l'abstinence que nous devons enseigner, mais la maîtrise de soi. Aristippe disait de sa maîtresse, la belle Laïs : « Je la possède, mais elle ne me possède pas. » Celui qui est capable dans sa vie d'appliquer cette parole essentielle à sa propre maîtresse, mais aussi au vin qu'il boit et à l'herbe qu'il fume, ne connaîtra ni désespoir d'amour ni cure de désintoxication. On peut avoir une vie donjuanesque sans attraper de vilains microbes, raffoler du haut-brion sans sombrer dans l'ivrognerie, et fumer du haschich sans devenir héroïnomane. L'escalade, la fameuse escalade dont certains se font un dragon, n'est pas une fatalité.

Si l'on fusillait les gros bonnets de la drogue, j'y applaudirais; mais ces messieurs sont intouchables et, lors même que leurs noms sont connus, il est interdit de les prononcer. En revanche, à l'autre bout de la filière, l'État ne cesse de persécuter les petits usagers de cette drogue. « C'est pour leur bien », m'objecte-t-on. Je me méfie à l'extrême d'une telle réponse qui est la porte ouverte aux parents abusifs et aux régimes totalitaires. Les parents qui veulent « faire le bonheur » de leurs enfants, les gouvernements qui savent mieux que moi la vie qui me convient et prétendent que je marche au pas cadencé en direction du paradis, sont la huitième plaie d'Égypte. Je n'autorise personne à décider à ma place ce qui est pour moi le souverain bien; et, au pire, je réclame le droit de creuser ma tombe de la manière qui me plaît.

Débat

La scène se passe en Russie aux premiers temps de la Révolution, lors d'un débat contradictoire. Très vite, en Russie communiste, les débats cesseront d'être contradictoires, et seuls les marxistes-léninistes de stricte observance auront droit à la prise de parole. Mais cette histoire date du tout début, à l'époque où la pierre tombale du peuple russe n'était pas encore scellée, et où l'air circulait furtivement.

Lors d'une réunion, donc, un orateur bolchévique parle à la tribune. Il déroule les mensonges de l'Église, les impostures de la religion, il explique qu'il n'y a pas de résurrection, que le Christ n'est pas Dieu, il cause, il cause, il cite Feuerbach et Marx, il est érudit, éloquent. Dans la salle les gens écoutent sagement, et opinent du bonnet. Quand enfin l'orateur se tait, celui qui préside la séance, un autre communiste, interroge l'auditoire.

– Quelqu'un a-t-il un mot à ajouter?

Un homme, un paysan barbu, se lève.

– Moi, j'ai quelque chose à ajouter.

Le président fronce les sourcils.

– Bon, concède-t-il, parle, mais sois bref.

Le paysan hoche la tête.

– Rassure-toi, je ne serai pas long.

Il regarde autour de lui, fait avec solennité le signe de la croix et, d'une voix forte, lance le cri pascal :

– Christ est ressuscité!

Alors, toute l'assistance se lève comme un seul homme, se signe, et répond joyeusement :

– En vérité, Il est ressuscité!

Dédoublement

Dans mes livres, qui dit quoi? C'est une question que je me pose, mais à laquelle il m'est difficile de répondre.

Je nourris mes livres de ma connaissance du monde, des êtres, de moi-même, je les écris avec ma sensibilité, avec mon intelligence de la vie, et non avec celles de ma voisine de palier.

Cela dit, suis-je mes mots, mes idées, mes passions, ou leur suis-je extérieur? Parfois, j'ai l'impression d'un dédoublement. Peut-être ne s'agit-il que de la naturelle différence qui existe entre le créateur et sa création; mais peut-être aussi est-ce l'effet de la schizoïdie pour laquelle j'ai été jadis soigné.

Déification

Tibère, qui ne croyait pas aux dieux, mais à la fatalité, et qui témoignait aux hommes un mépris vigilant, se souciait peu de recevoir les honneurs divins. « Je sais que je ne suis qu'un mortel », avait ironiquement déclaré le misanthrope de Capri, lors d'une séance du sénat où il était question de lui élever un temple en Espagne. Caligula, lui, n'éprouvera pas la même répugnance à se faire ériger en divinité, à Rome et dans les provinces : très vite, il fera preuve de ce que les savants appellent son « extravagante mégalomanie théomorphique ». Les érudits aiment à expliquer les bizarreries théologiques de Caligula par la folie. Cela les rassure. Mais Caligula n'était nullement fou. Ce qui est vrai, c'est qu'il avait une vision poétique, esthétique de l'existence, et qu'en outre tout lui était permis. Empereur, revêtu de la puissance tribunicienne et du grand pontificat, père de la patrie, rassemblant d'un coup tous les titres qu'Auguste avait mis des années à obtenir, il jouissait du pouvoir suprême. Comment n'en aurait-il pas usé, et abusé? A sa place, j'en aurais fait autant.

Dion Cassius, un des meilleurs historiens de Caligula, écrit, pince-sans-rire, que celui-ci « souhaitait qu'on le prît pour quelque chose de plus relevé qu'un homme ». Mais l'important dans la vie est moins l'opinion que les autres se font de vous, que l'idée que l'on a de soi. Caligula croyait-il vraiment convaincre ses concitoyens, lorsqu'il leur déclarait qu'il était une réincarnation de Jupiter et faisait placer dans les temples sa statue à côté de celle du dieu? En tout cas, il savait récompenser ceux qui semblaient convaincus : ayant ordonné la divinisation de sa sœur Drusilla, Caligula fit remettre un million de sesterces à un sénateur, Livius Geminius, qui jura avoir vu celle-ci monter au ciel et converser avec les dieux. Mais c'était principalement à lui-même que l'empereur faisait plaisir, quand il racontait qu'il était en étroites relations avec la lune, que la Victoire lui avait ceint le front d'une couronne, quand il jouait à être Neptune brandissant un trident, quand sur les statues des dieux il remplaçait leur tête par la sienne, quand il prétendait être Apollon et Bacchus, quand transgressant les frontières du sexe il s'identifiait à Vénus, déesse des folles amours, et à Junon, gardienne de la fidélité conjugale. Vénus et Junon! Comment pourrais-je n'être pas captivé par ce cher et matznévissime Caligula?

Au demeurant, Caius Caesar Augustus Germanicus, surnommé Caligula, qui signifie Petite Bottine, était un dieu, mais c'était un dieu qui ne se prenait pas au sérieux. Un jour, un Gaulois, considérant l'empereur qui, déguisé en Jupiter, prononçait un oracle, s'était mis à rigoler. « Qui crois-tu que je suis? » interrogea Petite Bottine. « Un grand charlatan », répondit le Gaulois. Caligula rit à son tour, et ne punit d'aucune façon l'insolence de cet homme, qui n'était qu'un cordonnier. Quand sa femme Césonia lui donna une fille après trente jours de mariage, au lieu de réagir en mari trompé, Caligula jugea plus drôle de revendiquer la paternité de l'enfant et de remercier les dieux qui lui avaient permis de devenir, en un temps si court, époux et père.

Bien qu'il descendît d'Auguste, Caligula s'était opposé à ce que l'on célébrât l'anniversaire de la victoire d'Actium. C'est qu'il ne descendait pas seulement d'Auguste, mais aussi d'Antoine. L'amant de Cléopâtre, ce Romain charmé par l'Orient, fasciné par l'Égypte, aura été, tout au long du court règne – trois ans, dix mois et huit jours – de Caligula, son modèle inavoué. Caligula faisant diviniser sa sœur-amante, Caligula bâtissant un temple d'Isis au Champ de Mars, Caligula exigeant qu'on l'adore comme un dieu, c'est Antoine tentant de recréer avec Cléopâtre le couple divin formé par Osiris et Isis, et adoptant la mise, les mœurs et la pompe de l'Orient hellénistique.

Aujourd'hui, nous sommes peu nombreux à être capables de pressentir ce que fut la Rome païenne, de l'aimer, de la vivre de l'intérieur. La Rome antique, c'est Antoine faisant son entrée à Éphèse : il est précédé de femmes déguisées en bacchantes, d'hommes et d'enfants déguisés en satyres et en pans; on ne voit par la ville que thyrses couronnés de lierres; on n'entend que psaltérions, flûtes et chalumeaux; Antoine est salué aux cris de « Dionysos qui donne la joie », « Dionysos doux comme le miel ». Quelle que soit l'opinion que nous ayons de nos actuels politiciens, nous ne nous imaginons pas les appelant « Dionysos doux comme le miel ». Nous serions d'ailleurs aussitôt inculpés pour insultes à un chef d'État. Nous avons perdu le sens du sacré; nous sommes devenus raisonnables et ennuyeux. Au XXe siècle après Jésus-Christ, nous ne sommes capables que d'inventer un sinistre téléphone rouge entre Washington et Moscou. Caligula, lui, en l'an 38 de l'ère, avait fait relier ses appartements du Palatin au Capitole par une gigantesque passerelle, afin de pouvoir, expliquait-il, s'entretenir plus commodément avec Jupiter. Voilà qui avait, on me l'accordera, une autre allure.

Délivrance (1)

En douze ans, Jacques Chancel m'a invité trois fois à son émission radiophonique « Radioscopie ». Il serait instructif d'entendre à la suite les enregistrements de ces trois interviews : on pourrait ainsi observer le vieillissement de la voix, le cynisme grandissant des aveux, les prodromes de la mort qui s'avance sans bruit.

Je mesure ma décrépitude à la définition qu'en 1974 Chancel donnait de moi : « Un spécialiste de la rupture. » Le pouvoir de rompre est une marque de jeunesse, et de vitalité. Aujourd'hui, je ne romps plus. Je laisse pourrir les situations, s'effilocher les liens, je traîne derrière moi, tel le forçat son boulet, un cortège d'anciennes maîtresses qui, en s'incorporant celui des nouvelles, fait que ma vie ressemble à un parc que ses jardiniers auraient déserté et qu'envahiraient les ronces et les broussailles. J'attends avec un ambigu d'indifférence et de curiosité l'heure où la plus jeune, la plus sauvage, la plus amoureuse de ces tendres lianes enlacera mon cou et m'étranglera une bonne fois pour toutes. Quelle délivrance! quel repos!

L'idée du suicide ne manque pas de charme; mais celle d'être assassiné par une amante est incomparablement plus délicieuse. L'amour, c'est la mise à mort. Une passion n'est jamais si bien authentifiée que par le meurtre.

Délivrance (2)

Les ci-devant lignes sur la délivrance ont été écrites durant la période de dix années qui ont suivi ma rupture avec Francesca : 1976-1985. Dix années d'une vie donjuanesque et dissolue. Ceux qui ont lu mon journal intime 1977-1978, publié sous le titre *Un galop d'enfer,* savent de quoi je parle. Lorsque je publierai les années 1979 à 1985, ils verront que ma vie érotique a durant tout ce temps continué d'être, et de manière de plus en plus débridée, un galop d'enfer. J'étais prisonnier de mon harem, dévoré par lui, et incapable de me ressaisir. Mon existence était une maison de fous.

C'est la jeune fille à laquelle *le Taureau de Phalaris* est dédié qui, en juin 1986, à mon retour d'un voyage aux Philippines, allait être pour moi le visage de la délivrance. Grâce à elle... Mais ceci, comme dit Kipling, est une autre histoire, une histoire toute nouvelle qu'il me reste à vivre et peut-être, un jour, à écrire...

Départ

On offrirait aux gens qui se donnent la mort, juste avant qu'ils ne commettent l'acte irrémédiable, un billet d'avion pour partir se reposer dans une île du Pacifique, la plupart d'entre eux choisiraient le billet d'avion. Ce que désirent les suicidaires, ce n'est pas mourir, c'est que la situation où ils se trouvent se modifie, revête une autre forme.

Dans *l'Archimandrite,* Cyrille se tue en se jetant du haut des falaises de Dieppe, mais il aurait pu aussi bien partir en voyage. Au début du roman, il dit d'ailleurs à un ami, le père Philippe, son intention de partir pour l'Inde. Peut-être ne parle-t-il de l'Inde que parce qu'il ne veut pas avouer à un prêtre qu'il songe à se donner la mort. Mais le suicide ou l'Inde, c'est la même échappée, la même fuite. *Ivre du vin perdu,* lui, se clôt sur le départ de Nil pour les Philippines. Partir pour Manille, de l'autre côté de la planète, ou partir, en commettant un suicide, de l'autre côté du miroir, la démarche est identique.

Cyrille qui se jette du haut des falaises de Dieppe et Nil qui prend un Boeing 747 pour Manille, expriment un semblable désir de rupture. Un des neuropsychiatres qui m'ont jadis soigné, me disait qu'il n'y a que de vrais suicides, et que même les simulateurs – par exemple la vedette de cinéma qui avale trois cachets de perlimpinpin et convoque aussitôt les photographes – sont animés par cette volonté de créer une situation vierge, impollue, qui est le ressort de toutes les conduites suicidaires. Simuler un suicide, c'est être transporté à l'hôpital, entouré de gentillesse, de soins, devenir soudain le centre des égards, susciter peut-être (dans le cas d'un chagrin d'amour) le remords de *l'autre,* et son retour, bref rompre avec la solitude, se mettre à exister aux yeux d'autrui. Un suicide est toujours un appel; l'*attentat* contre soi est toujours une *attente;* et c'est pourquoi le billet d'avion est souvent intérieur. Ce serait trop simple, si l'éloignement spatial suffisait à tout régler.

Dans mes romans, dans mon journal intime, j'ai souvent décrit des situations douloureuses, en particulier d'ordre amoureux, où un déplacement dans l'espace a des effets lénitifs et salvateurs; mais j'ai aussi écrit sur l'illusion qu'est le voyage, puisque, si loin qu'on aille, on n'échappe pas à soi-même. La vraie délivrance est intime, et le billet pour Manille n'est qu'une image.

Il y a là une contradiction stoïcienne à laquelle Plutarque n'a pas songé! Les stoïciens ont fait du suicide la pierre angulaire de leur philosophie, l'ont exalté, sanctifié. Simultanément, ils n'ont cessé de nous mettre en garde contre les courses absurdes et vaines, contre les voyages inutiles qui nous font ressembler à des fourmis allant et venant le long des arbres, mais qui ne font pas de nous des hommes libres, car cette liberté, ce n'est que dans la paix de notre cœur que nous pouvons la rencontrer. Donc, à la fois les stoïciens justifient cet ailleurs émancipateur qu'est le suicide et nient qu'un ailleurs puisse exister. Quelle (charmante) inconséquence!

Déplacement

Cioran écrit dans *De l'inconvénient d'être né :* « Aller aux Indes à cause du Védânta ou du bouddhisme, autant venir en France à cause du jansénisme. » Je ne suis pas d'accord. Étudier l'hindouisme à la Bibliothèque nationale, et aller le découvrir et le vivre à Bénarès (je songe ici à Alain Daniélou), ce n'est pas la même chose. Venir à Paris à cause des messieurs de Port-Royal se justifie parfaitement, et Cioran serait bien ingrat de ne pas l'admettre, lui qui a, comme moi, le privilège de vivre à l'orée du jardin du Luxembourg dans un quartier où chaque jour nous croisons le gracieux fantôme de la duchesse de Longueville et celui, plus austère, de l'abbé de Saint-Cyran. Il existe une fécondité du déplacement, et cette fécondité est celle de l'expérience personnelle, toujours supérieure au savoir spéculatif. Un jour, au Musée gallo-romain de Lyon, j'ai entendu une fillette chuchoter à une autre fillette, en désignant une statue de bronze : « Touche, pendant que tu y es. » Voilà une formule qui résume à merveille ma philosophie de l'existence.

Désir

Bon, c'est entendu, nous sommes des fils d'Abraham. Nous devons néanmoins rester modestes et ne pas oublier que les grandes aventures spirituelles n'ont pas toutes leurs sources en Palestine. Ainsi, par exemple, celle du roi indien Brhadradha qui, envahi par le sentiment de l'impermanence, s'enfonça au cœur d'une forêt, après avoir renoncé au désir et composé un chant :

« Dans ce corps exposé à la faim, à la soif, à la maladie, à la vieillesse, à la mort, à quoi bon l'assouvissement des désirs, si après qu'on a été rassasié on doit revenir maintes et maintes fois ici-bas ? Veuille me délivrer : je suis dans ce flot perpétuel comme une grenouille dans un puits sans eau. »

Destin

Le *Ducunt volentem fata, nolentem trahunt* de Sénèque se vérifie chaque jour, et nous devrions puiser une consolation dans la conscience de la *fatalité* de notre destin. Mais à l'heure du deuil, de l'épreuve, du déchirement, qu'ils sont difficiles à prononcer, le « Tout ce qui arrive, arrive justement » de Marc Aurèle, le « Que ta volonté soit faite » du *Notre Père*! Nous ne sommes pas libres, mais nous croyons l'être, ou du moins nous voulons croire que nous le sommes, et lorsque l'illusion se dissipe, c'est la douleur, la révolte, le *Non* jeté à la face impassible de Dieu.

Diététique (1)

Il y a du sophiste chez La Bruyère. Ainsi lorsqu'il écrit que celui « qui, pour conserver la taille fine, s'abstient de vin et ne fait qu'un seul repas n'est ni sobre ni tempérant », parce que « le motif seul fait le mérite des actions des hommes, et le désintéressement y met la perfection ».

Pour moi, je pense au contraire que ce qui importe, ce sont nos actes, et non les motifs de nos actes. Un homme peut s'engager à la Légion étrangère, une femme entrer au couvent, pour les pires raisons, et néanmoins faire un soldat courageux, et une sainte religieuse.

J'aimerais que La Bruyère nous donnât sa définition de la sobriété et de la tempérance. Si celui qui jeûne pour rester svelte n'est ni sobre ni tempérant, celui qui fait maigre pour gagner son paradis ou celui qui ne mange ni ne boit parce qu'il manque d'appétit et qu'il ne supporte pas le vin, le sont-ils davantage? Les querelles sur le mérite et le désintéressement sont des querelles d'Allemand. Les curistes que je vois chaque année au Mont-Pèlerin chez mon ami Christian Cambuzat, sont mus par des raisons fort diverses : l'essentiel est leur volonté de ne pas se soumettre à la fatalité de la cellulite et de la brioche; c'est leur décision de se réformer, de maîtriser leur poids, et leur vie.

Diététique (2)

Dans *Fedora* de Billy Wilder, un médecin explique que le secret du personnage joué par la belle Marthe Keller, censée avoir soixante-dix ans et en portant vingt-cinq, est une stricte discipline diététique et mentale. Et il resserre ainsi sa pensée : « Vous comprenez ce que je veux dire : yogourt et yoga. »

La maîtrise du corps et celle de l'âme sont une aventure unique. Les maîtres zen enseignent que chacun de nous porte en lui la nature du Bouddha, mais que pour en permettre l'éveil nous devons subjuguer notre carcasse.

Christian Cambuzat, qui a choisi pour emblème de son centre de revitalisation le portrait du comte de Saint-Germain, cette figure mythique de la jeunesse éternelle, rend à ses curistes la sveltesse de leur adolescence, mais surtout il régénère leur pensée, leur apprend le contrôle de soi, et transforme la vision qu'ils ont de l'existence. Nous sommes ce que nous mangeons, et le choix de notre nourriture est plus important que ce que les hommes prennent d'ordinaire au sérieux. Nietzsche qui, lorsqu'il vivait à Gênes, à Venise, à Nice, faisait lui-même son marché, explique la philosophie allemande par l'abus de la bière, des pommes de terre et de la choucroute. La macrobiotique, cet ensemble de recettes de cuisine, signifie étymologiquement la plénitude de vie.

Pline l'Ancien, aux premières lignes du XXe livre de son *Histoire naturelle,* écrit : « Ici, nous entrons dans l'œuvre la plus grande de la nature : nous allons parler à l'homme de ses aliments. »

Chez Cambuzat, je suis jeté au cœur de l'action. Un des messieurs de Port-Royal, qu'on ne lit guère de nos jours, bien qu'il ait une rue à son nom dans le quartier janséniste de Paris, Pierre Nicole, écrit : « Quand on se prescrit à soi-même des règles, on s'en dispense facilement, et il est rare qu'on ait assez de force pour vaincre la paresse, lorsqu'on n'est point aidé par la coutume et la règle d'un monastère. » Voilà pourquoi je ne saurais me passer de mes régulateurs séjours au Mont-Pèlerin (le « Saint-Graal » de *Ivre du vin perdu*). L'homme ne peut pas se sauver tout seul; il est trop lâche et trop mou pour cela. D'où la nécessité d'un directeur spirituel et d'un air ambiant. J'opère mes cures chez Christian Cambuzat dans le même état d'esprit qu'au XVIIe siècle le duc de Saint-Simon allait faire retraite à la Trappe : pour le salut de mon corps et de mon âme, qui ensemble se dégradent, qui ensemble se magnifient, et qui, si Dieu le veut, ressusciteront ensemble.

Dieu

Sainte-Beuve note avec raison qu'il est impossible de séparer *le Génie du christianisme,* ce « coup de théâtre et d'autel », des circonstances sociales de sa publication : le Concordat, la réconciliation et l'alliance entre la société française et l'Église romaine, le reniement des excès antichrétiens de la Révolution. Nombreuses étaient, surtout parmi la jeunesse, les âmes qui avaient la nostalgie du passé catholique de la France et aspiraient à un retour aux sources religieuses de la nation. *Le Génie du christianisme* allait être, pour plusieurs générations de lectrices et de lecteurs, un révélateur de cette sensibilité chrétienne, puis un étendard. Si la France fut au XIXe siècle plus catholique qu'elle ne l'avait été sous les règnes de Louis XV et de Louis XVI, c'est en partie à Chateaubriand que l'Église le doit. Agée de quinze ans, Léontine de Villeneuve lit *le Génie du christianisme,* et fait de Chateaubriand son demi-dieu. Cela relève du mystère qui unit certains écrivains avec leurs plus jeunes lectrices : les demi-dieux peuvent, d'aventure, conduire ces jolies personnes à Dieu.

L'Église, toujours ingrate – comment pourrait-on, quand on a l'éternité avec soi, pratiquer cette vertu inférieure qu'est la reconnaissance ? –, ne sait à Chateaubriand aucun gré. Cela est naturel. L'Église se méfie de ses littérateurs. Pourtant, un livre profane, s'il est soutenu par un tempérament et une écriture, peut toucher plus de cœurs que bien des bondieuseries apologétiques, et les auteurs réputés immoraux convertissent au Christ et à l'Église autant d'âmes que les professeurs de droit canon.

Certes, *le Génie du christianisme* n'est pas l'œuvre

d'un savant, d'un érudit, d'un sage délivré des passions. Chateaubriand n'a pas écrit son livre à la Bibliothèque nationale, mais à Savigny, chez sa belle maîtresse, Pauline de Beaumont. « Singulier collaborateur en matière d'orthodoxie! » s'exclame Sainte-Beuve, aigrement. Mais quoi! faut-il être à la Trappe ou à l'Athos pour avoir le droit d'écrire sur Celui qui passait le plus clair de son temps parmi les publicains et les courtisanes? Au lieu de mettre en doute l'orthodoxie de Chateaubriand, on serait mieux inspiré d'admirer cet intérêt inquiet pour la religion chez un écrivain que l'on pourrait croire entraîné par le tumulte de la vie parisienne, par la politique, par les rencontres amoureuses.

Nature sensuelle, irrégulière, plus sensible à la poésie de la religion qu'à la vérité de ses dogmes, Chateaubriand a dans *le Génie* mêlé le parfum du christianisme à celui des passions du siècle; il a rendu l'Église à sa vocation esthétique et sociale. Sans doute, dans ce bric-à-brac néo-chrétien, le diable montre-t-il souvent le bout de ses cornes. Chateaubriand n'y réconcilie pas moins la langue française avec la dimension divine de l'existence.

Dispersion

Si Montherlant souhaitait que ses cendres fussent dispersées à Rome, c'était pour échapper au risque du mausolée; au risque de l'embaumement, de la vénération et des géraniums. Les vestiges de la Rome païenne, ce fut la note poétique et provocante, le geste singulier qui ferait grincer les dents des imbéciles : Montherlant le savait et s'en réjouissait par avance. Mais au lieu de Rome, ç'aurait pu être les eaux de la Seine, le jardin du Palais-Royal, n'importe où. Le lieu de la dispersion était métaphysiquement secondaire. L'essentiel pour Montherlant était de ne pas demeurer captif sous une dalle de pierre ou un monument de marbre; c'était de jouer la fille de l'air; c'était d'être ailleurs.

Divinité

Michelet, dans son *Histoire de la République romaine,* raconte qu'à Naxos, un général de Philippe avait élevé un autel à l'Impiété et à l'Injustice, les véritables divinités de ce siècle.

Donjuanisme

A seize ans, j'ai noté dans mon journal intime cette phrase que Byron prête à l'archange Raphaël : « Satan, notre frère, est tombé; sa volonté brûlante a mieux aimé affronter la souffrance que de continuer à adorer. » Notation prémonitoire. Je ne savais pas alors que cette volonté brûlante allait être un des génies musagètes de mon destin.

« Le libertinage comme vigilance métaphysique, voilà qui n'appartient qu'à vous », m'a un jour écrit Philippe Sollers. Vigilance *et* rébellion. Car qu'est-ce que le christianisme ? C'est la religion de l'Esprit qui se fait chair, c'est la religion des visages, du Visage : ce n'est que sur les visages des êtres que nous aimons que nous pouvons déchiffrer, en transparence, l'icône de la tendresse de Dieu. Don Juan n'est pas un simple séducteur, et ne voir en lui qu'un homme qui collectionne les conquêtes amoureuses serait un contresens. Le donjuanisme est une révolte iconoclaste. C'est par défi que Don Juan brise l'icône de l'amour, et la profane. Don Juan, qui ne vit que dans l'instant, est le prototype de l'homme déchu, soumis à l'espace et au temps. Don Juan nie l'éternité, il ne s'y intéresse pas, il ne veut en connaître que les fragments successifs, atomisés. « Dès que tu es en présence d'une jolie fille, il y a en toi un déclic », reproche une lycéenne à son volage amant, dans *Vénus et Junon.*

En amour, le plus difficile est de regarder l'autre comme une personne, de respecter son intégrité. Don Juan, lui, objective les femmes qu'il prétend aimer, d'où sa chute. Ce qui le perd n'est pas d'avoir une vie « immorale » : le Christ se fiche de la morale. Ce qui le perd est d'être devenu l'idole de soi-même et, s'étant fermé aux rayons de la divinité, de s'être choisi lui-même comme source de lumière. On songe irrésistiblement à Lucifer, « le porteur de lumière », le plus beau des anges. Don Juan, lui aussi, est beau, mais d'une beauté morte, cadavérique. Il y a du Dorian Gray dans cet homme, et du Dracula.

Ce qui pourrait le sauver, ce qui le sauvera, c'est son amour de l'extrême jeunesse que resserre si bien Leporello dans l'air du Catalogue : « Sa passion prédominante est la jeune débutante. » Cette nostalgie de l'Enfant ultime préserve Don Juan des pièges de l'âge adulte; elle lui permet d'échapper à la respectabilité et à la pesanteur, ces deux tombeaux de la liberté spirituelle. Don Juan est un héros tragique; ce n'est pas un personnage sérieux. Il y a en lui un côté sale gosse, éternel adolescent : un prince Mychkine qui aurait mal tourné, mais qui demeure néanmoins apte à la rédemption. C'est cette immaturité avouée qui explique, en partie, son succès auprès des femmes qui, surtout lorsqu'elles ne sont pas encore sorties de l'enfance, ont le désir de protéger, de bercer l'homme qu'elles aiment. Don Juan est une âme déchue; ce n'est pas une âme morte, et, parce que de son ancienne splendeur il conserve un reflet *archangélique,* sa fin n'est pas nécessairement celle imaginée par Da Ponte et Mozart : Don Juan peut aussi dire *oui* à Dieu, *oui* à la très jeune Elvire qui deviendra pour lui l'icône de l'unité restaurée, l'icône de l'amour. Rien n'est joué. Jusqu'à l'instant de son dernier souffle Don Juan demeure libre de son *non,* libre de son *oui,* et c'est cette terrible liberté qui rend notre aventure terrestre si captivante, si digne d'être vécue.

Dynamique

Les idées fausses sont semblables aux mauvaises herbes dont le jardinier ne réussit pas à délivrer le parc, ou à ces microbes rebelles aux médecines qui persistent à batifoler : elles sont increvables. Elles sont aussi fort braillardes. De même qu'au restaurant ce sont toujours les gens les plus bêtes qui parlent à très haute voix et imposent leur vulgarité aux autres clients, de même les idées fausses sont toujours claironnantes, car elles ont pour elles la mode, et l'air du temps. C'est la dynamique de l'imposture.

E

École

Il y a deux familles d'artistes : les solitaires, qui ne représentent qu'eux-mêmes, et que la tourbe qui fait la mode insulte en toute impunité; et les officiels, qui sont honorés, encensés, intouchables.

La solitude qui est le lot des esprits libres offre deux dangers : la schizophrénie et le désespoir. A force d'être tenu dans l'illégitimité par les gens en place, l'artiste rebelle risque de sombrer dans la mégalomanie ou le suicide. Voilà qui n'est guère rassurant. Il est donc normal que la plupart des artistes préfèrent la situation du chien à celle du loup de la fable, et, au lieu de naviguer à contre-courant, s'incorporent à une chapelle ou à une coterie. Cela les protège et leur donne la sensation d'exister.

Le chic du chic, c'est de fonder une école. Parler du haut de la chaire à des disciples, leur distribuer les bons points, les excommunier, quelle ivresse! C'est ce que j'appelle, en jargonnant, le complexe de l'Académie ou du Portique. Schopenhauer lui-même, si longtemps franc-tireur, n'a pas résisté dans les dix dernières années de sa vie à la tentation d'être le grand prêtre d'une Église. Il se félicite de « l'activité apostolique » de certains de ses disciples, et lorsqu'en 1855 un de ceux qu'il nomme « les premiers évangélistes », Dorguth, meurt, l'oncle Arthur l'honore de cette étonnante oraison funèbre : « L'École a fait une perte sensible. » Oui, pour désigner ses propres livres, il dit « l'École », en toute simplicité.

Je ne ris pas. Quand j'aurai soixante ans, je serai peut-être, moi aussi, complètement paranoïaque.

Je souhaite ne pas l'être de cette manière. Folie pour folie, il y a des folies plus nobles que celle qui consiste à vouloir jouer un rôle dans la société. Nos actuels fondateurs d'écoles écrivent volontiers sur le désir. Mais le désir qui les anime n'est pas le désir donjuanesque : c'est le misérable désir de faire une carrière universitaire, ou d'avoir une réussite parisienne, ou d'être dans le ton du jour. Mon destin, Dieu merci, est ailleurs.

Écriture (1)

L'écriture est un acte solitaire; elle est aussi une tentative de communion, qui exprime notre besoin de reconnaissance. Publier un livre, c'est prendre la parole, avec l'espoir d'être entendu. Dans *écriture,* il y a *cri.*

Le désir du renom ne relève de la vanité que pour une part infime. En réalité, la soif de l'écho est celle d'exister aux yeux des autres. Être nommé, c'est être. Telle est la première fonction du langage : enfanter les êtres et les choses. « Dieu appela la lumière jour et les ténèbres nuit » (*Genèse,* 1, 5). Nommer quelqu'un, c'est lui conférer l'existence. « Bona nomina, bona omina », écrit Cicéron dans le *De Divinatione.* Cette relation entre *nomen* et *omen,* je n'en connais pas d'expression littéraire plus forte que la demande de Bobtchinski à Khlestakoff, dans *le Révizor* de Gogol : « Lorsque vous irez à Saint-Pétersbourg, dites là-bas à tous les grands seigneurs : voilà, Votre Altesse, dans telle ville vit un certain Pierre Ivanovitch Bobtchinski. Oui, rien que cela : vit un certain Pierre Ivanovitch Bobtchinski. »

Les gens qui griffonnent sur les murs du métro, ceux qui pratiquent le confessionnal ou le divan de l'analyste, ceux qui envoient des lettres aux journaux, ceux qui téléphonent aux animateurs des émissions de radio pour raconter leur vie à l'antenne, ceux qui se démènent pour que la cour et la ville parlent d'eux, sont tous des Pierre Ivanovitch Bobtchinski. Être nommé, entendu, reconnu. Pouvoir crier : « Je suis! »

C'est en ce sens, me paraît-il, qu'il faut comprendre la phrase de Gombrowicz : « L'artiste veut l'approbation. » Il ne s'agit pas du plaisir d'être applaudi, mais du besoin d'être légitimé. C'est cette nécessité de la prise de parole qui explique que, dans les États totalitaires, les écrivains non conformistes, qui sont réduits au silence, prennent les plus grands risques pour transmettre leurs manuscrits à l'étranger : plutôt la prison que le tiroir.

Si, pour certains d'entre nous, l'écriture et le donjuanisme sont les meilleurs remèdes contre la tentation du suicide, c'est parce que ces deux démarches sont analogues : dans l'une comme dans l'autre, nous nous donnons des preuves de notre existence. Les jeunes personnes qui m'ont aimé font partie de mes œuvres complètes au même titre que mes livres : c'est la même couronne de roses et d'épines.

Pour celui qui nourrit ses livres avec ses passions, l'écriture et l'amour forment un langage unique. « J'écris pour qu'on m'aime », avoue Genet. On pourrait dire, semblablement : « J'écris pour ne pas mourir. » L'écriture, comme l'amour, est source du malheur et rempart contre le malheur; folie et guérison de la folie; ma propre foudre et mon propre paratonnerre, conjugués.

Si les natures de l'écriture et de l'amour sont identiques, leurs limites ne le sont pas moins. Lorsque je lis les *Stances* de Corneille (« Marquise, si mon visage... »), j'admire le merveilleux orgueil, d'autres diraient : l'inquiétante mégalomanie, avec quoi le poète annonce à la jeune personne qu'elle aurait tort de le dédaigner, car « dans mille ans » elle n'existera plus dans la mémoire des vivants que par ce qu'il aura écrit d'elle. Pourtant, la question importante demeure celle-ci : après avoir lu ces vers qui lui étaient destinés, Marquise est-elle tombée amoureuse de Corneille, et s'est-elle jetée dans ses bras ? Je ne le crois pas. Nous serions fort présomptueux de surestimer le pouvoir du langage. Une femme qui n'aime pas un homme ou qui, pire encore, a cessé de l'aimer, est insensible à l'excellence de ses arguments et à la musique de ses mots : c'est une langue étrangère, qu'elle n'entend pas.

« De la gloire pour se faire aimer », disait Chateaubriand. Soit, mais à condition de savoir que la gloire et l'amour ne sont que le songe d'une ombre. Les discours sur le langage, sur l'échange, sur la communion, m'exaspèrent. La vérité, c'est l'indifférence des êtres pour les êtres. Les gens se passent admirablement de nous, de nos livres, de notre visage et de notre voix. Nous vivons seuls, et un jour nous mourrons seuls. Enfin, ce sera le silence.

Écriture (2)

L'écriture est un plaisir solitaire qui nous isole du monde, et un acte créateur qui nous y relie. Le danger qui guette l'écrivain est le repliement sur soi, et simultanément l'écriture est un vaccin contre ce mal schizophrène, puisqu'elle a sa source dans nos passions, notre expérience de l'univers, notre observation des êtres, des événements et des choses. L'écriture est l'instrument qui nous aide à discerner nos défauts, nos vices, et aussi celui qui nous en délivre. Nous nourrissons notre œuvre de nos souffrances, tout en sachant que c'est elle qui nous en guérira. L'écriture : née du désespoir et remède contre le désespoir; ensemble poison et antidote.

Écriture (3)

Voilà des années que les sociologues nous annoncent la fin de l'écriture et l'avènement de « l'audiovisuel » *(sic)*. Dans mes instants d'euphorie, je suis tenté de leur répondre : « Ne vous en déplaise, messieurs, l'écriture se porte bien. » A mes heures d'incertitude, où je doute de moi-même et de mon art, je pense que le pire est certain, et que ces canailles sont dans le vrai. Notre époque tumultuaire est destinée au règne de l'image et du bruit. Je fais piètre figure avec ma taciturnité, mon stylo et ma feuille blanche. Je suis un dinosaure.

Éducation (1)

Le mot *éducation* vient d'un verbe latin qui signifie « donner à manger ». Chez les anciens Romains, Édusa est la déesse qui préside à la nourriture des enfants. Qu'en est-il de nos jours ? Être un éducateur, c'est avoir quelque chose à transmettre. Or, dans notre Europe blasée, il est de mode de ne plus croire à la fécondité de la transmission, et il y a déjà longtemps que le sage n'est plus le héros que nous proposons en exemple aux adolescents. Transmettre une foi, une culture, un *enseignement* (au sens que Bouddha, Épicure et Jésus donnent à ce terme), tout le monde, ou presque tout le monde, s'en fiche. *Hic et nunc*, les seuls héritages pour lesquels les gens s'excitent, sont ceux que l'on peut inscrire sur des comptes en banque.

Éducation (2)

Ayant fait mes classes primaires et secondaires à Paris, successivement dans un cours privé de l'avenue Victor-Hugo, puis chez les bons pères de Gerson, rue de la Pompe, puis à Saint-Louis-de-Gonzague, le collège jésuite proche le Trocadéro, puis dans une école privée de la rue de la Tour, que dirigeait une étonnante baronne balte, et enfin à Carnot, le lycée d'État de la plaine Monceau, je peux témoigner que l'enseignement que j'ai reçu dans ces cinq maisons, privées et d'État, religieuses et laïques, fut grosso modo le même, c'est-à-dire sérieux, de bonne qualité, honnête.

Je puis aussi témoigner que l'important est moins le savoir qui m'a été distillé, que l'esprit de résistance que j'ai, au cours de ces douze années, développé : résistance aux professeurs, résistance aux parents qui, les uns et les autres, prétendent, lorsque nous sommes adolescents, nous mettre sur des rails, nous imposer un destin qui est conforme à l'idée qu'ils se font de ce que nous devrions être, mais qui est antipathique à ce que nous sommes véritablement, étranger à notre nature, contraire à notre secrète vocation.

Certes, il vaut mieux faire de bonnes études que de mauvaises, mais l'essentiel est ailleurs. Ce qui manque à notre enseignement, qu'il soit confessionnel ou républicain, c'est ce que les bouddhistes japonais appellent « Mushotoku » : l'absence d'esprit de profit, la gratuité de la quête, la pratique sans but. La voie de la connaissance, c'est aimer sans se soucier d'être aimé en retour; c'est prier par libre effusion du cœur et non par crainte de la damnation; c'est créer pour la joie de la création et non dans l'espoir d'une récompense; c'est jouer de la harpe par amour de Dieu.

Éducation (3)

L'abbé de Saint-Cyran réduisait ordinairement ce qu'il fallait faire auprès des enfants à ces trois choses : parler peu, beaucoup tolérer, et prier encore davantage. Son ami Lancelot précise, dans ses *Mémoires touchant la vie de M. de Saint-Cyran,* que celui-ci « avait soin d'avertir que pour bien conduire les enfants, il fallait plus prier que crier, et plus parler d'eux à Dieu que leur parler de Dieu ».

Ce respect de la liberté spirituelle de l'enfant et ce refus de l'école coercitive sont admirables. On comprend mieux, en lisant de semblables textes, que Saint-Cyran ait été enfermé par le cardinal de Richelieu au donjon de Vincennes – où son unique plaisir était de jouer au ping-pong (« à la balle sur une table », dit Lancelot) avec des enfants de sept ou huit ans. « Plus parler d'eux à Dieu que leur parler de Dieu » est une phrase merveilleuse, dont je ne me lasse pas d'approfondir la force pudique, et sur laquelle nous pourrions, croyants ou athées, fonder une pédagogie.

Église

Ce qui fait la puissance de l'Église, et sa beauté, ce n'est ni son organisation, ni son argent, ni même l'influence morale qu'elle exerce : ce sont ses martyrs et ses saints. Grégoire de Nysse appelle l'onction de l'Esprit « l'huile de joie ». Il existe dans l'histoire de l'Église une autre huile chrismatique : le sang des confesseurs de la foi. Un martyr de l'Église grecque, supplicié par les Turcs à la fin du XVIIIe siècle, Cosmas d'Étolie, écrivait : « Que l'on brûle votre corps, que l'on vous torture, que l'on pille vos biens, ne vous en souciez pas. Donnez tout. Rien ne vous appartient. Ce qu'il faut, et que personne ne peut vous enlever, c'est le Christ et l'amour. »

Cela dit, les griefs des anticléricaux (la morale sexuelle répressive de l'Église, ses violences accomplies au nom de l'Évangile, ses pactes avec les puissances temporelles, sa corruption, son obscurantisme) sont souvent justifiés, eux aussi. Mais ce n'est que le petit bout de la lorgnette.

Égotisme

Durant plusieurs années, Gombrowicz a publié des fragments de son journal intime dans la revue *Kultura.* Cette publication suscitait la colère de certains lecteurs, ainsi que d'autres collaborateurs de *Kultura,* qui considéraient que des textes tant narcissiques n'avaient pas leur place dans une revue; mais, impavide, Gombrowicz continua de publier ses brèves chroniques égotistes. Un éditeur l'ayant prié de les réunir en un volume, il les fit précéder de cet avertissement : « Lundi : moi. Mardi : moi. Mercredi : moi. Jeudi : moi. »

Plus tard, il devait dire à Dominique de Roux : « Quand j'eus écrit mon " moi " pour la quatrième fois, je me sentis comme Antée reprenant contact avec le sol. M'affirmer dans ce " moi " en dépit de tout, avec le maximum d'insolence, avec une certaine nonchalance têtue, d'une manière juste naturelle, c'était, je m'en rendis compte, la vocation de mon *Journal.* »

Entre une œuvre littéraire fabriquée et une œuvre littéraire naturelle, il existe la même différence qu'entre une théologie conceptuelle et une théologie née d'une rencontre intime avec Dieu. Quand ils jugent nos livres, les critiques devraient leur appliquer ce que Vladimir Lossky dit de la théologie :

« C'est une attitude existentielle qui engage l'homme entièrement. » Seules importent les œuvres derrière lesquelles on devine un cœur, un visage, un destin.

Au théâtre, nous rions de M. Perrichon achetant un carnet pour y noter ses impressions de Suisse, mais nous rions gentiment, sans méchanceté, car nous savons que le héros de Labiche a raison de vouloir prendre des notes, qu'il est dans le vrai, comme est dans le vrai M. Jourdain lorsqu'il se pique d'étudier la philosophie et d'apprendre à dire : « Belle marquise, vos beaux yeux me font mourir d'amour. » Que l'on soit Gombrowicz ou Perrichon, il n'est jamais sot de s'exprimer, d'écrire, de mettre son cœur à nu. Les adolescents qui tiennent leur journal intime le savent bien : l'écriture est le grand remède contre la solitude et l'adversité; elle est, plus que toute autre chose, l'instrument de notre liberté intérieure.

Enfer

La nouveauté inouïe apportée par la révélation chrétienne, c'est la descente du Christ aux enfers, c'est la nuit de Pâques, telle qu'elle figure sur les icônes de la Résurrection : le Christ sauveur, nouvel Adam, tendant la main à Adam et Ève, et délivrant du sommeil de la mort toute l'humanité déchue.

Un tel événement n'existe ni dans l'univers de Socrate ni dans l'univers de Caton. Le paganisme gréco-romain connaît des descentes aux enfers : celle de Pluton allant chercher Proserpine, ou celle d'Orphée désireux d'en ramener Eurydice, par exemple. Mais le rachat du genre humain, la victoire sur la mort, la délivrance de l'enfer – un enfer qui n'est pas un lieu, mais le secret de notre propre cœur –, cela n'appartient qu'au Christ.

Ennui

Angelus Silesius écrit dans *le Pèlerin chérubinique :* « Dieu se trouve dans l'oisiveté. » Ces mystiques sont d'une insolence incroyable, d'une scandaleuse immoralité, et l'on a raison de les excommunier, de les brûler, de leur crever les yeux et de leur arracher la langue, car de tels énergumènes sont des menaces pour l'ordre social.

Les gens honnêtes savent, eux, que le prince des oisifs est le diable, et non Dieu ; que l'oisiveté est le fourrier de la luxure, du doute, voire de la pensée personnelle, et c'est pourquoi les gouvernements énergiques, dont l'unique souci est de conduire, de gré ou de force, les populations au paradis, surveillent étroitement leurs loisirs, les contrôlent et les organisent. Nul n'est plus suspect qu'un citoyen qui prétend décider seul de ce que seront ses vacances, et faire un usage solitaire de sa liberté. Pour guerroyer, nous devons attendre les instructions du ministre de la guerre, et pour nous libérer nous devons nous conformer à celles du ministre du temps libre.

Un type qui passe le mois d'août au jardin du Luxembourg, alors que le ministre du temps et de la liberté souhaite qu'il aille, comme tous les Parisiens disciplinés, dans un club de vacances où des animateurs, spécialement dressés pour cela, se chargeront de le distraire et de l'occuper, est un individu louche sur lequel l'État a tout intérêt à avoir l'œil. Quelqu'un qui vit à contre-courant est quelqu'un qui vit mal, qui pense mal, bref qui a ce qu'il est convenu d'appeler de mauvaises mœurs : une pierre d'achoppement sur la voie communautaire du progrès ; un parasite et un saltimbanque.

Marc Aurèle qui était empereur, aurait pu s'offrir un ministre du temps libre ; mais comme il était aussi philosophe, il s'en est gardé. En revanche, lui dont Renan a écrit : « Sa sagesse était absolue, c'est-à-dire que son ennui était sans bornes », il aurait volontiers créé un ministère de l'ennui. Il faut réhabiliter l'ennui, qui est une vertu paisible, innocente et silencieuse; une vertu féconde également, car sans l'ennui nous n'aurions pas les œuvres de Marc Aurèle, de Leopardi ou de Flaubert. Si, au lieu de dépérir d'ennui au château de Dux, Casanova vieillissant avait disposé d'un téléviseur, d'une université du troisième âge et d'un ministre du temps libre, il n'aurait jamais écrit ses *Mémoires.*

Un ministre de l'ennui, tel est celui dont la France a besoin. Il apprendra aux adultes à préférer le repos à l'agitation, et il donnera en dictée aux chères têtes blondes cette parole essentielle de Théophile Gautier : « Rien ne sert à rien, et d'abord il n'y a rien; cependant tout arrive, mais cela est bien indifférent. »

Épiscopat (1)

Dans *Episkepsis,* un bulletin théologique dont, par souci du salut de mon âme, on me fait le service, je lis que S.E. l'évêque Gabriel de Palmyre a participé à une réunion œcuménique à Canterbury. Évêque de Palmyre! quel titre enchanteur, et comme il irait bien à l'auteur du *Carnet arabe*! Soudaine nostalgie de l'épiscopat.

Dans la liste des participants à ce colloque de Canterbury, mon homonyme Gabriel de Palmyre est encadré par le métropolite Dionysos de Memphis, le métropolite Basile de Césarée et l'évêque Aristharos de Zénopoulis. On se croirait dans un album de Tintin et Milou. Dionysos et Aristharos! Et les gens s'étonnent de mon faible tenace pour l'orthodoxie!

Épiscopat (2)

Du patriarche Grégoire de Constantinople, pendu par les Turcs à la porte du Phanar le jour de Pâques, au métropolite Benjamin de Pétrograd, fusillé par les communistes pendant la révolution russe, l'histoire moderne abonde en évêques qui ont donné leur vie pour leur troupeau.

Un tel don n'est pas le privilège de l'épiscopat. Qu'il soit le premier des évêques ou le plus humble des laïcs, chaque baptisé doit être prêt à entrer dans le mystère du martyre et de la mort, car il n'y a pour un chrétien qu'une seule véritable exaltation, et cette exaltation est celle de la croix, qui récapitule avec exactitude l'essence même du christianisme : le témoignage et le sacrifice.

Équanimité

Deux amis et moi, nous déjeunons à Manille dans un restaurant proche l'église de Malate. Soudain, nous sentons nos chaises se dérober, et au plafond les lustres se mettent à danser.

– Ce n'est qu'un tremblement de terre, nous dit en souriant le serveur.

Voilà un mot qui va loin, et qui peut s'appliquer à bien des situations. Il me rappelle Antonin le Pieux qui, agonisant, fit porter chez son fils Marc Aurèle la statue d'or de la Fortune qui était toujours dans la chambre à coucher des empereurs, et donna pour mot d'ordre au tribun de service *aequanimitas,* qui signifie « égalité d'âme ». Puis il se tourna sur le côté comme s'il voulait dormir, et rendit l'esprit.

Désormais, face aux catastrophes de tous ordres, je

songerai au garçon de restaurant, à Manille. « Ce n'est qu'un tremblement de terre. »

Érotisme

Le libertinage n'est pas l'érotisme; il n'en est qu'un des noms. Seuls les esprits légers se figurent que l'érotisme s'exprime nécessairement par une activité sexuelle. La sexualité peut être érotique, mais elle peut aussi ne l'être pas. En revanche, le refus de la vie sexuelle signifie parfois une polarisation érotique intense. Il y a plus d'érotisme dans le combat ascétique du moine qui s'efforce de maîtriser les pulsions de sa chair, que dans l'existence gélatineuse de la Marie-couche-toi-là qui passe d'amant en amant, de lit en lit, et sur le corps de laquelle des escadrons entiers ont imprimé la marque de leurs doigts.

Qu'il soit humain ou divin, charnel ou transcendant, l'érotisme n'est jamais la facilité : il est au contraire tension, paroxysme, transgression, et c'est pourquoi il est si souvent lié à la souffrance et à la mort. Bien qu'il soit traditionnellement représenté sous les traits gracieux d'un jeune garçon, *lascivus puer*, l'Amour n'est pas une divinité aimable. Gamin cruel et trompeur, l'enfant ailé aux flèches irrémissibles est l'archer qui nous blesse, et le volage qui nous trahit; il est le démon de l'inachèvement et de la désillusion. « Toi, tyran des dieux et des hommes, Éros! » (Euripide, *Andromède*).

Ce pouvoir despotique d'Éros est dû à la nature primordiale de celui-ci, et à son caractère originel. Au commencement était la volonté de vivre, c'est-à-dire la volonté de possession et de jouissance. Ne nous berçons pas de chimères : le don de soi, l'altruisme, l'amour oblatif ne sont pas innés; ils ne peuvent être qu'une victoire que nous opérons sur nous-mêmes, une conquête héroïque et contre nature.

Dans la spontanéité de son élan vital, chacun de nous, si infime qu'il soit par comparaison à l'ensemble de l'humanité, se tient pour le centre du monde. Avant notre naissance, l'univers n'existait pas pour nous, et il s'évanouira tel un songe avec notre mort. Je suis pour moi l'unique réalité. Mon accomplissement, mon bonheur, mon plaisir, telle est à mes yeux la pierre de touche du bien et du mal. Tout le reste n'est rien.

Ce caractère férocement égoïste de la nature humaine, que les hypocrisies et les chimères de la vie sociale ont accoutumé de gazer, ne se dévoile jamais avec autant d'innocente impudeur que dans la soif des plaisirs sensuels. Un homme qui sort de chez lui avec l'intention d'avoir une aventure, et qui marche dans la ville, scrutant chaque jeune et jolie passante comme un fauve ses proies, est le parfait microcosme de l'égoïste volonté de jouir; il incarne le désir dans sa pureté primordiale. C'est la même absence de mensonge idéaliste que nous trouvons dans les livres libertins, et c'est ce qui en fait le charme. Qu'il s'agisse d'une épigramme de Martial ou de la *Juliette* de Sade, la littérature érotique a une honnêteté dont nous pouvons légitimement préférer le cynisme à la menteuse sublimité des romans prétendus « d'amour ». Là, les personnages ne disent pas « Je t'aime » quand ils pensent « Je te désire »; là, ils ne murmurent pas « Je veux ton bonheur », quand ils songent « Je veux jouir ». L'enfant Éros est un dieu impitoyable, mais il est aussi un dieu véridique.

Esprit

Paris est une cité fatale aux gens d'esprit, car à force d'y avoir de l'esprit ceux-ci finissent par ne plus avoir *que* de l'esprit, ce qui est suffisant pour les dîners en ville, mais un peu court pour un destin.

Il est vrai que ces petits personnages de la comédie parisienne n'ont pas le goût de leur destin : ils ne se doutent même pas de ce que cela peut être, un destin. Quand j'apprends que durant des semaines le principal sujet de conversation de telle coterie littéraire et mondaine a été l'amour-passion que je vis avec la dédicataire du *Taureau de Phalaris,* nous ne pouvons qu'en conclure, ma jeune amante et moi, que ces prétendus gens d'esprit ont une vie bien vide pour être ainsi captivés par des liens qui ne les regardent d'aucune manière, un cœur bien sec pour ne savoir en parler que de façon hostile ou dénigrante, une âme bien basse pour être capables d'écrire à la Brigade des mineurs des lettres anonymes de dénonciation.

Médire de moi au Pont-Royal ou chez Lipp, pondre sur moi un article venimeux dans quelque gazette, passe encore. Mais tâcher de me faire foutre en tôle! Ce n'est plus de « l'esprit », c'est de l'ignominie. Non, vous ne me convaincrez pas d'être indulgent à l'endroit d'une pareille racaille : ces parasites de la littérature, ces ratés, ces jaloux, ces tristes serpents, ces excrémentiels délateurs sont la lie du genre humain.

État (1)

Dans son *Histoire du matérialisme,* un livre qui a marqué le jeune Nietzsche, Albert Lange observe à propos d'Épicure que la répugnance pour l'engagement politique était, dans l'antiquité gréco-latine, à peu près commune à tous les systèmes matérialistes. De fait, l'insolence avec laquelle Épicure et ses principaux disciples écrivent sur l'État, sur le respect des lois, sur la participation des citoyens aux affaires publiques, est telle, que les propos les plus désinvoltes que nous pourrions tenir aujourd'hui sur les mêmes sujets, paraîtraient à comparaison fort sages.

La célèbre définition de l'État dans *Zarathoustra* (« le plus froid des monstres froids ») est directement inspirée de l'enseignement d'Épicure, auquel Nietzsche ne perd jamais une occasion de témoigner sa reconnaissance. « La sagesse, écrit-il, n'a pas fait un seul pas au-delà d'Épicure, et bien souvent elle est demeurée à mille pas en deçà de lui. » Mais Nietzsche est un esprit libre, un artiste, et non un philosophe universitaire. Les professeurs, eux, tiennent Épicure pour un auteur compromettant. Ils lui préfèrent Aristote.

Épicure enseigne qu'il faut enfreindre les lois et se moquer de l'opinion publique, tant qu'on peut le faire impunément. Il raille ceux qui prétendent modifier l'organisation de la cité, « ces nouveaux Lycurgues, ces nouveaux Solons ». Plutarque, brave et respectueux platonicien, s'étrangle d'indignation en rapportant de pareils propos. Cher Plutarque! « Lorsque les épicuriens écrivent sur le gouvernement, ce n'est que pour demander sa suppression », se lamente-t-il. Et de donner comme exemple la façon dont Épicure se moque des conquêtes d'Épaminondas, une gloire nationale. « Quel besoin avait Épaminondas d'envahir le Péloponnèse? Pourquoi ne restait-il pas tranquillement chez lui, à soigner son ventre? »

Ces paradoxes scandalisent Plutarque, et ils en ont au cours des siècles scandalisé bien d'autres, qui ont fait à Épicure une méchante réputation. Mais aujourd'hui ce sont les idées enthousiastes d'un Platon ou d'un Plutarque sur l'État, sur la politique, sur les lois, sur les conquêtes militaires, qui nous semblent caduques; et c'est la pessimiste lucidité d'Épicure qui nous paraît au contraire n'avoir rien perdu de sa justesse, et de sa force.

État (2)

Pour Hobbes, l'humanité n'est qu'un ramassis de canailles égoïstes que seule la force peut contraindre d'œuvrer pour le bien commun. Hobbes nie la distinction entre le bien et le mal, et soutient que l'individu se laisse uniquement guider par son intérêt. Aussi, tant que la volonté supérieure de l'État n'existe pas, les hommes agissent entre eux telles des bêtes sauvages. Hobbes prône donc la nécessité de l'absolutisme d'État : pour que règne l'harmonie, il faut établir au-dessus des particuliers une autorité une et despotique. L'égoïsme totalitaire du gouvernement doit subjuguer les égoïsmes déréglés des individus. Il n'y a qu'un bon terrorisme, qui est le terrorisme d'État.

Tout ce que je suis, tout ce que j'écris, est aux antipodes de l'univers, selon moi détestable, de Hobbes; mais je ne feins pas d'ignorer qu'en ce XXe siècle agonisant ce sont les idées de Hobbes qui ont le vent en poupe, et non les miennes : de l'Amérique du Sud à l'Asie du Sud-Est, le sabre de Didi, pardon! le sabre de Hobbes (au demeurant, c'est le même) triomphe; peu à peu, il s'impatronise sur la planète entière. C'est le règne de Léviathan.

Étincelle

L'unique objection sérieuse au suicide (abstraction faite de l'erreur métaphysique qu'il constitue aux yeux de qui croit à la métempsycose) est la brièveté de l'existence. La vie d'un être humain, notre vie, le temps dont nous disposons pour que notre talent fructifie et que notre destin s'accomplisse, sont courts. Ce temps, même si nous atteignons à l'âge de

Mathusalem, même si nous devenons de beaux vieillards, n'est qu'une étincelle de secondes par rapport à l'immensité du temps qui nous a précédés, où nous n'étions pas, et à l'immensité du temps qui nous suivra, où – quelles que soient nos idées sur l'éternité ou le néant – nous savons que la modalité d'être sera totalement différente.

Ce petit temps qui nous est donné, il est dommage, voire stupide, de l'abréger délibérément. C'est pourquoi la plupart des suicides nous attristent, nous mettent mal à l'aise. Lorsque nous apprenons qu'un enfant s'est tué pour avoir été grondé par ses parents, nous songeons avec mélancolie à tous les bonheurs qu'il aurait pu connaître et dont son acte fatal le prive à jamais. Les gens qui aspirent au repos devraient se dire qu'ils auront l'éternité pour se reposer. Qu'ils attendent donc paisiblement, surtout s'ils sont athées, le terme fixé par la nature.

Étiquette

Il faudrait cesser de faire du suicide un acte d'athéisme, un signe irrémédiable de la négation de Dieu. Le suicide n'est d'aucune façon consubstantiel à l'athéisme, ni d'ailleurs à la foi. Le seul sentiment antichrétien dans ce domaine serait plutôt la peur de la mort. Le suicide, lui, exprime un abandon confiant au jugement de Dieu.

Qu'ils soient thomistes, kantiens, marxistes ou autre chose encore, les intellectuels ont la rage d'établir des catégories et de prétendre nous y enfermer. Le Saint-Esprit chrétien, le *Logos spermaticos* stoïcien, c'est le souffle libérateur qui pulvérise les catégories, ouvre les fenêtres, arrache les étiquettes. Au pis, le suicide est une illusion; il n'est jamais une impiété.

Euthanasie (1)

18 mars 37. Jésus-Christ a récemment été crucifié en Palestine, mais l'empereur Tibère, qui réside en Campanie, n'en finit pas, lui, de mourir. Depuis quelques jours, le souverain, âgé de soixante-dix-huit ans, est alité, et ses médecins le réputent à l'agonie. Son petit-fils Caligula, un jeune homme de vingt-cinq ans, se tient à son chevet. Macron, le chef de la garde prétorienne, fait convoquer le sénat par les consuls et envoie des messages aux armées, afin que l'accession de Caligula au trône s'opère avec promptitude.

Soudain, Tibère, qui semblait dans le coma, relève la tête et ouvre les yeux. Il ôte son anneau comme pour le donner à quelqu'un, puis après un moment d'hésitation le remet à son doigt. Il réclame de la nourriture pour ranimer son épuisement : peut-être un de ces beaux melons dont, dans ses jardins de Caprée, il prend un soin tout spécial. Les courtisans qui, enivrés du désir de plaire, pressaient déjà Caligula de leurs félicitations, sont saisis d'effroi. « On se disperse, écrit Tacite, chacun affecte un air d'affliction et d'ignorance. » Caligula, muet, immobile, passe brusquement de la plus haute espérance à la crainte du pire. C'est alors que Macron donne à ses prétoriens l'ordre d'étouffer Tibère sous un oreiller. Les anciens Romains qui sont nos maîtres pour le suicide, le sont également pour l'euthanasie. En ce temps-là, on ne s'obstinait pas (Franco-Tito-Brejnev-même-combat) à maintenir en vie les vieillards sanglants; on savait mettre fin à la dérisoire griserie de la puissance éternelle.

Euthanasie (2)

Pour être certain de ne pas se rater, Montherlant s'est tiré une balle de revolver dans la bouche et simultanément a croqué une ampoule de cyanure. Il regrettait que la loi française n'autorisât pas l'euthanasie et, plutôt que de se tuer de si terrible façon, il aurait préféré que son médecin lui fît boire la ciguë salvatrice. Un jour que nous marchions rue de Beaune, dont le trottoir est extrêmement étroit, je lui ai représenté que, lorsqu'il était seul (il habitait quai Voltaire et empruntait fréquemment cette rue), il risquait d'être écrasé par un des autobus qui roulent à toute vitesse, frôlant les passants. Il avait alors soupiré : « Plût au ciel qu'un autobus me renversât! Cela m'éviterait d'avoir à me suicider. »

Dans une page de ses *Carnets* inédits qu'il m'avait communiquée quelques mois avant sa mort, Montherlant écrit à propos de l'euthanasie : « La société moderne étant ce qu'elle est, nous ne pouvons pas exposer un ami aux tourments judiciaires qui l'accableraient s'il vous donnait le coup de grâce, pourtant bien souhaitable pour nous épargner une interminable agonie ou une horrible survie, si nous nous sommes ratés un peu ou tout à fait. Si j'avais dû me suicider, j'aurais souhaité que ce fût Gabriel Matzneff, familier de ces choses, qui me donnât le coup de grâce. Mais comme nous venons de le voir il n'en est pas question. »

Excommunication

Sans doute les dévots me tiennent-ils pour un auteur sulfureux; sans doute bon nombre de mes coreligionnaires, inquisiteurs pleins de zèle et petits-bourgeois assis sur la croix du Christ comme sur un coussin de plumes, me battent-ils froid et ont-ils décrété que je suis un gnostique, un hérésiarque, un maudit dont il convient de s'écarter. Pourtant, je ne suis pas excommunié et, jusqu'à plus ample informé, je suis aussi bon orthodoxe qu'eux. L'épiscopat n'a jamais publié contre moi ni le moindre blâme ni la moindre mise en garde; il n'a jamais pris contre moi la moindre sanction canonique. Les plus intelligents de nos évêques comprennent que des livres tels que les miens, où je prends des risques nouveaux avec Dieu, sont appelés à féconder l'Église, plutôt qu'à lui nuire. Ces pasteurs savent qu'il n'y a pas en France, en Belgique, en Suisse, *une seule* paroisse orthodoxe qui ne compte parmi ses fidèles au moins une personne qui a été conduite au Christ et à l'Église par le truchement de mes livres, qui s'est convertie grâce à moi. Cela dit, peut-être un jour serai-je excommunié; mais je suis bien tranquille, sachant qu'une telle sanction n'empêchera pas les femmes qui m'ont aimé de prier pour le salut de mon âme aventureuse et pécheresse; ni le souverain juge de m'accueillir.

Exil (1)

Le rayonnement artistique de l'émigration russe ne doit pas faire oublier le dénuement dans lequel il s'est opéré.

Le métropolite Antoine de Souroge – qui joue un rôle d'importance dans *Vénus et Junon,* et qui m'a servi de modèle pour le personnage de Mgr Théophane dans *Isaïe réjouis-toi* – évoque, à l'occasion du jubilé de l'église des Trois-Saints-Docteurs (une des paroisses fondées à Paris par les émigrés russes), ces premières années d'exil en France. « Ce fut une période d'extrême misère », écrit le métropolite Antoine, alors âgé de dix-sept ans. « Cinq moines vivaient là dans des cellules vétustes, l'argent manquait même pour se procurer de la nourriture. Le soir, on pouvait voir le vieil évêque Benjamin, couché sur le sol, enroulé dans sa cape de moine; dans sa cellule, sur sa couche il y avait un mendiant, sur le matelas un autre mendiant, sur le tapis un troisième; pour lui, il n'y avait pas de place... »

Donc, l'exil, le droit d'asile et une condition misérable. Mais aussi, la liberté spirituelle. Ces hommes qui avaient tout perdu, leur patrie, leur langue, leur rang dans la société, leurs biens, étaient des hommes libres : une liberté différente, intérieure, que personne ne pouvait leur ravir. Georges Adamovitch, mort en 1972, qui fut un des meilleurs poètes de l'émigration russe, a exprimé dans sa poésie cette expérience unique d'une vie sans appui, sans décor, cette sensation d'être un homme nu sur une terre nue. Un siècle plus tôt, Nietzsche avait montré combien l'état de vagabond, d'étranger sur la terre, de voyageur sans bagages, de métèque, de *fugitivus errans,* est favorable à la liberté, à la création. Fécondité de l'exil; bonheur du dépouillement. Ce n'est point un hasard si Laurence de Roux, écrivant sur moi, a intitulé son beau texte : *Ascèse et fuite.*

Exil (2)

En classe de philo, j'avais un condisciple qui nourrissait une fervente admiration pour Jean-Paul Sartre. Le jeudi ou le samedi après-midi, il suivait Sartre dans la rue, sans jamais oser l'aborder. En outre, il collectionnait ses mégots. Un jour, nous nous trouvions rue Jacob quand Sartre déboucha d'une rue ou d'une porte cochère, je ne sais plus. Mon camarade m'entraîna dans les pas de son maître. La promenade dura assez longtemps pour que Sartre ait le loisir de fumer deux cigarettes. Deux fois il jeta son mégot sur le trottoir, et deux fois mon copain se précipita pour recueillir la rare relique.

Je ne pouvais malheureusement agir de même avec les philosophes que je vénérais : Schopenhauer et Nietzsche avaient depuis longtemps cessé de fumer dans la rue. Je me revanchais en passant des heures dans la librairie philosophique J. Vrin, place de la Sorbonne, à la recherche de leurs livres, presque tous épuisés, et introuvables. Le cher M. Vrin me laissait fouiner des matinées entières parmi les rayonnages de son arrière-boutique. C'est là que j'ai vécu quelques-uns des moments les plus heureux de ma jeunesse.

Une des rencontres déterminantes que je fis, à dix-sept ou dix-huit ans, chez M. Vrin, fut celle de Léon Chestov et de son disciple Benjamin Fondane. Je me souviens encore de mon émotion quand, ouvrant au hasard un petit livre à la couverture grise intitulé *Apothéose du déracinement,* j'y lus ces phrases cruelles et toniques, désespérées et gaies, qui soudain me parlaient de moi. Je venais de me découvrir un nouveau compagnon de route. Je voulus lire tout Chestov. Je pus dénicher sans trop de mal certains de ses livres, mais je dus attendre plus d'un an avant que M. Vrin ne réussisse à me trouver un exemplaire du rarissime *Athènes et Jérusalem.* Quelle joie quand je pus enfin emporter ce volume, serré contre mon cœur, tel un trésor! C'est ainsi que s'opèrent les vraies rencontres, loin du tumulte des modes et de l'actualité minuscule.

Le 2 octobre 1944, Benjamin Fondane, déporté après une dénonciation anonyme, mourait dans une chambre à gaz, au camp de Birkenau. Chestov est peu lu. Fondane l'est moins encore. Qui connaît *la Conscience malheureuse*? En tout cas, c'est un livre que les penseurs au goût du jour ne citent guère. Ces messieurs ne se citent qu'entre eux; ils se renvoient inlassablement l'ascenseur. Il est vrai que

Fondane n'est pas utilisable par les gens installés, carrés dans leurs certitudes. Fondane, dit Cioran, était très sévère pour ceux qui croient avoir *trouvé.* Nous rejoignons ici ce que Chestov écrit de Schopenhauer : « Il abandonna la grand'route et se mit à errer à l'aventure parmi les ronces et les taillis des contradictions insolubles, sans se préoccuper de savoir où cela pouvait le mener. »

Ne pas avoir peur de mes contradictions, de l'errance, quel beau programme ! Mes singularités font de moi un exilé, soit. Mais pourquoi craindrais-je l'exil ? Les livres *brûlants,* qui sont les seuls qui comptent, ont tous été écrits *super flumina Babylonis.*

Expiation

Si je mets l'accent sur la beauté du suicide, c'est parce que l'Occident, oublieux de son patrimoine stoïcien, juge la mort volontaire de façon péjorative, dénigrante. Cela est dû sans doute à l'influence d'une certaine tradition ecclésiale. Un professeur de littérature japonaise, Mlle Jacqueline Pigeot, me faisait observer à ce propos que les chrétiens japonais ont beaucoup de mal à comprendre la condamnation du suicide par l'Église. L'un d'eux lui représentait qu'alors que Pierre et Judas ont également trahi le Christ, il était injuste que ce fût Pierre qui ait été canonisé. « C'est tout de même Judas qui s'est pendu ! » ajoutait-il naïvement. D'évidence, les larmes de Pierre lui semblaient être un repentir de deuxième classe, une piètre expiation.

Pourquoi, en effet, ne rêverions-nous pas à un saint Judas ? Dans sa thèse sur *le Suicide et la Morale,* Albert Bayet souligne que ni le Christ, ni les apôtres, ni les pères de l'Église des trois premiers siècles n'ont prononcé un mot contre le suicide, et qu'il faut attendre le IVe siècle et saint Augustin pour lire sous une plume chrétienne des attaques contre les suicidés. De fait, ce sont Lactance et Augustin qui, les premiers, ont formulé une condamnation du suicide, acte rebelle contre le Donateur de vie; acte de désespoir, également. L'Église n'aime pas le désespoir. Elle a tort. C'est si bon le désespoir, parfois : un sentiment libérateur; le nom orgueilleux et solitaire de l'expiation.

F

Facilité

Marie-Élisabeth, qui avait quinze ans quand je l'ai connue, et qui m'a inspiré le personnage d'Anne-Geneviève dans *Ivre du vin perdu,* m'a fait des années durant l'honneur de continuer de m'aimer. Elle souffrait néanmoins de devoir me partager avec d'autres adolescentes; elle me reprochait la dispersion de ma vie amoureuse.

– Vous êtes un homme facile. C'est incroyable, la facilité avec laquelle les minettes entrent dans votre lit. Une jolie fille, vous êtes incapable de lui résister, vous ne savez pas lui dire non. Vous croyez conduire votre vie, mais en réalité ce sont les petites nanas qui la régissent. Elles vous font faire ce qu'elles veulent; elles vous mènent par le bout du nez.

Famille (1)

Si dépourvu que je sois du sens de la famille, car c'est sur moi, et moi seul, que je compte pour rendre mon nom immortel, c'est avec plaisir que je lis ce portrait que trace Barbey d'Aurevilly de mon aïeul Ivan Matzneff dans une lettre à Trebutien, le 8 septembre 1851 :

« J'étais un matin chez le comte Ivan Matzneff, un seigneur russe de mes amis, ami de d'Orsay, ami de Napoléon Bonaparte et amant de toutes les actrices de Paris qui jonchent le parquet à quatre pattes et sur les mains desquelles on est obligé de marcher quand on traverse l'appartement. Matzneff qui ne sait rien du tout, en vrai gentilhomme, et qui est revenu des guerres du Caucase pour monter en ballon à Paris et regarder sous le ballon des danseuses, accepta avec des airs de Mécène d'être correspondant d'une société de sphragistique. On m'expédia aussi, à moi, un diplôme de correspondant. D'avoir Matzneff, le plus étourdi des Russes qui sautent par la fenêtre pour se faire Français, n'est point si bête. Il leur procurera des piles d'abonnements à Saint-Pétersbourg et à Moscou. Moi, je suis venu en croupe de Matzneff... »

Dix jours plus tard, Barbey d'Aurevilly revient sur mon ancêtre dans une nouvelle lettre à Trebutien : « J'ai écrit au comte Orloff, et je l'ai prié de se charger de mon offrande à Sa Majesté de toutes les Russies, mais grâce à cette linotte de ballon, Matzneff, qui est à chasser chez la duchesse de Gramont, mon livre n'est pas parti encore. »

Je n'entends rien à l'hérédité, mais le passage sur les actrices m'est agréable! Ce sont des lignes que devraient méditer ceux que choque l'allure trop libertine de certains de mes livres : par comparaison à mon aïeul, j'ai singulièrement progressé sur la voie de la vertu, car moi, je ne fais jamais marcher mes petites amies à quatre pattes...

Il y a deux autres raisons pour lesquelles j'éprouve envers Ivan Matzneff une tendresse complice. La première est qu'il m'a précédé non seulement dans la carrière galante, mais aussi dans la carrière littéraire : il est en effet l'auteur d'un livre où il relate ses exploits en ballon et qui a paru en 1852, à Cassel, sous le titre : *Un voyage dans les airs de Paris à Spaa, en trois étapes, présenté et rédigé par Ivan Matzneff, un seigneur russe.* La seconde est qu'il est un lien entre mon cher Byron et moi, par le truchement d'Alfred d'Orsay. Ils furent l'un et l'autre les amis de celui-ci, Byron en 1823 à Gênes, Matzneff en 1850 à Paris. Ces amitiés n'ont d'ailleurs rien d'étonnant : ces trois hommes appartenaient à la même caste, ils étaient animés des mêmes passions, et à chacun d'eux aurait pu être appliquée l'épithète par laquelle Byron désignait, en français, le comte d'Orsay, dans une lettre à Thomas Moore du 2 avril 1823 : « Un Cupidon déchaîné. »

En 1984, lors de la publication de ma *Diététique,* j'ai fait avec quelques membres de la Byron Society un pèlerinage à Chambourcy, sur les terres de la duchesse de Gramont où Ivan Matzneff chassait à courre. Ida de Gramont-Guiche était la sœur d'Alfred d'Orsay, et c'est à Chambourcy que s'élève le curieux mausolée où reposent côte à côte celui-ci et la comtesse Marguerite de Blessington. Il pleuvait dru, les honorables membres de la Byron Society piétinaient dans la boue, les souvenirs faisaient battre leur cœur plus vite, il ne manquait que le ballon de cet étourdi, de cette linotte de Matzneff.

Famille (2)

Augustin d'Hippone vomissait les stoïciens. Pourtant il s'accorde avec eux sur un point d'importance : la négation de la liberté. Il existe entre la prédestination augustinienne et le *fatum* stoïque un air de famille évident.

Mais c'est en famille qu'on se hait, paraît-il, le mieux.

Fascisme : voir Anarchisme

Femme (1)

« J'ai toujours été étonné qu'on laissât les femmes entrer dans les églises. Quelle conversation peuvent-elles tenir avec Dieu? » A mes heures de misogynie, je me délecte dans cette impertinence de Baudelaire, qui resserre à merveille ce que je pense de la relation du beau sexe avec le divin. Mais à mes heures de bénignité, je professe des idées radicalement opposées, et j'exalte la vocation de la femme à être le pont qui relie l'homme à Dieu; je veux voir dans la femme que j'aime l'image de la Vierge qui a été choisie par Dieu pour être, comme disent les textes liturgiques, « la porte du salut du monde ». Sur Dieu et la femme, sur la femme et son amour de Dieu, sur la femme et son amour de moi, j'ai pensé tout, et le contraire de tout.

Femme (2)

Captivé par le mythe de l'androgyne et voyant dans le Christ l'icône parfaite de l'adolescent-jeune fille, je devrais me refuser à diviser les êtres en hommes et femmes, ainsi qu'à opposer l'une à l'autre ces catégories. Nous sommes tous, à des degrés divers, bissexuels et, plutôt que de l'homme et de la femme, je devrais parler, comme Weininger, du masculin et du féminin qui sont en chacun de nous.

Ce nonobstant, je continue d'écrire « les femmes », « les hommes », et je persiste à croire qu'entre l'homme et la femme c'est la guerre permanente, tantôt sournoise, tantôt ouverte, que j'ai analysée dans *les Passions schismatiques.* Des lectrices m'ont reproché cette généralisation, excessive à leurs yeux, et m'ont représenté que, chaque fois que j'écris « les femmes », je devrais écrire « certaines femmes » ou « quelques femmes », car elles ne se reconnaissent pas dans le portrait que je trace de leur sexe.

Cette objection n'est pas acceptable. Un artiste n'est pas un idéologue : ce n'est pas dans les nuages de l'abstraction qu'il puise sa vision des êtres, mais dans son expérience de la vie. Lorsque j'écris sur les femmes, *il va sans dire* que j'écris sur celles que j'ai rencontrées, observées, aimées, haïes. Quand La Bruyère note qu'« une femme oublie d'un homme qu'elle n'aime plus jusques aux faveurs qu'il a reçues d'elle », il ne s'agit pas d'une pensée qui lui serait venue par hasard à l'esprit. Assurément, c'est pour avoir souffert de cette capacité qu'ont les femmes de gommer le passé, de « tourner la page », comme elles disent, ou pour avoir vu d'autres hommes en souffrir, que La Bruyère a pu écrire cette phrase de feu.

Ce n'est qu'en exprimant notre intime particulier que nous pouvons atteindre à l'universel. Écrivant sur les femmes, La Bruyère avait des prénoms en tête, et des visages. La Bruyère est mort depuis trois siècles, les prénoms et les visages des jeunes filles qu'il a aimées se sont dissous dans les eaux du Léthé, mais la phrase de l'écrivain demeure, aussi vraie qu'au jour où elle a été créée – d'une justesse implacable.

Femme (3)

En amour, il existe un comportement féminin spécifique, mais les hommes ont, eux aussi, une allure qui leur est propre. Ce qui sauve les femmes, c'est leur incroyable pouvoir de renouvellement. Nous, ce qui nous sauve, c'est notre extraordinaire égoïsme.

Constater que l'homme et la femme vivent sur deux planètes différentes, et que seule la passion peut, fugitivement, les accorder, ne s'appelle pas de la misogynie, mais de la clairvoyance.

Fichier

Mettre à jour un fichier d'adresses, c'est détruire. Il y a les morts. Il y a les êtres qui sont sortis de votre vie sans laisser de trace. Ou plutôt si, une seule : ce carton, avec un nom, une adresse, un numéro de téléphone. Ce camarade auquel je n'ai pas donné signe depuis cinq ans, cette ex-amante que je n'ai pas revue depuis trois ans, est-il imaginable qu'ils fassent à nouveau irruption dans mon existence? Et si cela était, en concevrais-je du plaisir? Non. Alors, au panier.

Au même moment, quelque part dans le monde, une femme qui vous a aimé déchire, elle aussi, un carton qui porte votre nom. Et c'est très bien ainsi.

Lorsque je rendrai mon dernier soupir, pas besoin de carton pour me souvenir du prénom que j'aurai sur mes lèvres en me présentant devant la face de Dieu.

Fidélité

La mort de Socrate : Platon s'était fait excuser pour raison de santé et avait filé vers Mégare; Xénophon s'était cloîtré dans sa maison de campagne. C'est ce qu'on appelle la fidélité.

Fiel

En 1973, alors que je vivais à Kairouan, Jacques de Ricaumont m'écrivait à propos des vilenies suscitées par la dispersion des cendres de Montherlant : « Le fiel a coulé à flots : il emplit tant d'âmes basses qu'à la moindre occasion il déborde. »

Perçues de ma solitude tunisienne, les médisances de Paris ne pesaient plus que leur vrai poids, qui est celui de la paille jetée au vent; mais être ainsi le point focal des discussions, *the fashion,* comme disent les Anglais, présentait un avantage : cela me permettait de compter mes amis. Cela me permettait aussi de compter les autres.

Filiation

Une des plus grandes joies de l'écrivain est de faire partager à des lecteurs inconnus ses enthousiasmes. C'est Nietzsche qui m'a fait découvrir l'abbé Galiani; c'est Chestov qui m'a donné envie de lire Kierkegaard. Les médiocres, par crainte de paraître moins originaux, répugnent à rendre hommage à leurs maîtres; les créateurs, eux, aiment à citer leurs sources, à s'inscrire dans une filiation.

Certes, nous appartenons à une génération et à une patrie. Néanmoins, notre famille spirituelle est composée d'êtres qui ont vécu en des siècles et sous des cieux fort divers. Lucrèce, La Rochefoucauld, Baudelaire sont pour moi plus proches, plus vivants que la plupart de mes contemporains. J'ai des conversations sans fin avec Byron et Schopenhauer, mais je n'ai rien à dire aux neuf dixièmes des gens que je croise dans le métro.

Ce sont les tempéraments pauvres qui affectent de ne rien devoir à personne; une âme dionysiaque, elle, éprouve de la joie à saluer ses devanciers. Voyageant en Italie, Chateaubriand se recueille dans la maison où Cicéron écrivit sa seconde *Philippique;* Byron s'incline sur le tombeau du Tasse. La qualité d'un homme se mesure à sa faculté d'admiration et de nostalgie.

Fléau

Selon Nietzsche, le christianisme, la syphilis et l'alcoolisme sont les trois grands fléaux de l'histoire sanitaire de l'Europe.

Selon la comtesse Grancéola, ce sont le riz blanc, le pain blanc et le sucre blanc. A chacun ses fléaux.

Foi (1)

Peu importe que les êtres que nous aimons soient ou ne soient pas dignes d'être aimés : l'essentiel est l'amour que nous leur témoignons. Si ma maîtresse me trahit, tant pis pour elle. C'est elle, et elle seule, que sa trahison dégrade. Moi, j'aurai eu raison de l'aimer, et d'avoir foi en elle. Dans une de ses *Catéchèses,* saint Syméon, le grand théologien byzantin du Xe siècle, écrit à un jeune moine : « Aie en ton père spirituel une foi sans hésitation, même si le monde entier l'injuriait et le déchirait, même si toi-même tu le voyais de tes yeux en train de forniquer, ne te scandalise pas et ne diminue pas ta foi en lui. » Ce qui est vrai du lien entre un disciple et son père spirituel est également vrai de celui qui unit deux amants. La foi en l'être aimé est un des sentiments les plus joyeux qu'un vivant puisse éprouver sur cette terre; et l'un des plus féconds.

Foi (2)

J'ai rompu avec le militantisme orthodoxe, mais je n'ai pas rompu avec l'orthodoxie. Je mourrai orthodoxe, car c'est mon baptême enfantin qui fait de moi un membre de l'Église, et non les variations de ma ferveur religieuse. Je suis incapable de me conformer à l'enseignement du Christ, mais je sais que cet enseignement est ce qu'il y a de plus beau sur cette terre. Je ne suis qu'un jouisseur; j'aurais préféré être un saint.

Cela dit, « croire en Dieu », « ne pas croire en Dieu », pour moi, ne signifie rien. La foi s'exprime, non en termes de possession, mais en termes d'inquiétude, de brûlure. On ne peut pas dire « J'ai la foi », comme on dit « J'ai un compte en banque » ou « J'ai la Légion d'honneur » ou « J'ai la vérole ». Au demeurant, peu importe que je croie ou ne croie pas en Dieu. L'essentiel est que Dieu, lui, s'il existe, croie en moi. Ce qui est sûr, c'est que toutes les jeunes personnes qui, au cours de ma vie, m'ont murmuré « Je t'aime » sont des parcelles vivantes de la lumière du Christ, elles lui sont consubstantielles.

Cette dimension religieuse ne m'aide peut-être pas à vivre, mais elle m'aide à ne pas mourir; à échapper à la tentation narcissique du suicide. Communier au corps et au sang du Christ, c'est comme faire l'amour : cela me délivre de la solitude, me donne la certitude que les autres existent, et qu'ils m'aiment. Je n'ai peut-être pas la foi, mais j'ai le sens du divin; je sais ce que sont la tendresse et la beauté, ces étoiles filantes qui brisent l'isolement schizoïde (dans ma jeunesse, j'ai été soigné, et même interné pendant deux mois, pour bizarreries schizoïdes) et trouent l'opacité de la nuit.

Folie

Mes *Carnets noirs* sont une œuvre littéraire, mais ils sont aussi un document clinique, et chaque fois que je dactylographie ces pages anciennes qui sont moi et, avec le recul des années, ne sont plus exactement moi, je dois confesser que ce journal intime est à maints égards le journal d'un fou.

Non le journal d'un fou furieux, mais le journal d'un fou clandestin; le journal d'un homme dont les passions, les plaisirs, les pensées et les actes font un étranger. Un *étranger,* c'est-à-dire un homme étrange (ces deux mots ont été, jusqu'au XVIIe siècle, des synonymes), qui n'a pas la même vie que les autres, et qu'un gouvernement soucieux de la morale publique, aurait mille raisons de mettre en cabane, voire au cabanon.

Être différent, c'est être coupable, et lorsque je considère les motifs pour lesquels on met les gens à l'asile ou en prison, je m'émerveille d'être en liberté. Aux yeux du monde, la singularité est soit une maladie, soit un crime; et l'homme dissemblable un infirme qu'il convient d'enfermer. *Infirme, enfermé, infermo* qui en italien signifie *malade,* les linguistes ont beaucoup de choses à dire sur le glissement qui s'opère entre ces mots. Et tous ceux qui ont fait un peu de latin savent qu'*aliéné* vient d'*alius.* Le fou, c'est l'autre.

Alius : autre. Le fou est celui qui échappe à la norme sociale; qui n'est pas conforme. Cela ne signifie pas que tous ceux qui échappent à la norme sociale soient fous, mais cela signifie qu'ils ont tous, un jour ou l'autre, des ennuis avec la société. Dans nos pays décadents, on nous laisse choisir entre le psychiatre et le juge d'instruction; mais dans les États vraiment policés, le psychiatre et le juge d'instruction ne font qu'un, ce qui est un progrès considérable. L'avenir, c'est le K.G.B.

Dans *enfermé,* il y a *enfer.* C'est d'ailleurs une tautologie, car d'après les bruits que font courir les théologiens, l'enfer est un lieu d'où, une fois qu'on y est, on a le plus grand mal à sortir. Voilà qui nous éclaire sur la paradoxale parenté qui existe entre la lucidité et la folie. Jadis, le fou du roi était celui qui avait le droit de ne pas flatter le monarque, de ne pas lui mentir, de lui dire la vérité; celui qui avait le droit d'être lucide. Or, la lucidité est la vertu infernale par excellence : le plus beau des anges est Luci-fer, le porteur de la lumière. Folie, lucidité, damnation, la boucle est bouclée.

G

Génération

Les généralités sur les générations me gênent. Tous les quinze ans, on nous explique que la nouvelle génération diffère essentiellement des générations précédentes. L'abîme entre les générations est un des serpents de mer préférés des chroniqueurs en mal de copie. Et comme il ne s'agit pas seulement de décrire les jeunes gens, mais aussi de les flatter, on exalte leur prétendue originalité. Tout cela sur un ton prophétique *ad hoc* qui est d'un ridicule irrésistible.

Ce ne sont pas les générations qui sont différentes, ce sont les individus. Dans une génération, il y a quelques rares originaux et une immense masse conforme. Une génération rebelle, ça n'existe pas, et je dirai de la singularité ce que Nietzsche dit de la beauté : qu'elle est le privilège de quelques-uns.

Ce sont les médiocres qui se ressemblent et qui s'assemblent. Un adolescent qui a plus d'intelligence et de cœur que son entourage, fait nécessairement l'épreuve de la solitude, et l'expérience de la rupture. Lorsque j'avais dix-sept ans, le monde adulte me faisait horreur, et j'étais résolu à ne jamais m'y incorporer; mais je me sentais aussi très différent des jeunes de mon âge. Je ne ressemblais à personne et personne ne me ressemblait.

Certes, il existe des modes, mais elles n'ont que peu d'intérêt. Les adolescents de l'un et l'autre sexe qui me captivent ne sont pas ceux qui suivent les modes, mais ceux qui leur échappent. Au reste, même chez ceux qui se conforment au goût du jour, celui-ci n'a pas l'importance que l'on croit. L'uniformité des vêtements, des distractions, du langage n'est qu'apparente : sous la grisaille de surface, demeure la chatoyante diversité des tempéraments et des dons.

Cela est d'autant plus vrai que les modes de la jeunesse ne sont pour l'ordinaire que des inventions du mercantilisme adulte. Adolescent, j'ai dansé sur la musique des Platters; mes cadets immédiats ont dansé sur celle des Beatles; aujourd'hui, ce sont de nouveaux groupes que l'on entend à la radio et dans les discothèques; mais pas plus hier que maintenant les jeunes n'auront, dans ce domaine, fait autre chose que subir la loi de ce qu'il est convenu d'appeler le *show-business.*

Dans chaque génération, il existe des lycéennes et des lycéens qui se moquent des oukazes de la mode. Nous aurions cependant tort de sous-estimer le pouvoir conjugué du dogmatisme et du snobisme. Combien de garçons et de filles, lisant un article péremptoire sur la façon dont les gens de leur âge pensent, vivent et aiment, sont capables de hausser les épaules ? Combien sont au contraire tentés de se conformer à l'image prête à porter que leur offrent les marchands du temple ? Ici, le troupeau qui rassure et tient chaud; là, les adolescents singuliers. Pour moi, avoir une relation d'amour avec une adolescente, c'est *aussi* lui apprendre à rire des discours préfabriqués sur la génération nouvelle; et à échapper au troupeau.

Gratuité

Vous protestez quand j'écris dans *le Sabre de Didi :* « L'art est inutile, la beauté est inutile, et l'écrivain est, par excellence, l'homme inutile, l'homme en trop. » Pourtant, c'est l'exacte vérité. Soyez franc, avez-vous un besoin vital de mes livres, ou des tableaux de tel peintre contemporain, ou des films de tel cinéaste? Avez-vous même un besoin vital des chefs-d'œuvre classiques? Vous savez bien que non. Dans la rue, nous croisons sans cesse des gens qui ne lisent pas, qui ne vont pas au concert, qui ne mettent jamais les pieds dans un musée, et qui ne s'en portent pas plus mal. L'art est la gratuité absolue : là réside sa fragilité, et là réside son charme.

Guerre

« Ah ça, chiens, voulez-vous donc vivre éternellement! », criait Gustave-Adolphe à ses soldats qui, sur le champ de bataille de Lutzen, hésitaient à charger l'ennemi. Oui, c'est cela. Comme les soldats du roi de Suède, nous voulons vivre éternellement. Nous savons qu'un jour nous cesserons de vivre, mais cette certitude de notre anéantissement demeure abstraite, et donc irréelle. Nous ne nous imaginons pas n'existant plus. La mort, c'est pour les autres.

Si convaincants que soient ceux qui nous expliquent la fatalité de la prochaine guerre, nous avons du mal à y croire. Nous haussons les épaules, en nous disant que l'apocalypse n'est pas pour demain et que le monde durera bien autant que nous. Cet aveuglement délibéré a sa source dans l'égoïsme et dans la peur. Il serait temps d'ouvrir les yeux.

La guerre enseigne aux hommes la volupté de tuer et la volupté de mourir. Quand la Troisième Guerre mondiale éclatera, nous n'aurons peut-être pas le loisir de tuer, mais nous aurons l'occasion de mourir. Il faut nous y préparer.

Gymnastique

Au jardin du Luxembourg, il y a ceux qui draguent et ceux qui courent. Parfois, les premiers sont appelés à rejoindre les seconds : en amour, le salut est souvent dans le sprint. Il y a aussi ceux qui jouent au tennis, ceux qui se promènent à dos d'âne, ceux qui font de la balançoire, ceux qui dévalent le toboggan, ceux qui surveillent les petits bateaux. Il y a ceux qui, assis sous les statues des reines de France, méditent sur les fins dernières de l'humanité.

Ces personnages divers sont unis par des liens consubstantiels, et il ne faut ni au Luxembourg ni ailleurs opposer les sportifs aux contemplatifs. Sénèque prétend que les exercices du corps rendent inhabile aux études et enlèvent à l'esprit toute finesse. « C'est, mon cher Lucilius, écrit-il dans sa lettre XVe, une sotte occupation et qui ne convient pas à un homme de lettres, de faire travailler ses bras, de dilater son cou, de fortifier sa poitrine. » Si vive que soit mon admiration pour les stoïciens, je ne les suivrai pas dans cette voie dualiste. Je crois à l'unité de la personne, ou du moins (car l'unité ne nous est pas donnée) à sa nécessaire unification, et ma carcasse m'occupe autant que le souffle divin qu'elle enveloppe.

Dans la littérature patristique, les moines sont volontiers comparés à des athlètes; et tous ceux qui, comme moi, ont attrapé des crampes aux mollets en pratiquant zazen, savent que dans cette doctrine de l'éveil qu'est le bouddhisme, la domination du corps occupe une place centrale. L'essentiel, c'est la posture.

H

Hérésiarque

Les chrétiens abusent du mot *espérance,* comme ils abusent du mot *amour.* Ils oublient que ces deux vertus théologales ne peuvent être acquises qu'au prix d'un combat ascétique et d'une victoire sur soi-même. Ils semblent croire qu'il suffit de mettre une majuscule au mot *Verbe* pour transmuter un concept en une réalité. Ils confondent la vie avec le bruit. Or ce qui est important est toujours placé sous le signe de l'adolescent Harpocrate, dont les anciens Grecs ont fait la divinité du silence. Le diable parle d'abondance. Dieu, lui, n'est pas bavard.

De nos jours, nous ne sommes guère nombreux à fleurir les autels des dieux en exil, qu'il s'agisse de Vénus, de Junon ou d'Harpocrate. En revanche, l'Inde, elle, est à la mode. Eh bien! le service que pourrait rendre l'indianité traditionnelle à notre caquetante Europe, serait de l'aider à redécouvrir le visage du silence. L'Inde nous rappelle en effet que ce christianisme dont nous sommes si fiers et que nous vivons si mal, n'est pas l'unique voie, et qu'il existe d'autres approches du divin.

Le brahmanisme devrait inciter les chrétiens à purifier leur propre foi. Un hindouiste comparait un jour devant moi certains textes du Véda à Maître Eckhart, dont il citait cette phrase étonnante : « Je prie Dieu de me délivrer de Dieu. » Il aurait pu citer saint Grégoire de Nysse : « Les concepts créent les idoles de Dieu, le saisissement seul pressent quelque chose. » Dans nos Églises, le syncrétisme a très mauvaise réputation, et celui qui s'y aventure encourt les foudres de ses coreligionnaires, principalement des convertis qui se croient plus orthodoxes que les orthodoxes de souche et sont toujours prompts à donner des leçons de rigueur doctrinale. Pourtant, s'il est nécessaire de marquer ce qui différencie le christianisme de l'Orient non chrétien (et certes l'Incarnation, la Trinité, la Résurrection des morts sont des dogmes irréductibles), il est non moins précieux d'exalter ce qui les rapproche.

Schopenhauer, dont on sait l'attachement à la métaphysique de l'Inde et le peu de sympathie pour la tradition judéo-chrétienne, ne perd pas une occasion, chaque fois qu'il trouve chez le Christ ou chez un docteur chrétien une pensée qui lui semble juste, de la citer avec enthousiasme. Et c'est un des fervents disciples de Schopenhauer, Tolstoï, qui, correspondant avec de jeunes bouddhistes japonais, note dans son journal intime : « Ces Japonais sont incomparablement plus proches du christianisme que nos chrétiens d'Église. »

Pour un brahmane comme pour un chrétien, Dieu est au-delà de tous les noms de Dieu, au-delà même de la notion de Dieu. Quant à la doctrine chrétienne de compassion universelle et de non-violence, elle est un merveilleux reflet de l'enseignement du Bouddha. On m'objectera que la théologie officielle de l'Église, si elle met inlassablement l'accent sur la filiation du Christ et des prophètes de l'Ancien Testament, ne dit pas un mot des sources indiennes du christianisme, non plus d'ailleurs que de ses origines pythagoriques. C'est exact, mais la théologie officielle me captive peu. Je la laisse à d'autres; elle n'est pas mon lot. Être traité de gnostique ne me trouble pas. Un poète doit oser être hérésiarque. Dieu lui-même nous en donne l'exemple.

Histoire (1)

Celui qui a pour livres de chevet les *Hommes illustres* de Plutarque, l'*Histoire de ma vie* de Casanova et les *Mémoires* de Saint-Simon, vit parmi des morts qui sont plus vivants que bien des vivants. Il mêle le passé au présent, les insomnies de Jules César l'aident à supporter les siennes, la malaria de Pompée à Pharsale se confond avec le paludisme qu'il a contracté pendant la guerre d'Algérie, lors de ses crises de coliques néphrétiques il appelle à son aide, d'Épicure à Byron, ceux d'entre ses aînés qui ont avant lui cruellement souffert de la gravelle, il ne reçoit jamais une lettre de rupture d'une petite amie sans songer à celle, exemplaire, qu'écrivit Marion Balletti à Casanova en février 1760, et ces ombres complices lui font un cortège secourable.

Histoire (2)

Quand je lis les mémorialistes du passé – Retz, Saint-Simon, Mme de Boigne –, j'éprouve un vertige à l'idée que les hommes et les femmes qu'animèrent ces passions, ces querelles, ces combats, ces amours, se sont dissous tel un songe et ne forment plus qu'un peu de poudre mêlée à la terre indifférente. Les conquêtes des rois, les révoltes des peuples, les brigues des courtisans, les baisers des jolies femmes s'effacent comme les mirages aux sables d'Afrique. L'histoire, tissée par la mort des empires et la mort des hommes, est une bonne école de la vanité de tout.

Il n'y a pas que les livres d'histoire à être pleins de morts qui s'agitent, intriguent, aiment et souffrent. Nos carnets d'adresses, eux aussi, contiennent les noms d'êtres qui furent nos amis et qui ne sont plus que des spectres évanouis. Une lycéenne me disait avec une naïveté charmante : « Je ne connais aucun mort. » Mais moi qui n'ai plus quinze ans, je peux déjà faire l'appel de mes disparus. Bientôt je basculerai à mon tour dans l'éternité, et peu importera que je sois mort depuis un jour ou depuis mille ans. A chaque seconde le présent se métamorphose en passé, comme la pièce de bois, sous le rabot du menuisier, se volatilise en copeaux vaporeux. L'encre n'est pas encore sèche, mais déjà la phrase que je viens d'écrire appartient au passé, et il n'y a pas de différence entre ce passé proche et le passé lointain d'une phrase écrite par un écrivain du Ier siècle avant Jésus-Christ.

Il existe une unité métaphysique du temps qui s'écoule, et les noms du temps que nous donnons à ses fragments éclatés – le passé, le présent, le futur – désignent une même réalité. Aussi l'oubli est-il une imposture, et la mémoire l'instrument privilégié de notre combat contre la mort : je le pense depuis longtemps, je l'ai souvent écrit, et je suis heureux d'apprendre (grâce à *la Source noire* de Patrice Van Eersel, un livre captivant que m'a fait lire mon ami Stéphane Janssen) que les plus récentes découvertes des physiciens et des neurologues d'outre-Atlantique confirment la justesse de mes subjectives intuitions. Se souvenir d'un acte, d'une phrase, d'un visage, d'un baiser, d'une musique, c'est leur donner l'éternité. C'est parce que nous gonflons l'importance de notre destin personnel et faisons de notre *ego* le point focal de nos passions, que nous attachons plus d'importance au présent qu'au passé; mais ce n'est qu'une illusion, et Schopenhauer montre que l'histoire est la répétition du même drame, avec d'autres personnages et dans des costumes différents : *eadem, sed aliter.* Les gens se figurent que pour savoir ce qui se passe, ils doivent lire les journaux. Ils seraient aussi bien informés en lisant Thucydide.

Il n'est pas facile de se vouloir à la fois chrétien

et schopenhauérien. Pour l'Église, l'histoire a une signification, et une fin qui est la résurrection des morts, la parousie. En Christ, Dieu fait irruption dans l'histoire des hommes. L'histoire, c'est l'histoire du salut. Pour l'oncle Arthur, au contraire, l'histoire n'a ni sens ni finalité, et nous n'avons aucun avènement messianique à espérer. Au long des siècles, la bêtise, la bassesse, la cruauté et l'horreur se répètent inlassablement. Aujourd'hui comme hier, Tamerlan s'amuse à élever une montagne avec les crânes de ses victimes. Il faut avoir la foi chevillée au corps pour continuer à croire, malgré tout, en la possible conversion de Tamerlan.

Homme (1)

Chaque fois qu'on me parle des « droits de l'homme », je songe à cet ouvrage posthume de Helvetius, *De l'homme*, paru en 1784, qu'à l'époque où j'étais étudiant en lettres classiques à la Sorbonne j'avais déniché dans la librairie du charmant vieux M. Vrin, et où il est à chaque page question d'un homme universel et abstrait auquel on ne croit pas un instant.

Les hommes? J'ignore ce dont il s'agit. Je connais des intelligents et des imbéciles, des courtois et des goujats, des beaux et des laids, des bien-portants et des malades, des généreux et des ladres, des âmes nobles et des âmes basses, des courageux et des lâches, des doux et des brutes, des créateurs et des parasites, mais des hommes, non, je n'en connais pas.

Je n'ai pas foi en cette divinité aveugle au nom de laquelle il faudrait accorder aux salauds les mêmes droits qu'aux êtres qu'éclaire la bonté.

Homme (2)

Je lis dans un *Catéchisme orthodoxe* que trois péchés nous éloignent de Dieu : l'apostasie, le meurtre et l'impudicité. Vraiment, il n'y a que ces trois péchés-là ? Pour moi, j'en vois au moins trois autres : l'absence d'amour, le goût du lucre et le pharisaïsme.

Ce qui rend la vie sociale ennuyeuse, c'est son hypocrisie. Chacun se compose un personnage, affecte une unité de surface. Celui qui avoue ses contradictions fait scandale. On le traite d'immature et de débauché. Pourtant, c'est ainsi : coexistent en moi un spirituel et un sensuel, un cynique et un tendre, un égoïste et un généreux, un don juan et un amant capable de fidélité, un destructeur et un créateur. La lucidité m'invite à confesser ma nature ondoyante, fugitive, polymorphe. Mais la lucidité est une vertu infernale, c'est-à-dire une vertu qui autorise les pharisiens à m'envoyer rôtir en enfer

Homme (3)

Les gens aiment à se gargariser avec des phrases sur l'homme. Cela les rassure. Nous n'avons cependant aucune raison de nous gargariser. Je songe souvent à cet évêque bulgare (pas un évêque en complet veston, mais un grand seigneur à l'ancienne mode, un prince de l'Église) qui, interrogé par Dimitri Ermoloff sur l'au-delà, lui avait répondu en lissant sa barbe qu'il avait fort majestueuse : « Assurément, il y a quelque chose après la mort... mais, hum... on exagère beaucoup. » S'agissant de l'homme aussi, on exagère beaucoup.

Hôtel

L'hôtel pour y vivre. L'hôtel pour y mourir, par suicide ou par mort naturelle. Cette expression de « mort naturelle » est charmante. Elle laisse supposer qu'il existe une mort surnaturelle, voire une mort contre-nature, de même que la formule des fiches d'embarquement dans certains aéroports : « domicile légal » sous-entend qu'il existe un domicile illégal, infiniment plus délicieux que l'autre, il va sans dire.

L'humanité se divise en deux espèces : ceux qui sont faits pour mourir de mort naturelle à leur domicile légal, et ceux qui sont destinés à mourir de mort surnaturelle à leur domicile illégal.

Humanisme

Certains idéologues sont animés par la volonté de couper les peuples européens de leurs racines; de les priver de leur mémoire. Il existe aussi des professeurs qui aiment le monde gréco-romain, et qui sont capables de transmettre cet amour aux enfants qui leur sont confiés. J'ai dans *Nous n'irons plus au Luxembourg* décrit un tel professeur sous les traits de M. Dulaurier. Il y aura toujours assez de Dulauriers pour que l'étude et la passion du latin ne disparaissent pas.

Aeneadum genetrix, hominum divomque voluptas,
Alma Venus...

Les mots roulent dans ma bouche, s'enlacent à ma langue, fondent savoureusement contre mon palais, chantent à mes oreilles, accélèrent les battements de mon cœur. Plaisir du latin, joie du latin, jouissance de cette âpre et mélodieuse écriture. Une vie sans latin vaudrait-elle d'être vécue ? Je ne le pense pas.

En mars 1968, lors d'un colloque philosophique à Aix-en-Provence, j'ai entendu Boris de Schloezer affirmer que pouvoir lire Rozanov dans le texte suffit à justifier qu'on apprenne le russe. Je dirais volontiers la même chose de Lucrèce et de l'étude du latin. Certes, la traduction du *De rerum natura* par Alfred Ernout est belle (comme l'est celle de Rozanov par Schloezer), mais cet excellent truchement ne nous dispense pas de recourir à l'original. « La mort n'est donc rien pour nous et ne nous touche en rien... » n'a pas la concision et n'épuise pas le sens de *Nil igitur mors ad nos neque pertinet hilum*... Quelle musique, quelle force, dans ce balancement entre *Nil* et *hilum!* Le texte latin se suffit à lui-même, mais en français nous avons besoin du *Dictionnaire étymologique* d'Ernout et Meillet, ainsi que du Littré, pour comprendre que le nihilisme est le refus du *hilum*, ce point d'attache par où la graine adhère au funicule, et en reçoit les sucs nourriciers.

Plus on se sent exilé sur cette terre, différent des gens parmi lesquels on vit, et plus on a besoin de racines. Celui qui ne peut lire une page de Salluste ou de Tacite sans que l'émotion lui fasse monter le sang aux joues, est chez lui partout où, de Palmyre à Leptis Magna, s'élèvent des vestiges de l'ancienne Rome. Notre patrie, c'est la langue française, mais que serait le français, si le latin n'avait pas existé ? Aujourd'hui plus que jamais, je fais mienne la prière de Pline l'Ancien : « Puisse être éternel ce bienfait des dieux qui semblent avoir donné les Romains au monde comme une seconde lumière pour l'éclairer. »

Les inquiétudes touchant la transmission de l'héritage gréco-latin ne sont pas le lot de scrogneugneux sclérosés, mais au contraire celui de la jeunesse du cœur et de l'esprit. Nietzsche a vingt-huit ans lorsque, en 1872, il dénonce la manière dont le latin et le grec sont enseignés dans les gymnases : « On ne sait plus la langue, on perd cette maîtrise aisée qui se voit dans la parole et l'écriture. Bientôt, nul ne saura lire son Platon ou son Tacite pour le plaisir... » Et vingt ans plus tôt, dans ses *Parerga,* Schopenhauer avait prononcé l'oraison funèbre de la langue latine : « L'abolition du latin comme langue savante universelle a été pour la science, en Europe, un véritable malheur. Seule la langue latine y créait un public savant mondial, à l'ensemble duquel s'adressait directement chaque livre qui se publiait. »

Défendre l'enseignement du grec et du latin n'a jamais signifié, aux yeux de l'oncle Arthur et de l'oncle Frédéric, se fermer aux autres cultures. Ils furent, l'un et l'autre, captivés par l'Asie. « Les hommes de l'Asie sont cent fois plus grands que ceux de l'Europe », a écrit Nietzsche, et Schopenhauer aura été chez nous un des principaux introducteurs de la philosophie indienne qui, prophétisait-il en 1819, « refluera sur l'Europe et transformera de fond en comble notre savoir et notre pensée ».

Pourquoi élever des murs, établir des catégories? Par-delà les siècles et les océans, il y a des vibrations communes, des rencontres, des complicités. La parenté qui existe entre les enseignements du Bouddha, d'Épicure et du Christ est évidente; celle entre les gymnosophistes de l'Inde et les sceptiques grecs ne l'est pas moins. Et l'un de mes sujets de conversation favoris avec Hergé était la proximité du Tao (qu'il m'a fait découvrir) et du pyrrhonisme. Aimer notre culture gréco-romaine ne nous clôt pas sur nous-mêmes, mais au contraire nous ouvre à l'universel.

Hyperboréen

En 1921, au lendemain de la défaite allemande, analysant le pessimisme esthétique de Nietzsche à l'époque de *la Naissance de la tragédie,* Charles Andler cite ces lignes : « Un jour, l'esprit allemand s'éveillera dans toute la fraîcheur matinale qui suivra son long sommeil; alors il tuera les dragons, il anéantira les nains perfides, il réveillera Brunhilde... » Et Andler de commenter : « Si le mythe garantit seul une civilisation autochtone, on peut assurer qu'une civilisation germanique, épurée de tout ce qu'elle contenait de latin, naîtra du mythe ressuscité et enfin compris, que nous offre la tragédie wagnérienne. »

Ce fut à une telle résurrection que s'est employé Hitler, et le bruyant wagnérisme des nazis est moins abusif qu'on ne le pense. *Le Crépuscule des dieux,* ce ne sont pas Eschyle et Pindare à nouveau parmi nous, comme le croyait naïvement Nietzsche du temps de sa ferveur wagnérienne; ce sont, au contraire, la rupture avec le monde méditerranéen, le rejet de la culture gréco-latine, le retour aux divinités du paganisme nordique, la renaissance du rêve hyperboréen.

Il était impossible qu'une telle exaltation du mythe de Thulé demeurât sans conséquences politiques; que les anciens dieux n'engendrassent pas de nouveaux démons. Louis II de Bavière, prince charmant d'une Thulé idéale? Oui, sans doute. Mais Hitler aura été, lui aussi, à sa manière, le maître de Thulé. L'Allemagne est un Janus dont nous n'avons pas fini de scruter le double visage.

I

Icône

Notre corps est le temple du Paraclet, et la guerre que dans notre cœur le nouvel homme fait au vieux n'implique aucune dualité ontologique entre la chair et l'esprit. Les pères de l'Église nous le répètent inlassablement : la sexualité est un mystère qui doit être accompli, et transcendé.

Carpocrate enseigne que nous devons approfondir les pulsions du désir afin de nous en délivrer : le sexe comme ascèse libératrice. Cette doctrine a été condamnée par l'Église, mais le thème de la *felix culpa,* du péché qui permet la pénitence et donc la rédemption, n'a pas cessé de nourrir la réflexion théologique orthodoxe. Le christianisme est la religion de la chair et du sang, et le premier dimanche du carême pascal, qui est appelé le dimanche du Triomphe de l'orthodoxie, nous le remet chaque année en mémoire : ce jour-là, nous célébrons la restauration, après les hérésies de la crise iconoclaste, de la vénération des saintes icônes par les pères du VIIe concile œcuménique : « Nous nous prosternons devant Ta pure image, ô Dieu qui es bonté... » C'est parce que le Verbe s'est fait homme que nous avons la liberté de peindre des représentations du Christ. La théologie de l'icône est d'abord une christologie; c'est une théologie de l'incarnation.

Idée fixe

Plus un artiste est grand, et plus il est captif de son univers singulier. Tout au long de son œuvre, il se bat avec un petit nombre d'obsessions, d'idées fixes, tel Jacob avec l'ange, et ce combat ne cesse qu'avec sa vie. « J'irrite les gens, écrit Chestov dans *Athènes et Jérusalem,* parce que je répète toujours la même chose. » Voilà une phrase que bien des créateurs pourraient signer. Chestov écrit toujours le même livre, Fellini tourne toujours le même film, Mondrian peint toujours le même tableau. Faire à un artiste le grief de ses thèmes d'inspiration, et oser lui en suggérer d'autres, est une sottise outrecuidante. Nous ne choisissons pas nos thèmes : ils s'imposent à nous, de façon crucifiante et joyeuse.

Pour être en nombre limité, nos idées fixes n'en déconcertent pas moins les gens par leur nature contradictoire. Goethe, à ce propos, disait plaisamment qu'il était toujours à Iéna quand on le cherchait à Weimar. Athée tourmenté par le désir de Dieu, don Juan tenté par le monastère, sceptique prompt à l'émerveillement, l'artiste n'est jamais là où l'attend le public. Il est enfermé en lui-même, mais il est aussi l'homme des métamorphoses, des ruptures, des bouleversements : c'est un éternel enfant qui jamais ne se range et pour lequel la vie est toujours une aventure dans l'inconnu.

Une œuvre véridique n'est pas spéculative, mais fondée sur l'expérience et la sensibilité. Ce que les gens prennent pour du narcissisme n'est que la volonté intrépide d'aller jusqu'au bout de soi-même. Je brûle ma vie et j'en nourris mes livres, tel cet orfèvre qui, pour découvrir le secret de l'émail, précipitait dans le feu sa vaisselle d'or.

Ignorance

En un temps de décervelage où les citoyens sont ahuris par l'incessant matraquage des « informations » du monde entier, le premier droit d'un homme libre est le droit à l'ignorance. Antisthène enseignait à ses disciples à désapprendre. Moi, je donnerais volontiers des cours sur l'art d'ignorer. Au zinc des bistrots ou dans les dîners en ville, nos contemporains se croient tenus d'avoir une opinion sur tout. Pour moi, en ce qui regarde les questions dont je n'ai pas une expérience intime et que je ne connais que de seconde main, je pratique avec détermination ce que Pyrrhon nomme la suspension du jugement.

Je ne me suis jamais soucié de jouer à l'homme universel. Je n'y ai d'ailleurs aucun mérite, car je ne suis pas un *curieux*, je suis un *passionné*, et tout ce qui ne me captive pas m'ennuie. En amour, en art, en religion, en politique, je ne m'anime que pour mes idées fixes. Tout le reste ne m'est qu'un brouillard indifférent.

Île (1)

L'océan et le désert sont ensemble une protection et une menace. L'île battue par les flots, l'oasis perdue parmi les sables, sont pour le voyageur un refuge, et pour le conquérant une proie. Le rayonnement de Palmyre au désert syrien et celui de Délos en mer grecque ont attiré par milliers les pèlerins, les marchands, les poètes; ils ont également excité l'appétit de la soldatesque, et la destruction par Aurélien de la cité de la reine Zénobie, celle du sanctuaire d'Apollon par Mithridate, nous le rappellent éternellement.

Une île est la figure idéale de l'asile, et l'océan le parfait symbole du départ, de la fuite, donc de la liberté. Simultanément, une île est toujours convoitée; une île est toujours, d'une certaine manière, l'île au trésor. L'immensité qui la sépare du continent la met à l'abri des mauvaises surprises, mais cette étendue moirée est aussi la traîtresse qui porte les navires de l'envahisseur. C'est à cette double nature de l'île que l'insulaire, qu'il soit philippin, crétois ou corse, doit son caractère hospitalier et ombrageux, cordial et secret : pour utiliser un mot vieilli, et qu'il est bon de remettre en usage, ce sont ses entours qui expliquent ses contradictions. Un habitant des îles sait que l'ami et le pillard ne se distinguent pas au premier coup d'œil, et que la voile qui surgit à l'horizon est d'aventure le signe du bonheur; souvent celui de la tragédie.

Île (2)

Quand on demande aux gens quels sont les dix livres qu'ils emporteraient sur une île déserte, ils se croient obligés de citer des monuments officiels : la Bible, les Tragiques grecs, Shakespeare, et cela même s'ils ne les ont jamais lus. De telles hypocrites réponses n'ont aucun intérêt. Ce qu'il faut, c'est que les gens nomment les dix livres qui sont à leur chevet, sans lesquels ils pensent ne pas pouvoir vivre et qui constituent véritablement pour eux la bibliothèque portative idéale.

Illusion

Pour le Bouddha, le suicide est un acte métaphysiquement inutile, car il ne nous délivre pas du cycle des naissances et des morts, du *samsara.* La libération par le suicide est une libération illusoire, car se donner la mort est accomplir un acte passionnel, et c'est précisément de la toile d'araignée tissée par les passions que le Bouddha souhaite que nous nous affranchissions.

On peut lire une critique analogue du suicide chez Schopenhauer. Les écrivains européens nourris de pessimisme bouddhique – Schopenhauer, Cioran, moi-même – donnent d'ailleurs, me semble-t-il, envie de vivre, et non envie de mourir. Ce sont les niaiseries optimistes qui sont débilitantes. La lucidité, elle, est toujours tonique. Je ne sais quelle impression font mes livres sur mes lecteurs, mais pour ma part je sors toujours ragaillardi de la lecture de Lucrèce, de La Rochefoucauld ou de Baudelaire. Cioran ne m'assombrit pas, mais au contraire me fortifie.

Il n'en existe pas moins une tradition bouddhiste du suicide : suicides oblatifs, tels ceux de ces moines qui s'immolèrent par le feu pendant la guerre du Viêt-nam; suicides d'accomplissement de moines qui ont la sensation d'avoir atteint à un degré insurpassable de perfection spirituelle. La vie débouche alors dans la mort comme la rivière dans l'océan.

Image

Vanessa, quatorze ans, me dit :

– Dans tes poèmes, dans tes lettres, dès que tu parles d'amour, tu utilises des images religieuses, des mots qui évoquent le Christ, l'Église...

Cette observation est très juste. Même au creux de mes pires crises d'athéisme et de rejet de toute vie ecclésiale, dès lors que je suis ému, ou amoureux, ce sont les métaphores de l'Évangile, le vocabulaire spécifique de l'Église orthodoxe, qui spontanément viennent sous ma plume.

Ce phénomène souffre plusieurs explications. La

première, et aussi la moins relevée, serait que pour moi, ce qui compte, ce n'est pas la religion mais la poésie de la religion. Il en est une autre, qui est que l'émotion fait remonter à la surface de mon âme embourbée ce qu'il y a de plus pur, de meilleur en elle; et que l'amour efface les souillures de mon visage pour lui rendre cette beauté originelle de l'icône du Christ dont tout homme, si pourri et déchu soit-il, garde mystérieusement le reflet.

Imbécile

Une des faiblesses de l'Évangile est qu'il se tait sur la bêtise, ce moteur cardinal de l'histoire humaine. Le Christ parle volontiers des méchants, mais il ne dit rien des crétins. Nos hommes politiques, même lorsqu'ils sont anticléricaux, lui emboîtent le pas sur ce point : ils discourent comme si tous leurs électeurs étaient des gens d'esprit, alors qu'ils savent bien que la plupart ne le sont pas.

L'autocratie favorise « le silence de l'abjection » (Chateaubriand); la démocratie, elle, flatte le bavardage des médiocres. Je rêve d'une troisième voie, celle de l'aristocratie; je rêve d'une société qui n'inciterait pas les gens à « la prise de parole » (qui fut un des slogans imbéciles de mai 68), mais qui leur ferait découvrir les vertus du libre silence.

Il est temps de lancer les Trappistes.

Immortalité (1)

Selon Chrysippe, seules les âmes des sages bénéficient de l'immortalité – une immortalité relative puisqu'elle ne dure que jusqu'à cette conflagration universelle, cette *ecpyrosis* qui se produit à la fin de chaque période cosmique. Et Cumont précise dans

Lux perpetua: « Il est certain qu'une tendance nettement négative se manifeste à Rome parmi les sectateurs de Zénon. Panetius, l'ami des Scipions, qui contribua beaucoup à gagner les Romains aux idées du Portique, nia absolument toute survie personnelle. »

Dans le monde romain du Iᵉʳ siècle, combinaison du matérialisme du Portique avec la doctrine pythagoricienne de l'immortalité céleste.

Immortalité (2)

Le public s'intéresse beaucoup, et d'ordinaire sans bienveillance, à la vie privée des écrivains. Pourtant, nos coucheries ne regardent nos lecteurs qu'à proportion qu'elles influent d'une manière ou d'une autre sur nos livres, soit pour féconder notre création, soit pour la contrarier. Marianna Segati et Margarita Cogni ressemblaient à des milliers de jeunes femmes vénitiennes : si elles demeurent dans nos mémoires, c'est parce que leur amant fut l'homme qui, durant son séjour à Venise, écrivit *Manfred,* le IVᵉ chant de *Childe Harold, Beppo,* les quatre premiers chants de *Don Juan;* et Teresa Guiccioli elle-même n'existe plus pour nous que par le truchement de Byron, en particulier grâce au beau personnage de Myrrha dans *Sardanapale* qu'elle lui a inspiré.

Mesdemoiselles, vous voici prévenues : vous pouvez bien nous trahir, nous abandonner, nous renier comme lady Byron a renié son mari; vous pouvez bien – pour utiliser votre formule innocemment obscène – « tourner la page », à nous le dernier mot, à nous la victoire, puisque par-delà la rupture, par-delà la mort, vous ne serez plus que pour nous avoir aimés, vous ne survivrez plus que par les pages que nous aurons noircies à votre sujet, ces pages que vous vous imaginez présomptueusement avoir « tournées ».

Plus de trente ans après la mort de Byron, mon aïeul Ivan Matzneff, villégiaturant à Venise, écrivait à la grande-duchesse Marie Nicolaïevna de Russie : « J'ai cherché en vain la trace de la fameuse maîtresse de lord Byron Margarita Cogni, celle qu'on appelait la Fornarina; mais je n'ai rencontré personne qui pût me parler d'elle. Alors j'ai ouvert les *Conversations de lord Byron* par Thomas Medwin, dont je porte toujours un volume dans la poche de ma redingote, et où notre cher poète immortalise cette jolie femme, ce turbulent démon. »

Inaptitude

L'inaptitude à la vie qui caractérise les âmes supérieures est d'abord une inaptitude à la vie pratique, fortifiée par une grande étourderie. Plus les pensées qui nous agitent sont élevées, plus nos préoccupations sont différentes de celles du commun, et plus il nous faudrait en permanence un valet de chambre, un chauffeur et une secrétaire qui nous délivrent des soucis de la vie quotidienne, et nous rappellent ce que nous devons faire. On dit « un pense-bête »; il faudrait dire « un pense-génie ».

Toute âme extraordinaire a un côté ahuri qui prête à sourire; un côté M. Hulot.

Incarnation

« Ta Nativité, Christ notre Dieu, a fait resplendir sur le monde la lumière de la connaissance », chante l'Église dans la nuit du 25 décembre. Cette aurore de la rédemption n'a pas éclairé d'un coup l'univers : elle s'est levée de façon progressive et tâtonnante. En fait, c'est la lutte contre Arius, négateur de la divinité de Jésus, qui a été pour les docteurs chrétiens l'occasion de formuler le mystère de Noël et d'approfondir la théologie de l'Incarnation.

Un tel phénomène n'est pas le propre de la Nativité : dans l'histoire de l'Église il est une règle générale. Depuis *Contre les hérésies* d'Irénée de Lyon au IIe siècle jusqu'à la *Défense des saints hésychastes* de Grégoire Palamas au XIVe, les beaux textes patristiques qui font nos délices, n'ont été à l'origine que des textes de circonstance, des pamphlets pédagogiques, de nécessaires mises au point. C'est ainsi que les crises vécues par l'Église se sont avérées fécondes, ne fût-ce que dans l'ordre littéraire, et on peut leur appliquer le mot de Nietzsche : « Ce qui ne me terrasse pas me rend plus fort. »

Historiquement, la polémique antichrétienne autour de Noël s'est développée sur deux points. Le premier est psychologique et touche à la singularité de ce Dieu qui, selon les mots de l'apôtre Paul dans son *Épître aux Philippiens,* « s'est anéanti lui-même en prenant la forme et la nature d'un esclave ». Cette kénose du Verbe, comme on dit en jargon théologique, est un paradoxe qui a frappé aussi bien les apologistes de la foi chrétienne que ses adversaires.

Bossuet observe que le Christ, cette pierre d'achoppement, est méprisable et odieux aux philosophes, puis il ajoute : « Qu'est-ce qui choque dans l'état de sa personne ? Sa profonde humiliation. » L'abbé de Saint-Cyran, lui, voit dans le mystère de Noël « l'humiliation la plus grande » qui se puisse figurer, et il met l'accent sur son caractère « étrange ».

Cette étonnante mortification de Dieu qui accepte par amour pour l'homme de s'abaisser jusqu'à lui et de lui aliéner sa divinité, est un des thèmes que développe Feuerbach dans *l'Essence du christianisme,* qui allait être le livre de chevet de Marx, d'Engels et des nihilistes russes. Elle est un des sujets favoris de Sade qui, frondeur opiniâtre des dogmes chrétiens, ne perd pas une occasion de brocarder ce Christ, ce

« ridicule ambassadeur », cet « obscur bateleur », qui, « né dans le plus chétif coin de l'univers », se prétend le fils de Dieu et le sauveur du monde. Encore si la divinité du Christ s'était manifestée par de spectaculaires prodiges! Mais il n'en est rien, s'indigne l'auteur de *Justine :* « C'est par des tours de passe-passe, par des gambades et des calembours, que l'envoyé de Dieu s'annonce à l'univers. » Aux yeux du noble marquis, outré de telles prétentions, le Christ n'est qu'un « polisson », et en nous proposant un pareil rédempteur, « son fabuleux papa » *(sic)* se moque du monde.

Le second point de la polémique contre l'Incarnation touche à l'influence des cultes païens sur le christianisme. Primitivement, la Nativité était fêtée le 6 janvier, en même temps que le baptême du Christ, sous le nom d'Épiphanie. Ce n'est qu'au IVe siècle que Noël sera placé le 25 décembre, jour où le monde païen célébrait la Nativité du soleil, *Natalis Invicti,* ressuscitant chaque année, après le solstice, à une vie nouvelle. C'est, semble-t-il, le 25 décembre 354 que le pape Libère, critiquant l'hérésie arienne, prononça son premier sermon sur Noël. Bref, un parfait modèle de détournement.

Nous sommes libres de ricaner et de nier. Nous sommes également libres de préférer les gambades et les calembours du Christ au cul de plomb des matérialistes; de nous faire un cœur semblable à celui des rois mages, ces sages persans qui déchiffraient le secret des étoiles et les mystères de la nature. Nous pouvons oser être humbles, et ne pas rougir d'être capables d'émerveillement.

Incorporation

Enfant, adolescent, j'étais tenu pour l'un des meilleurs cavaliers de ma génération. Dès l'âge de treize ans, j'ai participé – à l'Étrier, à Fontainebleau, au Touquet, à Vichy, à Bordeaux, à Deauville, à Caen, au Jumping de Paris – aux plus importantes épreuves de la saison de concours hippique. Mes dieux s'appelaient Gudin de Vallerin, Roland de Maillé, Jean d'Orgeix; je marchais sur leurs glorieuses traces. Les chevaux étaient mon univers passionnel.

Quand, par lassitude de la poudreuse Sorbonne, je résiliai mon sursis, j'étais convaincu de recevoir une affectation à Fontainebleau ou à Saumur. Or je fus illico incorporé à un régiment d'infanterie coloniale. C'est ce qu'on appelle l'utilisation des compétences. Mes camarades de chambrée me surnommèrent Gab la Rafale, car j'excellais au fusil-mitrailleur, mais cela ne me consola ni de la perte de mon écurie de concours ni de mon éloignement du monde du cheval.

Cette incorporation absurde d'un champion d'équitation au régiment de marche du Tchad *(sic)* est un bon exemple de la rage qu'a la société de mettre l'homme d'exception sur des rails ordinaires, et de prétendre lui imposer un destin qui n'est pas le sien. Adolescents, prenez-en de la graine! dans les petites comme dans les grandes choses, suivez votre *physis*, votre nature propre; ne vous laissez jamais *incorporer*.

Inflexible

Un esprit libre s'attire nécessairement l'hostilité des plus médiocres d'entre ses contemporains. Il doit néanmoins tenir bon, et demeurer véridique, donc naturel. Il ne doit pas avoir peur de ses singularités, de ses passions, de ce qui fait de lui un suspect. Il doit oser être supérieur à l'approbation. Certes, cela peut se terminer par la prison, l'asile ou la balle dans la tête. Mais comme, de toute manière, il lui faudra mourir un jour, il aurait bien tort, aussi longtemps qu'il est en vie, de ne pas vivre la vie qu'il a envie de vivre, de ne pas aimer les êtres qu'il a envie d'aimer, de ne pas écrire les livres qu'il a envie d'écrire. Sur tous ces points, et quels que soient les obstacles qu'il ait à surmonter, un libre esprit doit être *inflexible.*

Influence

Le cyrénaïque Hégésias, qui vivait vers l'an 300 avant Jésus-Christ, prétendait qu'il vaut mieux mourir que vivre, parce que la somme des maux l'emporte sur celle des biens, et conseillait le suicide, ce qui le fit surnommer *Peisithanate,* « Celui qui persuade la mort ». Dans ses cours, il célébrait le suicide avec tant de fougue que nombreux étaient ceux qui, après l'avoir entendu, se donnaient la mort. Le roi Ptolémée lui interdit de traiter de ce thème dans ses leçons publiques, puis l'exila.

Ptolémée ne règne plus, mais les auteurs qui écrivent sur le suicide continuent d'avoir des ennuis. Au XIXe siècle, les ligues de vertu se sont déchaînées contre Goethe après la publication de *Werther,* contre Byron dans les œuvres duquel on se suicide beaucoup, en particulier dans *Manfred* qui a été la bible de toute une jeunesse romantique en Europe, et qui s'achève par ces mots empoisonnés que murmure le héros en expirant : « Il n'est pas si difficile de mourir. » Plus récemment, mon essai sur le suicide chez les Romains m'a valu le reproche d'être un incitateur à la mort volontaire, et Roger Peyrefitte affirme dans ses *Propos secrets* que ce texte me rend responsable de celle de Montherlant!

Cela est abusif. Certes, un écrivain exerce une influence et peut opérer des bouleversements. Néanmoins, chaque âme est libre, et c'est précisément cette liberté qui fait notre grandeur. Si l'homme n'était pas libre, tout irait comme sur des roulettes au paradis des esclaves béats, au royaume du Grand Inquisiteur; mais l'homme a été créé libre, et cette liberté est un terrible soleil. Je ne suis pas plus responsable du suicide de Montherlant (ou de tel jeune lecteur) que Baudelaire et Alexandre Dumas qui, l'un dans *les Paradis artificiels* et l'autre dans *le Comte de Monte-Cristo* (sublime roman que lisent les enfants de douze ans), donnent des descriptions enchanteresses de l'opium et de ses effets, ne sont responsables du naufrage dans la drogue de tel ou tel d'entre leurs lecteurs.

Insignifiance

Ce qui caractérise les querelles qui agitent les hommes de ce temps est leur insignifiance. Cela ne les rend toutefois pas négligeables, car l'insignifiance est la marque du démon : c'est précisément parce qu'elles sont minuscules que ces disputes sont diaboliques. Dans l'ouvrage de l'archimandrite Sophrone sur le staretz Silouane, un des chapitres s'intitule : « Des différents aspects de l'imagination et du combat ascétique contre elle. » On y lit qu'une des ruses accoutumées du diable est de nous distraire de l'essentiel, qui est l'unique nécessaire, pour nous égarer dans des combats sans grandeur. Le démon est toujours un démon mesquin.

Intégrisme

Les intégristes catholiques romains arguent volontiers de leur fidélité aux sources pures de la révélation et de la tradition. Le principal grief que peut leur faire un orthodoxe est de n'aller pas jusqu'au bout de leur attachement à l'ancienne discipline de l'Église, et de s'arrêter à mi-chemin. Si ces chrétiens étaient conséquents, ils rompraient avec une Église qui a greffé le fatal *Filioque* sur le texte du *Credo* établi par les pères du concile de Nicée; ils se détourneraient d'une Église qui, en plein XIXe siècle, a promulgué deux dogmes si étrangers à la théologie de l'Église indivise des dix premiers siècles et à l'enseignement des pères.

Islam (1)

Sur le globe, l'Église ne se maintient qu'en deux sortes d'endroits : les pays où elle est persécutée, ce qui est naturel puisque « le sang des martyrs est une semence » (Tertullien); et les hauts lieux où la pureté du christianisme primitif est maintenue dans toute sa rigueur. C'est au goulag qu'a sa source la renaissance du sentiment religieux en Russie; et la résurrection du monachisme athonite s'explique certes par la présence sur la sainte montagne de pères spirituels au grand rayonnement, de moines qui sont de vivantes icônes du Christ, mais aussi par la nostalgie d'intégrité qui anime les meilleurs d'entre les jeunes Occidentaux : c'est la déliquescence de la société européenne qui peuple les altières solitudes de l'Athos.

Ce qui est vrai du christianisme ne l'est pas moins des autres religions abrahamiques. Les persécutions qu'il a subies pendant la Deuxième Guerre mondiale n'ont pas affaibli le judaïsme; elles l'ont fortifié. Quant au renouveau islamique à quoi nous assistons, il n'est pas dû aux mahométans frottés d'occidentalisme – intellectuels sceptiques, émirs jouisseurs –, mais aux humbles paysans qui désirent rester fidèles à la loi du prophète et à ses austérités. Ici comme ailleurs, l'avenir est à l'intégrisme.

Pour celui qui ne sait pas la langue arabe, il est malaisé de goûter les sévères beautés du Coran. Les islamisants disent parfois que ce livre saint est intraduisible, et je les crois volontiers. Quoi qu'il en soit, quand on le lit en traduction, le Coran apparaît principalement comme un code civil et moral. Le Christ s'est incarné pour nous affranchir de l'esclavage de la loi. Il semble que le dessein de Mahomet ait été de rétablir, dans toute son étendue, la loi du Vieux Testament. Le Coran et le Lévitique ont un air de famille. Placé entre ces deux Tables de l'ordre moral, l'Évangile fait figure de brûlot anarchiste, de rêverie hétérogène, de poème funambulesque.

Le judaïsme tient le Christ pour un hérésiarque juif, et ce jugement de la Synagogue ne fait pas plaisir à l'Église. Pourtant, c'est la Synagogue qui a raison : le Christ est un hérésiarque. J'ajoute : un hérésiarque *bouddhiste.* Les bizarreries bouddhiques de l'enseignement du Christ font son charme; elles font aussi sa faiblesse. La résurrection est une victoire dans l'eschatologie, mais sur terre le christianisme est une religion de l'échec. Notre royaume n'est pas de ce monde, et tout lecteur attentif des pères du désert sait qu'un chrétien ne réussit sa vie que dans la mesure où il la rate : notre suprême théophanie, c'est la croix.

La religion de Mahomet est mieux armée que celle du Christ pour les luttes de ce monde : elle est simple, optimiste, propre à soulever les masses. Napoléon, qui était un bon connaisseur de l'islam, note avec justesse que « la religion de Mahomet excite au combat et a puissamment contribué au succès de ses armes ». Le génie du christianisme est contemplatif et pessimiste : il ne convient donc qu'à un petit nombre d'hommes. Celui de l'islam, en revanche, est bien ce qu'il faut à notre siècle populaire et tumultuaire.

Islam (2)

Dans une étude sur la poésie arabe, M. Slimane Zeghidour observe : « Individu se dit en arabe *Fard,* terme qui désigne aussi une chaussure unique. Cet individu est en tant que tel aussi inutile qu'une chaussure seule. Dans la tradition islamique, n'est seul que Satan. »

Pour nous, Européens, dont l'éducation est fondée sur le concept gréco-latin d'individu et la notion judéo-chrétienne de personne, il y a là un fossé qu'il ne nous est pas aisé de franchir. Le mystère de l'incompréhension générale que l'Occident témoigne à l'islam réside peut-être dans cette chaussure dépareillée.

J

Jalousie (1)

Une nature chevaleresque a de la difficulté à saisir l'importance de la place qu'occupe la jalousie dans la vie du monde; elle met longtemps à comprendre que l'envie est le ressort unique de bien des hostilités. « Untel ne vous aime pas » est une phrase que j'entends souvent, surtout à Paris qui est une ville où les gens adorent vous répéter le mal qu'on y dit de vous. Diable! Untel ne n'aime pas? Pourquoi donc? Je ne lui ai jamais fait le moindre tort, et en outre je ne le connais pas. Quelle naïveté, mon cher Gabriel! Comme si les hommes avaient besoin de nous connaître pour nous haïr. Il suffit pour cela qu'ils aient des raisons de nous jalouser.

Jalousie (2)

Un homme qui est beau, qui est un créateur, qui a du succès auprès des jeunes personnes, excite la jalousie de ceux auxquels ces trois sources de joie demeurent des planètes interdites. Ce qui fonde la vie sociale, c'est le ressentiment, et le lot d'une âme extraordinaire est d'être jugée par des types qui lui sont inférieurs. Il en a sans doute toujours été ainsi, mais la société moderne multiplie le nombre de ces médiocres qui n'ont pas eu le destin qu'ils espéraient et qui, mécontents d'eux-mêmes, haïssent les êtres dont ils ne peuvent nier la prééminence. D'où leur amertume et leur fiel. Il faut le savoir, s'en moquer, et passer outre.

Jalousie (3)

Si la jalousie occupe dans la vie (littéraire) parisienne une place exorbitante, c'est parce que Paris est une ville qui use, qui durcit, et où les gens ne sont pas heureux. Les jaloux, comme les aigris et les méchants, sont des êtres qui ne s'aiment pas eux-mêmes. Comment pourraient-ils aimer les autres ?

Jeunesse

« Nous les jeunes » est une formule d'une sottise irréparable. Dire « nous les jeunes » est aussi bête que de dire « nous les femmes » ou « nous les vieux ». Laissons le « nous » au roi de France et au pape de Rome. Dans la vie comme en littérature, seul le « je » est honnête, modeste, véridique.

Une officine parpaillote pour laquelle j'avais de la sympathie, s'est à jamais discréditée à mes yeux quand elle a lancé l'idée d'un « concile des jeunes ». Hérésie et démagogie. Dans l'Église, qui est le peuple des baptisés, il n'y a ni jeunes ni vieux. La jeunesse n'est pas une catégorie évangélique, et le sublime « Laissez venir à moi les petits enfants » ne s'applique pas aux guitaristes à mollets poilus, cette plaie des rassemblements de « jeunes » culs bénis.

Les « jeunes », ça n'existe pas. Un homme intelligent ne pense jamais aux « jeunes » ni à la « jeunesse ». Des concepts aussi vagues ne représentent rien pour lui. En revanche, c'est avec tendresse et gravité qu'il pense à certains jeunes pour lesquels il éprouve de l'amitié, ou de l'estime, ou de l'amour. Chacune ou chacun de ces adolescents le captive comme personne singulière, et non comme porte-parole d'un machin innombrable appelé « la jeunesse ». Ce qui importe, ce ne sont pas les étiquettes unanimes, ce sont les visages.

Jugement

Adolescent, je faisais mes délices de deux livres de Tolstoï : *Critique de la théologie dogmatique* et *Qu'est-ce que l'art ?* J'y puisais des arguments qui fortifiaient mon scepticisme touchant les vérités auxquelles prétendaient me soumettre l'Église et la société. Ce en quoi il fallait croire, ce qu'il fallait admirer, Tolstoï remettait tout en cause, avec une brutalité et un mauvais goût qui m'enchantaient.

En revanche, j'étais alors peu sensible à Tolstoï romancier : dostoïevskien fervent, je tenais les romans de Tolstoï pour légers à comparaison de *Notes du sous-sol* ou des *Démons*. Je rougis de l'écrire, mais alors *Guerre et Paix* m'ennuyait. Georges Adamovitch me disait en souriant : « C'est votre extrême jeunesse qui vous rend injuste. Moi aussi, à votre âge, je ne jurais que par Dostoïevski. Mais en vieillissant, vous apprendrez à aimer l'immense artiste qu'est Tolstoï. »

Adamovitch avait raison. Adulte, j'ai lu *Anna Karénine* et *Guerre et Paix* avec des yeux différents. Pour aimer de tels livres, il faut avoir fait dans sa propre chair l'expérience des trahisons et des ruptures amoureuses, des échecs irrémédiables, du temps qui passe... Néanmoins, je garde ma tendresse première pour le Tolstoï moraliste qui m'amusait tant, lorsque j'avais seize ans. Après sa conversion au tolstoïsme, Tolstoï a renié ses œuvres de jeunesse, mais grâce à Dieu je ne me crois pas obligé de renier celles de sa maturité.

Le 28 septembre 1883, Tolstoï est convoqué en qualité de juré à la session du tribunal du district de Krapivna. Il se présente à la première audience, mais il refuse de siéger, et déroule les raisons de son refus en des termes très simples, afin que les paysans présents dans la salle en saisissent bien la portée : « Un juge chrétien qui condamne ne peut exister. »

Comme Tolstoï, je suis bouleversé par l'audace et la beauté de cette invitation de l'apôtre Jacques : « Parlez et agissez en hommes qui doivent être jugés par la loi de la liberté, car celui qui n'aura point fait miséricorde, sera jugé sans miséricorde; mais la miséricorde abolira le jugement. » Plus loin, saint Jacques complète ainsi sa pensée : « Il n'y a qu'un seul législateur et juge, Celui qui a le pouvoir de sauver et de perdre. Mais toi, qui es-tu pour juger ton prochain ? » Ces deux formules : « la loi de la liberté » et « la miséricorde abolira le jugement », ainsi que cet appel à ne pas s'ériger en juge, expriment l'essence même de la doctrine du Christ; ils sont irréductibles.

Les grands hommes de Tolstoï sont le Christ, le Bouddha, Lao-Tzeu et, parmi les philosophes occidentaux, Schopenhauer, dont longtemps le portrait ornera son bureau de Iasnaïa Poliana. En 1908, à un lecteur qui lui demande une définition de Dieu, Tolstoï répond par une citation de Krishna : « Mes enfants, levez vos yeux enténébrés, et un univers d'amour et de joie s'offrira à vous, unique univers véritable. Vous reconnaîtrez alors à quelle fin l'Amour vous a créés, ce que l'Amour vous donne et ce qu'il exige de vous. »

C'est parce qu'elles manquent de foi dans les valeurs qu'elles prétendent défendre, que notre société ne sait répondre à la violence que par la violence, et qu'à la révolte des personnes notre justice n'a rien d'autre à opposer que la répression de l'État. A l'ordre fondé sur la peur, il faut substituer l'harmonie fondée sur la confiance; à la vengeance, la miséricorde; à l'esclavage de la loi, la loi de la liberté. Ceux qui font l'éloge de la peine de mort et souhaitent que les gouvernements répriment avec férocité les actes des « terroristes », devraient lire la lettre prophétique écrite par Tolstoï au jeune empereur Alexandre III, après l'assassinat par les nihilistes du tzar libérateur Alexandre II. Inspiré par la Russie de 1881, ce texte n'a, dans notre Occident déboussolé du XXe siècle finissant, rien perdu de sa rectitude :

« Ces jeunes gens, écrit Tolstoï, sont pleins de haine pour l'ordre existant et ont en vue je ne sais quel ordre nouveau; par le feu, le pillage et l'assassinat, ils détruisent les structures actuelles de la société. Au nom de la raison d'État et du bien du peuple, on voudrait les exterminer. Mais la peine de mort ne sert à rien contre les révolutionnaires. Pour les combattre, il faut leur opposer un autre idéal, plus élevé que le leur. Si vous ne graciez pas les meurtriers de votre père, le mal engendrera le mal et, à la place des trois ou quatre individus que vous aurez supprimés, il en surgira trente ou quarante. Je suis, au contraire, certain qu'à la suite d'une mesure de clémence le bien et l'amour se répandraient sur la Russie avec la force d'un torrent... »

Justification

S'il m'arrive, dans mon journal intime, de noter les phrases « flatteuses » de mes jeunes amantes, ce n'est point par fatuité de macho, mais parce que ces mots sont la justification de mon existence; ils sont la preuve que moi, l'inutile, j'ai une raison d'être sur cette terre, qui est de donner du bonheur à mes petites amoureuses. Ces phrases sont pour moi aussi importantes que les articles élogieux de la critique sur mes livres, et même, pour dire vérité, beaucoup plus. Un jour, je publierai un recueil des plus belles lettres d'amour, d'érotisme, de passion, que m'auront écrites ces jeunes filles : un tel livre sera mon meilleur avocat, mon plus efficace intercesseur.

K

Kérygme

La théologie spéculative ne vaut que par la manière dont nous l'exprimons dans notre vie. Une science qui ne serait que livresque ne présenterait qu'un médiocre intérêt. Pratiquer les pères grecs et latins, être capable de commenter saint Basile et saint Augustin, voilà qui est précieux; mais il est plus important d'allumer un cierge devant une icône. Il n'y a pas de culture chrétienne en dehors de la foi chrétienne. Ceux qui pensent pouvoir écrire sur le Christ et l'Église comme ils écriraient sur Kant, Marx ou Heidegger, font fausse route. Nous devrions avoir toujours en mémoire l'adage fameux d'Évagre le Pontique : « Est théologien, celui qui a l'oraison pure; et a l'oraison pure, celui qui est théologien. »

Le christianisme est une passion, et il n'a de sens que s'il est vécu passionnément. Théologiser, c'est s'incorporer à la vie liturgique et sacramentelle de l'Église. En religion comme en amour, la connaissance abstraite n'est rien, ou presque rien : ce qui importe, c'est l'expérience vitale. Le premier acte que doit accomplir celui qui se mêle d'écrire sur les mystères divins est celui de Zachée : monter en haut du sycomore pour voir passer Jésus. Ce n'est pas une posture confortable, mais le Christ n'est pas mort sur la croix pour notre confort. Si brillant intellectuel parisien que l'on soit, il ne faut pas confondre le Golgotha et une chaire de patristique au Collège de France.

Il n'y a, en définitive, qu'une théologie, qui est le kérygme, c'est-à-dire le témoignage de la foi. Un prêtre soviétique, le père Dimitri Doudko, déclare : « La foi en Christ doit être une flamme en nous, un cierge allumé qui éclaire tout le monde dans la maison. » Le père Dimitri, qui a survécu huit ans dans les camps de concentration staliniens, n'a pas la culture théologique des érudits qui campent jour et nuit à la Bibliothèque nationale; mais son témoignage a pour nous, qui ne sommes que de pauvres pécheurs, plus de poids que celui de bien des doctes. Le feu archevêque orthodoxe de Bruxelles, Mgr Basile Krivochéine, disait justement : « Qu'apporte l'Église russe aux chrétiens d'Occident? Elle leur apporte le charisme du martyre, qui est le plus grand des charismes du Saint-Esprit. »

L

Laideur

J'ai toujours eu un faible prononcé pour Gabriel de Mirabeau. Se prénommer Gabriel n'est pas chose facile. Certains prénoms baptismaux sont légers à porter, d'autres sont redoutables. Gabriel, prénom archangélique, consubstantiel au *Fiat* de la Vierge Marie, est de ceux-ci. Comment (diable) en être digne, surtout si l'on est un libertin, un roué, ce que les nurses du temps jadis (ah! nos jolies nurses! les enfants d'aujourd'hui perdent beaucoup en n'ayant plus que des *baby sitter*) appelaient un mauvais sujet. Quand on est beau, cela passe encore : l'archangélisme, la beauté et l'auréole de soufre s'amalgament voluptueusement, les lycéennes adorent ça, et tout ce qu'on risque, c'est de recevoir l'aimable sobriquet d'archange aux pieds fourchus. Mais quand on est laid, d'une laideur irréparable, c'est une autre histoire.

L'auteur de *l'Éducation de Laure* était laid à faire peur. « Mirabeau est l'homme du monde qui ressemble le plus à sa réputation : il est affreux », disait Rivarol. Être Dorian Gray n'est pas un destin funeste (du moins sur cette terre, car la damnation finale et les flammes dévorantes de l'enfer, nous n'y échapperons pas); en revanche, avoir ses vices gravés sur son visage, être l'ambulant portrait de Dorian Gray, c'est être damné dès ici-bas, et damné doublement si l'on est animé des mêmes passions que si l'on était beau, du même désir de séduire les jeunes personnes du sexe, de la même impatience de les mettre dans son lit, de la même voracité amoureuse. Tel était Mirabeau, et je l'admire de n'avoir jamais, nonobstant sa face disgraciée, sa taille courtaude, ses mains grossières, renoncé aux effervescences du cœur et aux délices du plumard. J'admire d'autant plus ce crapoussin d'avoir voulu être un Cupidon que, né en 1749, mort en 1791, à l'âge donc de quarante-deux ans, il n'aura connu dans son miroir que l'humiliation et l'horreur; il n'aura jamais joui de cette délicate revanche des laids qui, dans leur vieillesse, se voient rejoints par les beaux dans la flétrissure du grand âge.

Langue

De toutes nos maîtresses, la langue française est la seule qui puisse ne nous décevoir jamais. Éternellement jeune, fidèle, captivante, printanière, la langue française est l'amoureuse exemplaire qui ne nous trahira pas. C'est elle qui a ouvert nos yeux sur la beauté du monde, et c'est elle qui les fermera.

La précision, la sobriété, la douceur, la force, la mélodie de la langue française sont telles que nous n'avons rien à envier aux auteurs qui écrivent dans d'autres idiomes. Du Bellay l'a montré en ce qui regarde le grec et le latin, et nous pourrions avec plus de justesse encore le soutenir aujourd'hui en ce qui touche les langues modernes. Exalter le français ne signifie pas déprimer le russe, l'allemand ou l'italien, dont je ne songe pas à nier les vertus. Je dis seulement qu'écrire en français est une joie extrême, et un bonheur toujours renouvelé.

On murmure que la langue française est en péril de mort. Je ne le crois pas. Chaque fois que nous trempons notre plume dans l'encrier, nous affirmons la vitalité de notre langue; et si la défense de la langue française est un combat, chacun de nos livres est une victoire. La langue française vivra, elle qui est la source même de la vie. Elle vivra grâce à notre amour et, n'en déplaise à ceux qui soutiennent que « les jeunes ne lisent plus », grâce à l'amour que lui vouent tant d'adolescents de l'un et l'autre sexe.

La langue française est notre plus sûr élixir de jouvence; c'est elle qui reverdit les pages et les amours mortes; c'est elle qui, lorsque nous ne serons plus, témoignera de ce que nous aurons été.

Larme

Le malheur, quand il nous traverse, nous permet de connaître nos vrais amis. Il nous permet aussi de nous connaître nous-mêmes. *Crise* vient d'un mot grec qui signifie *jugement.* L'épreuve est un révélateur qui nous dépouille de nos masques. « La nature nous a faits magnanimes », enseigne Sénèque à son disciple Lucilius. Cette grande âme, si nous la possédons véritablement, c'est dans l'infortune que nous pouvons la dévoiler, l'exercer, en donner le témoignage. La prospérité n'a pas de mérite à être généreuse. C'est dans la disgrâce qu'il y a de la gloire à ne déroger pas.

L'archétype de l'épreuve est celle du Christ au désert. Et c'est bien d'un désert qu'il s'agit. L'adversité crée en nous une vaste solitude. Elle est semblable à la crécelle d'un lépreux. Égoïstes, légers, tartuffes, les hommes n'aiment pas les situations qui les choquent ou les assombrissent. La maladie leur fait peur, la pauvreté leur fait peur, le scandale leur fait peur, et ils marchent vers la mort à reculons, la grimace de la jeunesse tordant leur visage où l'âme est gommée. Celui qui souffre n'a rien à espérer d'eux.

Cette grimace de la jeunesse est aussi la grimace du bonheur. Les hommes excellent à dissimuler leur misère sous l'apparence de la félicité. Depuis leur petite enfance, ils marinent dans ce mensonge. « Voyons, mon chéri, tu es un garçon, tu ne dois pas pleurer! un garçon ne pleure pas! » Dès l'âge des culottes courtes, le règne de l'imposture. Serrer les dents et sourire, comme les types sur les affiches publicitaires. Chez Plutarque, dans l'Évangile, les hommes pleurent sans retenue. Alexandre le Grand pleure. Les rudes légionnaires des césars pleurent. Le Christ lui-même pleure. Mais dans notre monde factice du caleçon qui habille jeune et de la crème qui bronze sans soleil, pleurer est la marque d'une mauvaise éducation. Nous ne croyons plus aux agapes où chacun ouvre son cœur, nous ne croyons plus à la confession, nous ne croyons plus à la Cène où l'apôtre Jean pose sa tête confiante sur la poitrine de Jésus.

L'épreuve, c'est aussi la tentation. J'évoque dans *le Sabre de Didi* la dispute qui oppose les traducteurs du *Notre Père* sur le mot grec *pereismos :* « Ne nous induis pas en tentation » ou « Ne nous soumets pas à l'épreuve »? Il y a la tentation du désespoir. Il y a la tentation de devenir pareil aux autres, qui est la pire, car ce ne sont ni les échecs ni les calomnies qui nous dégradent : ce sont les compromissions. « Des larmes et des soupirs ont fécondé le désert de nos cœurs stériles », chantons-nous à l'église. Comme la pluie, comme les eaux du baptême, les larmes nous lustrent et nous régénèrent. N'ayons pas honte de nos larmes : c'est ce qu'il y a de divin en nous qui pleure.

Lecture

Nos livres ne sont lus *attentivement* que par les adolescents de l'un et l'autre sexe, et par les femmes. Les hommes, eux, sont trop occupés à briguer des places et à gagner de l'argent pour avoir la liberté d'esprit et le loisir de suivre un auteur, de le lire et de le relire, de le ruminer, de l'apprendre par cœur, d'observer son évolution, ses progrès, ses métamorphoses.

Libération

Les auteurs qui ont marqué notre jeunesse ne nous quittent jamais. Nous pouvons les négliger, laisser leurs livres se poudrer sur les rayons de la bibliothèque, c'est vers eux que nous revenons lorsque tout va mal, que notre vie nous échappe, tel un fleuve qui retournerait à sa source avant de mourir.

« Quand je suis affligé, je lis le IIIe livre de Lucrèce, c'est un palliatif pour les maladies de l'âme », écrivait Frédéric le Grand à d'Alembert après la mort de Mlle de Lespinasse. Lucrèce a été un des auteurs de prédilection de mon adolescence, et aujourd'hui encore, tel le roi de Prusse, j'use du *De rerum natura* comme d'un remède contre les angoisses, les chagrins. Lucrèce, écrivain complet qui dissuade, en le pacifiant, son lecteur de la tentation du suicide, et qui, en lui insufflant du courage, le fortifie, quand le cas y échoit, dans la décision de se tuer. Lucrèce nous délivre de la crainte et de l'espérance; il nous libère de la peur.

Certes, nous connaissons un autre libérateur, mais celui-ci, nous n'osons plus écrire son nom, car désormais, même s'il fait silencieusement route auprès de nous, nos yeux semblables à ceux des pèlerins d'Emmaüs sont empêchés de le reconnaître. Nous sommes durcis et blasés. Peut-être devrions-nous envier le destin de ceux qui, élevés dans l'ignorance de tout ce qui touche au Christ, découvrent l'Évangile avec une soudaineté enchanteresse. Lorsque des Soviétiques, qu'ils soient écrivains, ou peintres, ou cinéastes, expriment dans leurs œuvres leur tardive rencontre avec le Ressuscité, ils manifestent une fraîcheur naïve dont nous ne sommes plus capables, nous qui sommes nés et avons grandi dans des pays où faire baptiser un enfant et se marier à l'église ne sont pas des actes subversifs, mais au contraire les signes convenus de la bienséance bourgeoise.

Lucrèce ou le Christ? Ceux pour lesquels la rencontre avec le Christ a marqué le début d'une vie nouvelle, répondront sans hésiter à cette question, car ils savent, avec saint Jean, que « si le Fils vous libère, en vérité vous serez libres ». Quant aux autres, ceux pour qui l'icône du Christ s'est obscurcie à jamais, il leur reste Lucrèce, c'est-à-dire la sagesse, la résignation, l'équanimité. C'est déjà beaucoup. Assurément, l'égalité d'âme enseignée par Épicure n'est pas la joie pascale; elle n'est pas la folie du Christ jaillissant du tombeau de nos mesquineries et de nos vices; elle n'est pas le triomphe de l'amour. Mais sans doute l'amour – qui figure dans *l'Échelle sainte* l'ultime degré de la perfection spirituelle, et donc le plus difficile à atteindre – est-il un fardeau trop lourd pour nos cœurs timorés. Allons, messieurs, demeurons égoïstes et raisonnables : imitons le grand Frédéric et, le front couronné de roses, relisons notre cher Lucrèce. En nous désabusant des chimères du monde, sa lucidité nous aide à vivre; un jour, elle nous aidera à mourir.

Librairie

Parmi les pierres vivantes de Paris, les plus vivantes sont peut-être celles qui abritent les librairies. Dans cette grande ville dont l'indifférence et l'aridité font un désert, les librairies sont des oasis pour l'âme. Les poètes et les enfants y sont chez eux. Cela est particulièrement vrai au quartier Latin où monte sans cesse le flot de la vulgarité, du lucre, et où les librairies figurent les sentinelles de la civilisation. Place de la Sorbonne, la charmante petite librairie que Louis Ménard, l'auteur des *Rêveries d'un païen mystique,* rendit célèbre, et qui plus tard abrita *le Crapouillot,* a été détruite et remplacée par un marchand de saucisses *made in U.S.A.* Cependant Vrin et Nizet tiennent bon; ils résistent aux assauts furieux des barbares. Pour combien de temps, Seigneur? Un jour, tout sera englouti.

Licence

« Les voluptés du corps sont le plus funeste fléau que les hommes aient reçu de la nature. » Quel est le moine obscurantiste qui s'exprime ainsi? C'est Archytas de Tarente, un des chefs de la Confédération italiote, au IVe siècle avant Jésus-Christ. « Le désir peut-il donc être modéré? Non; il faut le détruire, l'extirper jusqu'à la racine. » Quel est le chrétien castrateur qui parle de la sorte? C'est Cicéron, dans un traité composé quarante-cinq ans avant la naissance du Christ. La prétendue liberté de mœurs de la société païenne est une illusion, et le paganisme gréco-romain n'a pas eu besoin de subir l'influence de l'Église pour châtier les libertins et lier la notion d'impureté à l'acte sexuel. Opposer la licence du monde antique au moralisme répressif de la chrétienté est une aimable chimère.

Le sens de la chair? Personne ne devrait l'avoir plus que le chrétien dont la foi est fondée sur le mystère de l'Incarnation. Certes, comme le bouddhisme et les stoïques, l'Évangile enseigne la maîtrise des passions, et *ascèse* vient d'un mot grec qui signifie l'exercice sportif; mais un athlète qui modèle son corps et l'accoutume à l'obéissance, ne le méprise pas pour autant. Par l'eau du baptême et l'huile de la chrismation, notre corps devient le temple du Saint-Esprit : un lieu béni que nous devons aimer et vénérer. L'erreur dualiste qui sépare l'âme de la chair est étrangère au christianisme. Peut-être trouve-t-on chez Platon des idées de ce genre, mais l'Église ne confesse rien de tel. Ce n'est pas l'âme, c'est l'homme saisi dans sa totalité spirituelle et charnelle qui participe à la nature divine, et qui est promis à la déification. Ainsi que l'écrit Florenski, la beauté du corps humain « est l'image de la gloire indicible de Dieu ».

Les fadeurs qu'on lit partout sur la « libération sexuelle » sont écœurantes, non pour leur « immoralité », mais parce qu'elles expriment l'irrespect de soi et des autres, la familiarité canaille, la veulerie cynique. J'aime la transgression, mais j'ai horreur de la profanation. Si vivre une passion est ce qui peut arriver de plus fécond à une adolescente, c'est précisément à cause qu'une telle aventure est le contraire de la licence : elle est la découverte de l'absolu et préservera pour toujours cette adolescente de la facilité et de la tiédeur. « Le sang du Christ a sacré la terre », écrit saint Grégoire de Nysse. L'amour humain, lui aussi, est un sacre. Ne ternissons pas l'éclat de nos couronnes.

Liste

J'aurai ma vie durant subi l'excommunication majeure des momies pétrifiées du parisianisme bien-pensant (de droite ou de gauche, c'est le même), l'hostilité pharisaïque des donneurs de leçons qui passent le meilleur de leur temps à dresser des listes noires – dans l'attente du jour béni où ils pourront enfin dresser des listes de proscription.

Littérature (1)

Un homme qui n'aime pas les livres est une sorte de monstre. Un homme qui substitue les livres à la vie est, lui aussi, une sorte de monstre. Je raffole des *Mémoires* de Casanova, mais je donne toutes les coucheries du Vénitien pour une seule de mes aventures personnelles. Je veux bien m'intéresser au destin d'autrui, d'abord que cet autre est quelqu'un que j'admire, mais non point outrément : je préfère ma destinée à celle de tout le panthéon littéraire.

Littérature (2)

Lorsque, à quinze ans, j'ai lu Byron, ce fut avec une joie, un orgueil et une folie inexprimables que je me suis reconnu dans ses écrits; une émotion analogue allait m'envahir quand, deux ou trois ans plus tard, j'ai rencontré Schopenhauer et Dostoïevski. Tel est le pouvoir de la littérature : si singulier, si rebelle à son entourage que soit un adolescent, sa solitude est soudain brisée, puisqu'il découvre à travers les siècles des êtres qui ont senti et pensé comme lui; qui étaient animés des mêmes désirs et des mêmes dégoûts; qui par leur vivifiant exemple vont l'aider à devenir lui-même : des maîtres, des compagnons de route, des complices.

Littérature (3)

Les bars et les restaurants des VIe et VIIe arrondissements de Paris sont peuplés d'éditeurs et d'écrivains qui boivent et mangent trop. Les écrivains et les éditeurs ne sont pas des adeptes de ce que Celse appelle *tempestiva abstinentia.* Aussi, à trente ans, ont-ils de l'urée, du cholestérol et de la brioche. Pourquoi ce suicide culinaire ? Sans doute parce que la plupart d'entre eux sont habités par l'idée sournoise que la littérature n'est pas la vie ; que la littérature est le contraire de la vie. Le monde littéraire parisien pratique le nihilisme du scotch et du gigot-flageolets. Chaque époque a le nihilisme qu'elle mérite. Jadis, Gracq a publié *la Littérature à l'estomac.* On pourrait écrire aujourd'hui un pamphlet qui s'intitulerait *la Littérature prend du ventre.*

Littérature (4)

Ce n'est pas à un écrivain de médire des livres. Néanmoins, je pense souvent avec tendresse à ce solitaire évoqué dans les *Apophthegmata patrum* qui, après avoir vécu vingt ans à s'adonner à la lecture, se leva un matin, distribua ses livres et s'enfuit au désert. Je souhaite que la lecture de mes livres insuffle aux gens l'envie, non de s'enfermer dans une bibliothèque, mais de se promener au Rizal Park, de se baigner dans l'océan Indien, de faire l'amour. Un beau livre est une fenêtre ouverte sur la vie, une invitation à la plénitude, une clef pour la connaissance de soi. La meilleure des librairies est notre propre cœur.

Littérature (5)

Qu'est-ce que la littérature ? C'est la mémoire transfigurée par un style. Ce qui fonde l'écriture, c'est le refus de l'oubli, le désir d'éterniser l'instant fugitif ; l'ambition de créer un monde, de donner vie à des personnages, d'être Dieu. Toute œuvre est animée par ce souffle paranoïaque.

Oui, une prétention folle. Il faut être un peu fou pour vouloir transmuter le passé en un présent éternel. Il faut être singulièrement mégalomane pour se figurer qu'une page écrite est une page ineffaçable, et qu'une femme qui nous a aimés, dès lors qu'elle nous inspire un livre, nous appartient à jamais. Il faut une bonne dose de naïveté pour se persuader que l'écriture abolit le temps, la séparation, la mort.

Lourdeur

Ce crétin avantageux qui, à la piscine Deligny, quoique pieds nus, marche pesamment, fait grincer, résonner les planches, s'allonge avec bruit. Je suis certain, tout en ne sachant rien de ce type que je vois pour la première fois, qu'il est lourdaud en tout : dans sa façon de manger, de faire l'amour, de penser, de parler, de se comporter dans la vie. Il est *jugé.*

M

Magnanimité

« Laisse ton offrande devant l'autel, et va d'abord te réconcilier avec ton frère. » Le pardon des offenses est, avec la charité, le plus nécessaire des enseignements du christianisme. Ce qui rend la vie en société irrespirable, c'est le ressentiment. Le Christ nous délivre de la rancune, des vieilles haines recuites; il nous fait ce cadeau royal : la magnanimité.

Maillon

Notre vie durant, un cortège de fantômes familiers nous accompagne. Le passé nourrit le présent. Certes, nous sommes par nous-mêmes; mais nous formons aussi les maillons d'une chaîne. Chateaubriand, évoquant Rome dans son *Voyage en Italie,* écrit que le voyageur y trouvera « des promenades qui lui diront toujours quelque chose ». Et il ajoute : « La pierre qu'il foulera aux pieds lui parlera, la poussière que le vent élèvera sous ses pas renfermera quelque grandeur humaine. » Rome! notre chère Rome! Si, pour épigraphe au récit de la dispersion des cendres de Montherlant parmi les vestiges de la Rome païenne, j'ai choisi des vers de Byron sur cette ville, ce n'est pas seulement pour le plaisir de citer mon auteur préféré, mais aussi pour marquer une continuité, et un héritage spirituel. Quand je suis à Venise, je n'y suis pas seul. Casanova m'y fait escorte, et Byron, et

Nietzsche. En 1971, me trouvant au Lido et, malade, ayant été hospitalisé dans un hôpital dont les fenêtres donnent sur la plage où Thomas Mann fait mourir Aschenbach, je songeais à ma mort possible, mais je songeais aussi à Tadzio.

Ces spectres secourables n'ôtent rien à la virginité de nos émotions, ni à la fraîcheur de nos plaisirs. Ils sont un excitant, non un substitut. Mon goût des aventures de Casanova ne traverse pas mes propres amours, et le souvenir des guerres civiles où s'affrontèrent César et Pompée ne me rend pas indifférent aux combats de l'Italie d'aujourd'hui. Byron était un passionné de la Rome antique, et *Childe Harold* en témoigne d'abondance. Il n'en a été que plus ardent à lutter, aux côtés de ses amis *carbonari,* contre l'impérialisme autrichien. « C'est un grand but, écrivait-il, c'est la poésie de la politique. Rien que d'y penser, le cœur bat la chamade : une Italie libre ! Il n'y a rien eu de pareil depuis les jours d'Auguste. »

Je me souviens d'une jeune amante qui, au bachot de philosophie, avait eu à traiter : « Pense-t-on jamais seul ? » Comme elle s'était, sur mon conseil, mise à l'école de l'oncle Arthur, elle eut une excellente note. C'est en effet dans la préface du *Monde comme volonté et comme représentation* que Schopenhauer répond à cette question. Il y publie sa dette envers ses intercesseurs, allant jusqu'à soutenir qu'il est inutile de le lire si l'on ne s'est pas auparavant imprégné de la pensée de Platon et de celle de Kant, ainsi que des *Upanishads* (dont il fut en Europe un des premiers zélateurs). Cette fidélité à ses maîtres n'a nullement empêché l'oncle Arthur de créer une œuvre singulière, et qui rend un son unique.

Il n'y a pas de création *ex nihilo.* Nietzsche ne perd pas une occasion de confesser ce qu'il doit aux aînés qu'il admire, en particulier aux Présocratiques, à Pyrrhon et à Épicure. L'enthousiasme avec lequel, à quarante ans passés, il fait part à ses amis de sa découverte de Dostoïevski, de Spinoza ou de Stendhal est un exemple que ma petite amie, se rappelant nos conversations à ce sujet, ne manqua pas de citer dans sa copie. Ce jour-là, mon amante lycéenne est devenue à son tour un maillon : elle prenait possession de l'héritage.

Maladie

Il est naturel, et nécessaire, que Don Juan bascule avec une soudaineté extrême de la grande santé dans la mort. On n'imagine pas Don Juan atteint par les infirmités de la vieillesse. On ne se figure pas Don Juan grabataire. La décrépitude, c'est pour les autres. Don Juan, lui, doit être d'acier. Il est toujours bondissant, pétant le feu, tel un faune aux aguets. Hiver comme été, sa mine est superbe, et à l'article de la mort il entendra encore des compliments sur son teint de flammes. C'est en pleine forme qu'il passera de la plénitude au non-être, et de la surabondance du péché au tribunal du Christ.

Cela ne signifie pas que Don Juan ignore la douleur. En vrai libertin, il a un appétit superbe : c'est un dévoreur de viandes saignantes et un videur de bouteilles millésimées. Aussi n'échappe-t-il pas à de périodiques crises de cette maladie de la pierre qu'ont avant lui éprouvée Épicure, Bossuet, Byron, et dont Montaigne écrit, modeste consolation, qu'elle est le privilège des gentilshommes : il a accoutumé d'appeler en pleine nuit S.O.S. Médecins pour la piqûre qui le délivrera de la souffrance; il peut d'aventure se faire hospitaliser, et les services urologiques de Cochin et de Necker n'ont pas de secret pour lui.

En dépit de ces épreuves néphrétiques, Don Juan refuse la maladie. Pourquoi ? Parce que, plus qu'aucun autre homme, il est prisonnier du temps. Il n'a pas une heure à perdre. Son drame, c'est la chronologie. Dieu lui ayant refusé la grâce d'une temporalité spéciale, pour lui aussi les journées n'ont que vingt-quatre heures. C'est peu, beaucoup trop peu. Déjà, il faut dormir. Si, en outre, il fallait perdre du temps à être malade, la vie se dissiperait comme un songe. Ce n'est pas possible.

L'hôpital est, avec la caserne et la prison, un des lieux au monde où le rythme donjuanesque est le plus radicalement nié. A l'hôpital, le temps n'existe pas. Dehors, le soleil brille. Dans la rue, les piétons et les automobilistes vont vers des choses, des êtres, des événements. Mais pour le malade entre ses murs blancs le monde extérieur est aboli. L'hôpital est un univers clos, comme l'enfer.

Pour Don Juan, l'enfer n'est pas d'être précipité dans les marmites bouillantes de la damnation. L'enfer serait d'être, vivant, retranché de la vie; amoureux, exclu de l'amour. Certes, nous savons que Chronos dévore sans pitié ses enfants : chaque jour qui passe nous grignote. Mais en attendant l'heure ultime, l'impétueux, le gaillard, le valide Don Juan vibre à tous les souffles de l'aventure.

Maquis

Tourné sous l'Occupation, le dernier plan des *Visiteurs du soir :* les amants sont changés en pierre par le diable, mais leurs cœurs scellés dans la pierre continuent de vivre et de battre.

La France est occupée, l'Europe déchirée, la planète à feu et à sang, mais les peintres ne cessent pas de peindre, les écrivains d'écrire, les chanteurs de chanter. Cette permanence de la création en un temps où « l'histoire a rompu ses gonds », est scandaleuse et réconfortante. Scandaleuse, parce que le *Suave mari magno* de l'artiste qui, apparemment insensible aux souffrances de ses contemporains, se réfugie dans son œuvre, témoigne un égoïsme singulier; et réconfortante, parce que le sens de l'acte créateur (pour reprendre le titre d'un livre de Berdiaeff) est précisément cette victoire finale des amants sur le diable, et de la beauté sur la mort. L'égoïsme n'était qu'une feinte, car si nous sommes (par exemple) écrivains, la plus grande preuve d'amour que nous puissions donner à l'humanité est d'écrire de beaux livres qui feront vibrer les cœurs adolescents longtemps après que le nôtre aura cessé de battre. La création est, elle aussi, un maquis.

Matérialisme

A l'entrée du jardin qu'avait acheté Épicure à Athènes pour y vivre avec ses élèves, on lisait cette inscription : « Étranger, ici, tu seras heureux; ici réside le plaisir, qui est le bien suprême. »

Quand j'étais lycéen, mon dieu poétique se nommait Lucrèce. Moi qui n'ai aucune mémoire, je savais par cœur des fragments entiers du *De rerum natura,* et une reproduction d'un buste d'Épicure ornait ma table de travail. Aujourd'hui encore, Lucrèce demeure un de mes auteurs de chevet, et le *De rerum natura* un des rarissimes livres dont je ne m'imagine pas me séparant. La bibliothèque d'un esprit libre est extrêmement réduite; elle tient dans une valise. Si légère que soit ma valise, Lucrèce y a sa place réservée, jusqu'à ma mort.

Marx est sévère pour Gassendi auquel il reproche « d'avoir jeté la défroque d'une nonne chrétienne sur le corps splendide et florissant de la Laïs grecque ». Pour ma part, je crois que le Christ de Gassendi n'est qu'un paravent, qu'une potiche à l'usage de la censure et des foudres du Vatican (Gassendi était prêtre), et qu'on ne peut raisonnablement refuser à Gassendi la gloire d'avoir en plein XVIIIe siècle « remis en lumière le système matérialiste le plus parfait de l'Antiquité, celui d'Épicure » (Lange).

Maternité

La différence entre un couple ordinaire et le couple que forme une jeune femme avec un artiste, est que, dans le deuxième cas, c'est l'homme qui met les enfants au monde.

Mémoire

Notre seule arme contre la mort est la mémoire. Lorsque nous nous ensevelissons dans la poudre du néant, nous n'existons plus que dans le cœur des êtres qui nous aiment et dans les œuvres que nous avons accomplies.

La mémoire est la source de toute culture, profane ou sacrée. Inversement, la barbarie, c'est l'oubli et la volonté d'oubli. Le fameux mot nazi : « Quand j'entends le mot *culture,* je sors mon revolver », exprime avec force ce désir brutal de nier le passé, de repartir de zéro, cette hystérie amnésique qui parfois saisit les êtres et les peuples.

Je nourris mes livres de ce que j'ai vécu, je ne suis pas un écrivain de l'imaginaire. Peut-être est-ce à cause de cela que je tiens l'oubli du passé pour une horrible impiété, un péché contre l'esprit. Adolescent, j'ai été marqué par la lecture de Schopenhauer qui définit la folie comme une rupture avec la mémoire. C'est la mémoire qui crée l'unité de notre être, qui nous rend existentiellement cohérent. Quelqu'un qui déteste son passé au point d'affecter de le nier, de tirer un trait dessus, est fou au sens propre, clinique du terme. Ainsi, mon ex-femme qui, depuis l'année de notre divorce (1973), m'a totalement rejeté dans les ténèbres extérieures, qui refuse de me revoir, qui refuse de lire mes livres, qui me retourne sans les ouvrir les lettres que je lui écris, qui, me dit-on, interdit à ses amis de prononcer mon nom en sa présence, se croit sans doute « libérée » de son amour pour moi et des liens qui nous ont unis, mais en réalité elle agit comme une malade, comme une débile mentale.

Mensonge

La lecture du *Dictionnaire étymologique de la langue latine* d'Ernout et Meillet ne laisse jamais d'être instructive. Aujourd'hui, je découvre que *mens* et *mentior* ont une racine unique. Tiens, tiens! la pensée et le mensonge seraient-ils donc quasiment des synonymes? Voilà qui est amusant.

Messe

La messe est un mémorial. Lors d'une liturgie eucharistique, ce sont la vie, la prédication et le sacrifice de Jésus-Christ qui sont récapitulés, célébrés. « Vous ferez ceci en mémoire de moi. » Certes, l'eucharistie est beaucoup plus qu'un mémorial : elle est un mystère, elle est le plus brûlant des sacrements de l'Église. Si je mets l'accent sur sa nature anamnésique, c'est parce que celle-ci nous rappelle à tous, croyants et athées, que la mémoire est par excellence l'arme de la victoire sur la mort, l'instrument de notre résurrection.

Meute

Lorsque nous lisons Hobbes, nous songeons spontanément aux États totalitaires de l'Europe orientale et du tiers monde. Nous avons tort. C'est à l'Occident des « Lumières » que songe Hobbes, quand il décrit la haine des médiocres à l'endroit des hommes de talent. Pourquoi tourner nos yeux vers les régimes fascistes ou marxistes ? Chez nous, dans nos bonnes vieilles démocraties, qu'un esprit libre apparaisse, et aussitôt la meute des arrivistes et des jaloux se déchaîne contre lui, et n'a de cesse qu'elle ne l'ait réduit au silence. Oh! dans toutes les règles et le plus démocratiquement du monde. Mais c'est la même hostilité, la même envie, la même tentative de mise à mort.

Militantisme (1)

Une nuit, au Crazy Horse. Quand Alain Bernardin, présentant chacune de ses belles danseuses nues, observa qu'Alexa Polskaschnikoff était de nationalité polonaise, ce fut un tonnerre d'applaudissements. Il est vraiment réconfortant de noter que, même en ces heures tardives, le courage politique des noctambules ne faiblit pas, et que leur vigilance militante est sans cesse aux aguets. La Pologne peut dormir tranquille : le Tout-Paris veille.

Militantisme (2)

Montant dans l'autobus 63 (le seul qu'un homme du monde puisse prendre sans déroger, puisqu'il unit mystiquement le XVIe arrondissement avec le faubourg Saint-Germain), je tombe sur une amie, réactionnaire fieffée. De loin, j'ai l'illusion qu'elle arbore la rosette de la Légion d'honneur, mais en m'approchant je constate que c'est l'insigne rouge du syndicat polonais « Solidarnost » qui orne son tailleur Chanel. Je m'étonne, sur le mode ironique, qu'une femme de droite se passionne ainsi pour des ouvriers, pis : pour des syndicalistes. Alors elle, avec ferveur :

– Oui, Gabriel, mais eux, ils pensent bien.

Ce rouge-là est le seul qui ne lui fasse pas peur. Elle ne regrette qu'une chose : que les bijoutiers de la rue de la Paix n'aient pas encore songé à créer, à l'intention de leur clientèle militante, une broche « Solidarnost » en rubis.

Réflexion faite, au 63 je préfère le 82 qui, reliant Sainte-Marie de Neuilly au lycée Montaigne en passant par le lycée Victor-Duruy, est plus propice à la seule cause pour laquelle j'aie, moi, plaisir à militer.

Mineur

Il n'y a pas de genre mineur, et un artiste est lui-même dans chacune de ses œuvres, qu'il s'agisse d'une lithographie ou d'une toile de six mètres sur six, d'une chronique de deux feuillets ou d'un roman de trois cents pages. Quand on aime un écrivain, on se captive pour tout ce qui est sorti de sa plume : j'aime les poèmes de Baudelaire, mais j'aime autant ses journaux intimes, et les articles que Dostoïevski a donnés dans la presse font partie de son œuvre au même titre que ses romans. Un écrivain est comptable de tout ce qu'il signe, et son œuvre est une : il n'existe pas une partie de nos écrits que nous aurions le droit de bâcler, et une autre à laquelle nous apporterions nos soins, car c'est sur la totalité de notre travail que nous serons jugés. Barrès disait à ce propos : « La réputation du chocolat Menier tient à sa qualité toujours égale. »

Certains considèrent que les quelques textes que Heidegger a publiés en faveur du nazisme sont un péché imprescriptible, et que cette poignée de discours et d'articles où il invitait la jeunesse allemande à se rallier à Hitler pèse dans la balance plus lourd que toute son œuvre philosophique. On peut soutenir que cela est injuste, exorbitant, et que le premier droit d'un intellectuel est le droit à l'erreur. Il demeure qu'une telle adhésion au nazisme, chez un lettré d'âge mûr, est une tache indélébile; et que ces appels aient été des textes improvisés, écrits à la hâte, ne constitue pas une excuse. Une goutte de poison suffit à empoisonner un tonneau d'excellent vin. L'écriture n'est jamais innocente : le moindre mot est un talisman qui sauve (« Dites seulement une parole, et mon âme sera guérie »); il est aussi, d'aventure, une flèche qui tue.

Miséricorde

L'amour du prochain n'est pas une invention du christianisme. Dans le *De Finibus,* écrit un demi-siècle avant Jésus-Christ, Cicéron a une page merveilleuse sur « la tendresse qui lie tout le genre humain ». Et pour désigner cet amour entre les hommes, il utilise le même mot qu'au siècle suivant emploiera l'apôtre Paul : *caritas.*

La miséricorde universelle est le fondement de la doctrine du Bouddha : « Un moine cesse de tuer. Il dépose les armes. Il est miséricordieux et recherche, amicalement, le bien de tout être vivant. » Cet idéal de la bonté d'âme, qui est un sentiment profond de pitié, étendu à tout l'univers, à tout ce qui est vivant, y compris aux animaux et aux plantes, se trouve également chez les taoïstes : lorsqu'il a accompli le Tao pour son propre bénéfice, le sage est prêt à porter sur l'humanité entière un regard bienveillant, et à sauver les êtres par compassion. Ce sont cette compassion et cette bienveillance qui faisaient de Hergé, pyrrhonien taoïste, un homme si lumineux, un ami si cher.

Il est cependant vrai que, par réaction contre l'idéal

de sérénité égoïste prôné par Épicure et les stoïciens, le christianisme a exalté avec une force particulière cette divine consubstantialité du genre humain : en Christ, affirment les pères de l'Église, tous les hommes sont un seul homme, et une telle parole offrait parmi la société païenne un son nouveau. J'ai noté dans *le Carnet arabe* l'indifférence avec quoi les historiens anciens rapportent comment Alexandre – le « généreux » Alexandre, célèbre pour sa magnanimité – massacra toute la population de Tyr, sauf quelques femmes et enfants – les plus beaux – qu'il vendit aux enchères, et deux mille jeunes gens qu'il fit crucifier le long du rivage de la mer. L'horreur était alors naturelle.

Nos contemporains sont, semble-t-il, en train de redécouvrir les charmes de l'indifférence. Sauf quelques saints et quelques juristes, personne n'est plus troublé par le quotidien et planétaire massacre des innocents. Les malheurs d'autrui ne nous empêchent pas de dormir, et la fameuse mort de Dieu signifie principalement la mort de la miséricorde. L'asservissement, la torture, la pauvreté, le désespoir, c'est si loin tout cela. Le Christ est toujours auprès de nous, mais nous ne montons plus au sycomore pour le voir passer.

Monstre

Au cœur de la plus vive émotion, de la douleur la plus aiguë, de l'expérience la plus brûlante, l'écrivain sort son carnet noir, décapuchonne son stylo et prend des notes sur cette expérience, cette douleur, cette émotion. Tant agitée que soit sa vie, l'artiste ne cesse pas de se regarder vivre, et ce perpétuel dédoublement a, j'en conviens, quelque chose de monstrueux. Cette monstruosité est ce qui nous perd aux yeux d'autrui; elle est aussi ce qui nous sauve. Anna Akhmatova n'a survécu à l'horreur des purges staliniennes que parce qu'elle voulait porter témoignage et savait qu'elle était la seule à pouvoir écrire *Requiem.* Je n'ai survécu à ma rupture avec ma femme, avec mon Église, avec tout ce qui formait l'axe d'or de mon existence, qu'en puisant mon courage dans le désir que de ce drame naquît un beau roman, telle une fleur du fumier. La souffrance ne nous a pas foudroyés en vain, puisque avec nos morts nous avons créé de la vie. *Conquassata, sed ferax.*

Mort (1)

Francesca avait à peine seize ans, quand elle m'a dit :

– Vous parlez tout le temps de la mort, comme si elle existait tout le temps; mais on ne meurt qu'une fois, la mort, ça n'occupe qu'une petite place, juste quelques secondes. Et d'ailleurs vous ne mourrez pas, puisque je vous aime.

Mort (2)

Lorsqu'il écrivait le livret de *Don Juan,* Da Ponte, pour se mettre dans l'ambiance, lisait l'*Enfer* de Dante. C'est parmi les flammes infernales que s'ouvre et s'achève le film qu'a inspiré à Losey le *Don Juan* de Da Ponte et Mozart – Mozart qui, âgé de trente et un ans, appelait la mort « cette véritable et excellente amie de l'homme ».

Don Juan ne croit pas aux flammes de l'enfer. Don Juan se promène avec un exemplaire du *De rerum natura* dans la poche de sa redingote. Don Juan partage le sentiment de Lucrèce sur la nature chimérique du châtiment divin : tant que nous sommes, la mort n'est pas, et lorsque la mort surgit, nous ne sommes plus. *Nil igitur mors est ad nos...* Chaque fois que Don Juan a un doute sur ce point, une crainte, il ouvre son Lucrèce, en relit quelques pages, et son cœur violent s'en trouve pacifié.

Pourtant, un soir, la statue du Commandeur l'arrache à la funeste léthargie de ses débauches pour le faire trébucher, inopinément, dans une damnation sans remède. A cet instant décisif, Don Juan pourrait encore être sauvé, il n'est pas trop tard (le « trop tard » est étranger au Christ), mais c'est de la même voix fière et railleuse qu'il rejette les appels à la conversion de son amante Elvire, puis ceux de son hôte de pierre. On songe, terrifié, à la phrase de sainte Catherine de Gênes : « Les flammes dévorantes de l'enfer sont la lumière de Dieu vécue par ceux qui n'en ont pas voulu. »

Touchant notre destin après la mort, nous pouvons adhérer au matérialisme d'Épicure; nous pouvons faire nôtre la doctrine de la métempsycose qu'enseignent Pythagore et le Bouddha, et dont Schopenhauer donne une géniale orchestration dans le chapitre du *Monde* qui porte ce titre étrange, baroque, fascinant : « De la mort et de ses rapports avec l'indestructibilité de notre être en soi. »

Mais si nous sommes chrétiens ou du moins, soyons véridiques, si nous tâchons fugitivement de l'être, nous devons croire aux flammes de l'enfer. Les chrétiens d'aujourd'hui ne croient plus guère au diable. Ils ont tort. Les ombres de la mort nous guettent, et l'instant où elles nous envelopperont avec cette soudaineté fulgurante qui est décrite dans les Évangiles, les carottes seront cuites, et nous aussi.

La mort, excellente amie de l'homme, soit, mais à condition que, quand elle se présente, nous soyons prêts à l'accueillir et puissions murmurer avec le Psalmiste : *Paratus sum et non sum turbatus.* Le Christ est un visiteur nocturne. Il ne faut pas qu'il nous surprenne dans notre sommeil. Tenons-nous éveillés.

Mort (3)

Dans *Brahmane et Paria,* Dan Gopal Mukerji cite cette parole d'un sage indien à ses compatriotes, du temps de la lutte contre l'occupation anglaise :

– Depuis quatre mille ans, l'immortalité spirituelle a été notre patrimoine. Comment osez-vous courber la tête devant un mythe occidental qu'on appelle la mort ?

Mort (4)

C'est une erreur que de disserter sur la vie et la mort comme s'il s'agissait de deux états hétérogènes, alors que ce sont des chambres communicantes, deux modalités d'être. Il y a là un passage, et *passage* est la traduction d'un mot hébreu qui signifie *Pâque.* Or tout passage est un mystère, que ce soit dans la Bible ou dans *Alice au pays des merveilles.* La mort et la vie sont les deux visages d'un mystère unique.

Que l'on se donne la mort ou que l'on meure de mort naturelle, ce mystère est le même. D'ailleurs, il n'y a pas de mort naturelle : chaque mort est surnaturelle, parce que la vie est surnaturelle, et la mort aussi. Cela, quand on y pense, est très extraordinaire. A comparaison, les jugements moraux sur le suicide n'ont aucun intérêt.

Mot

Je crois en la puissance des mots. Telle est ma chimère. J'imagine qu'avec mes mots, mes pauvres mots, je vais bouleverser les cœurs, modifier le destin, transfigurer le cosmos. Telle est mon utopie. Je me prends pour Dieu. Avec un orgueil inouï, j'inverse les rôles. « Seigneur, dis seulement une parole... »

J'écris pour le plaisir. J'écris pour la gloire. J'écris pour échapper au désespoir et à la folie. Tout cela est vrai. Cependant même si je répugne à l'avouer, le démon ardent de l'écriture me perce encore d'un autre aiguillon : le désir de métamorphoser celles et ceux qui me lisent. Mes livres n'ont de raison d'être que si les jeunes personnes qui y pénètrent en sortent différentes. Si je ne suis pas un éveilleur, je ne suis rien. Si je ne suis pas de la dynamite, je ne suis rien. Radiguet a un livre intitulé *les Joues en feu.* Seules valent d'être écrites les pages qui mettent le feu aux joues.

Petit garçon, le futur saint Syméon le Stylite gardait les troupeaux de son père, mais déjà il ramassait une certaine gomme odoriférante qu'il trouvait dans les solitudes de l'Antiochène, et la faisait brûler en l'honneur de Dieu sur un bûcher qu'il dressait pour cela. Je souhaiterais que mes livres fussent semblables à cette gomme odoriférante du désert syrien, à ce *feu mêlé d'aromates :* une flamme, un encens, une prière.

L'écrivain amoureux et le moine orant désirent, l'un et l'autre, être *entendus.* Ronsard composant ses sonnets pour Hélène, Corneille écrivant « Marquise, si mon visage... » veulent par la séduction de leur verbe atteindre leurs maîtresses au cœur, gagner leur amour et leur constance. C'est un but analogue que poursuit l'homme qui prie. « Seigneur, je crie vers toi, exauce-moi; sois attentif à la voix de ma supplication... » Qu'est-ce qui est le plus ardu? Captiver une amante ou convaincre le souverain juge? La réponse n'est simple que si l'on est misogyne et athée. Sinon, tout se complique.

Le Dieu auquel je crois volontiers est le Dieu d'Épicure, impassible, lointain, et qu'aucun psaume ne saurait émouvoir. Le Dieu des chrétiens, que j'ose interpeller et que j'imagine attentif à mes prières, est un Dieu beaucoup plus fabuleux. « Des profondeurs, j'ai crié vers toi, Seigneur... » Il faut que je sois fou pour parler à Dieu sur ce ton, et me figurer qu'il m'écoute, mais cette folie est ma grandeur; c'est elle qui sacre l'immortalité de la voix des mortels.

Hélène et Marquise ont moins de cœur que le bon Dieu. Une femme qui m'aime est heureuse de m'inspirer un poème; mais dès l'instant qu'elle cesse de m'aimer, aucun de mes mots ne l'atteint plus. Je puis bien crier, tel le Psalmiste : c'est en vain. Des boules de cire dans les oreilles, la femme hausse les épaules et tourne la page.

Mouvement

Dans une curieuse lettre à Nicolas II, où il s'adresse à lui en l'appelant non « Votre majesté impériale », mais « Cher frère », Tolstoï écrit : « Il est plus aisé d'arrêter le cours d'un fleuve que l'éternel mouvement en avant de l'humanité, établi par Dieu. »

La candeur de Tolstoï est en vérité désarmante (ce qui n'a rien qui étonne chez un pacifiste...). Cette lettre est datée de janvier 1902. Depuis lors, Staline, Hitler et quelques autres nous ont appris que « le mouvement en avant de l'humanité » se transforme parfois en « mouvement en arrière », et que celui qui tient le gouvernail n'est pas toujours Dieu, mais souvent le diable.

« L'éternel mouvement en avant de l'humanité » est une chimère spécifiquement chrétienne. Combien je lui préfère la lucidité stoïque, le pessimisme de Schopenhauer et de Nietzsche! L'optimisme, quelle dégoûtante, écœurante confiture! quel mensonge indigne!

Musique (1)

Ce qui compte, chez un écrivain, est moins son opinion sur l'amour, sur Dieu, sur la jeunesse, sur la mort, sur les femmes, sur la cuisine, sur la vie, que la façon dont il l'exprime. Un écrivain, c'est une écriture. Nos idées appartiennent à tout le monde, c'est-à-dire à n'importe qui. Notre musique, elle, est notre lot singulier, notre chambre royale.

C'est mon amour de la langue française qui, j'en ai la conviction, fait que mes intempestives caracoles sont accueillies avec bienveillance par des lecteurs qu'elles pourraient à bon droit scandaliser : il pèse plus lourd dans leur balance que mes défauts et mes péchés. Au XVIIe siècle, Bouhours écrivait dans ses *Entretiens d'Ariste et d'Eugène* que « la langue française est comme ces belles rivières qui enrichissent tous les lieux où elles passent ». Cette image est superbe; elle est aussi d'une justesse émouvante. La langue française a sur nous, et si corrompue que puisse être notre nature, des effets purificateurs. L'amour et la beauté sont les deux noms humains de Dieu. Écrire en français est une manière, humble mais sûre, d'honorer l'un et l'autre de ces deux visages ineffables. La langue française est une eau lustrale.

Musique (2)

Ni Pascal, ni Kierkegaard, ni Dostoïevski ne sont des représentants de leur respective Église, ils n'en ont pas l'estampille officielle, et ceux qui ne les aiment pas ont beau jeu de souligner qu'on aurait tort de les tenir pour des porte-parole autorisés du catholicisme, du protestantisme et de l'orthodoxie;

qu'il convient de mettre les chères têtes blondes en garde contre eux; que leur parole est sulfureuse, gnostique.

Cependant Mauriac a pu écrire avec raison que s'il subsiste de la foi chez les intellectuels catholiques, l'Église romaine en est pour une large part redevable à Pascal. Kierkegaard et Dostoïevski ont joué, et continuent de jouer, un rôle analogue parmi les protestants et les orthodoxes. Une religion survit autant par les hérésies de ses poètes que par les dogmes de ses théologiens.

Antoine Vergote dit qu'il faut lire d'une traite l'œuvre entière de Kierkegaard, en étant plus attentif au *tempo* qu'au relevé systématique des thèmes. Voilà un excellent conseil, et c'est ainsi que chaque écrivain véritable désire être lu : chez un artiste, la musique a autant d'importance que les idées. Chestov écrit à propos de Schopenhauer (qu'admirait fort Kierkegaard) : « Il y a beaucoup plus de musique que de logique dans la philosophie de Schopenhauer, et ce n'est pas en vain qu'on lui refuse l'entrée des universités. » Kierkegaard, lui aussi, a longtemps été tenu à l'écart par les professeurs qui lui reprochaient son incohérence, ses contradictions, son narcissisme, son absence d'esprit de système et bien d'autres crimes inexpiables. Les choses sont, semble-t-il, en train de changer. Schopenhauer a été inscrit au programme de l'agrégation, et les universitaires se mettent à écrire des tartines (de béton armé, le plus souvent, hélas! mais c'est mieux que rien) sur Kierkegaard. C'est la décisive revanche de la musique, cette « métaphysique inconsciente », selon le mot de Leibniz.

Mysticisme

Je suis, paraît-il, un sensuel et un mystique. Ce sont du moins les journalistes qui le disent. Chaque fois que je publie un nouveau livre, j'ai droit à des articles sur mon mysticisme et ma sensualité mêlés. Tel critique m'appelle « l'archange aux pieds fourchus », qui est assez drôle. Un autre, « saint Héliogabale », qui n'est pas mal non plus. Pourtant, je récuse cette épithète de « mystique ». Elle me gêne, parce qu'elle évoque des visions, des transports, des extases, toutes choses extraordinaires qui ne sont pas ma tasse de thé. Au mot prétentieux de mysticisme, je préfère le terme de spiritualité, plus humble et plus précis. Les pâmoisons mystiques, c'est de la bouillie pour les chats; en revanche, l'expérience spirituelle, la vie spirituelle ont une signification claire, elles expriment une réalité sensible.

Pour les pères grecs, en particulier Grégoire de Nysse et Syméon le Nouveau Théologien, la première des vertus qu'un homme de prière doive acquérir est la *nepsis,* qui signifie la sobriété spirituelle. Voilà une vérité capitale. L'ivresse des saints est toujours une ivresse sobre.

Mythe

Les grands mythes qui ont façonné l'homme occidental : Don Juan, Faust, Tristan, et le premier de tous, Prométhée.

Les mythes de Tristan et de Don Juan jouent dans ma vie et mes livres un rôle d'importance; je ne crois pas exagéré d'écrire que ceux de Prométhée et de Faust n'en jouent aucun.

Je ne suis pas un homme de savoir et je suis le contraire d'un homme d'action. Je suis plus désireux de jouir du monde que de le comprendre ou que de le dominer. En cela, je suis très peu occidental. On connaît la phrase de Mussolini : « Je suis un esprit occidental au sens le plus fort du mot, et c'est pourquoi je préférerai toujours l'action à la contemplation. »

Le judaïsme est optimiste et actif, c'est lui qui régit le monde moderne, *american way of life.* Le christianisme, lui, est pessimiste et contemplatif. « Dans les Évangiles, le monde et le mal sont pris quasi comme termes synonymes » (Schopenhauer). Comme le bouddhisme, l'enseignement du Christ se détourne de l'activisme judaïque, il donne la primauté à l'expérience intérieure.

J'ai montré dans *le Carnet arabe* de quelle façon le sionisme exprime au Proche-Orient l'achèvement de la métaphysique occidentale, le *nec plus ultra* du souffle prométhéen de l'Occident. De ce point de vue, on peut dire que le XXe siècle est celui de la revanche du Vieux Testament sur le Nouveau, de la Synagogue sur l'Église.

N

Nationalisme

Pierre Boutang, dans *Purgatoire,* dit son projet de me « guérir » *(sic)* de Schopenhauer. Nonobstant sa fougue persuasive, Boutang a échoué sur ce point. Mais s'il ne m'a pas guéri de l'oncle Arthur, il ne m'a pas davantage converti à Maurras, qui demeure pour moi une impossibilité. J'ai toujours eu un faible, et plus qu'un faible, pour Barrès, mais Maurras, lui, me donne le même sentiment de malaise que Lénine : dans l'un et l'autre cas, je me trouve en face d'un doctrinaire prêt à éliminer physiquement ceux qui ne pensent pas comme lui. Quand on lit sa correspondance avec Barrès, on observe que Maurras fut dès sa jeunesse un excité qui ne rêvait que de règlements de comptes, d'épuration des « traîtres », et chez qui la haine des « métèques » était une obsession. Moi qui, dès mes premiers balbutiements de plume, dans *le Défi,* ai soutenu que « la vérité a toujours un pied dans le camp adverse », une telle frénésie d'excommunication m'est déterminément étrangère.

Dans le *Dictionnaire universel* de Furetière (édition de 1690), on chercherait en vain le substantif « nationalisme » et l'adjectif « nationaliste ». Il serait excessif d'en conclure que les valeurs exprimées par ces mots sont une invention du jacobinisme révolutionnaire et qu'elles étaient ignorées de la tradition capétienne. Il suffit néanmoins de lire une vie du Grand Condé, successivement héros, rebelle, traître au service du roi d'Espagne, héros à nouveau, pour se pénétrer que la vision maurrassienne de la patrie est étrangère à la France monarchique; qu'elle est, en quelque sorte, née à Valmy.

Nature (1)

De Juvénal à Giono, la droite pratiquait jadis le pessimisme aristocratique, la nostalgie du passé et la méfiance à l'endroit des progrès de la technique; elle était pastorale, volontiers végétarienne, et rêvait d'un retour aux sources de notre culture.

Aujourd'hui, la droite patauge dans l'optimisme, s'émerveille des découvertes de la science, admire l'Amérique, brocarde les sectateurs de Rousseau, ce névropathe, ce faussaire, ce responsable de tous nos maux.

Parmi les injures que la droite déverse sur la tête de ceux qui refusent la société d'abondance – *aurum et purpura* – et s'inquiètent de l'avenir de la planète, certaines sont dues à l'esprit de parti; d'autres à l'ignorance. Que la gauche, qui n'est attentive qu'aux modes nouvelles, affecte de mépriser les humanités classiques, cela est excusable. En revanche, la droite qui se purge matin et soir avec les pastilles « Défense de l'Occident », devrait se garder d'écrire des sottises qui trahissent une singulière méconnaissance du patrimoine grec et latin.

Le désir de retrouver l'état de nature et de vérité, la croyance que l'homme originellement bon a été corrompu par les raffinements de la civilisation, l'éloge de la vie simple, le souci macrobiotique, le regret de l'âge d'or ne sont pas des chimères nées du cerveau prétendument malade de Rousseau, mais les colonnes d'Hercule de la morale romaine : des thèmes d'inspiration qui, chez Horace et Sénèque, font depuis toujours (saint Gaffiot, priez pour nous!) phosphorer les jeunes têtes brunes et blondes.

Rousseau, à l'instar de tout le XVIIIe siècle, est nourri des anciens Romains. Voici comment il se peint à l'âge de treize ans, dans les *Confessions :* « Sans cesse occupé de Rome et d'Athènes, vivant, pour ainsi dire, avec leurs grands hommes, je me croyais Grec ou Romain »; et c'est à cette influence de la sagesse antique qu'il attribue « ce caractère indomptable et fier, impatient de joug et de servitude » qu'il a gardé toute sa vie.

A défaut de lire Plutarque, la droite pourrait pratiquer les auteurs de droite d'aujourd'hui, par exemple le diététicien Paul Carton : *le Naturisme dans Sénèque* est un bon livre, où Carton montre que « la psychose rousseauiste » sévissait déjà en Occident, chez les meilleurs païens, au Ier siècle de notre ère.

Quant aux gens de gauche, ceux qui s'intéressent à la défense de la nature, à l'hygiénisme, au bonheur sexuel, je leur recommande Horace pour livre de chevet : ils y découvriront les idées qu'ils affectionnent, exprimées dans une langue superbe qui les changera de l'informe jargon dont ils ont accoutumé de faire leurs choux gras.

Nature (2)

Rien ne vaut la nature, certes; mais la contre-nature, elle aussi, ne laisse pas d'avoir du bon.

« Je suis votre petite fille, et je suis aussi votre petit garçon », murmure à son amant la jeune amoureuse qui, quoique débutante et toute neuve dans les mystères de Vénus, accepte, avec cet enthousiasme sensuel que confère aux âmes bien nées la passion, les plus extraordinaires initiatives; qui apprend dès ses premières leçons l'art de donner du plaisir à l'homme qu'elle aime, et d'en recevoir.

Noblesse

Il n'y avait pas de journaliste à Bethléem la nuit de la naissance du Christ, ni de photographe alentour du figuier au pied duquel le Bouddha a eu son illumination. Les grandes aventures sont silencieuses. Le tumulte de ce qu'il est convenu d'appeler l'actualité n'apporte rien à l'âme. Tout ce qui se produit d'important fait son chemin dans le secret. « Les copeaux de bois flottent sur l'eau, les paillettes d'or reposent au fond de la rivière », aimait à dire l'évêque Théophane le Reclus. Dans l'obscurité moirée où elles sont enfouies, les paillettes d'or peuvent parfois souffrir d'être ignorées; elles auraient tort de s'en émouvoir, car cela est naturel et dans l'ordre des choses. Quand on est une paillette d'or, il faut savoir qu'on n'aura pas l'accueil réservé aux copeaux de bois. Durant les dix mois qui ont suivi la publication de *Par-delà le bien et le mal,* les libraires n'en ont vendu que cent dix-sept exemplaires. C'est précisément dans ce livre que Nietzsche pose la question cardinale : qu'est-ce qui est noble ? En l'occurrence, la noblesse est d'oser être supérieur à l'approbation, et d'avoir confiance en son destin.

Le contraste entre le tohu-bohu des médiocres et l'effacement des talents, entre la place qu'on accorde à ce qui est futile et celle qu'on refuse à ce qui ne l'est pas, voilà qui est de toutes les époques. Ce qui caractérise la nôtre est que les histrions qui paradent sur le devant de la scène et ahurissent le public au point de le rendre incapable de discernement, ont grâce aux inventions de la modernité (le haut-parleur, la radio, la télévision) un champ d'action plus vaste que celui de leurs prédécesseurs : ils sont plus *bruyants.* Mais en ce qui touche la nature du décervelage, *eadem sunt omnia semper.* Rien n'a changé : une masse d'ilotes, un régiment de putains littéraires qui tapinent dans les médias, et quelques rares libres esprits. Ceux-ci, aujourd'hui comme hier, échappent aux mots d'ordre des coteries et au brouhaha des zéros, pour accomplir en francs-tireurs, en clandestins, leur *singulière* aventure.

Nouveauté

J'aime mon époque, et je ne voudrais l'échanger contre aucune autre, car elle me paraît très propice au bonheur et à la réalisation de soi. Je ne vois pas de siècle où j'aurais pu accomplir plus librement qu'aujourd'hui ma vie amoureuse et mon travail d'écrivain qui, conjugués, forment pour moi l'*unum necessarium.*

Certes, les nouveautés du siècle ne m'intéressent que médiocrement. Je ne sais pas conduire une automobile, je n'ai pas de téléviseur, j'écris mes livres avec un stylo à encre et non avec un ordinateur, bref la modernité ne m'éblouit pas. Cela ne signifie pas que je suis incapable, le cas échéant, d'en savourer les avantages, par exemple à l'hôpital quand je suis malade, ou dans un Boeing 747 lorsque durant l'hiver je fuis la froide Europe pour retrouver la caniculaire Asie. J'apprécie au suprême les découvertes de la science, et je fais un excellent usage de celles qui correspondent à mon style de vie.

Michel Oliver et Alain Sanderens m'ont initié à la nouvelle cuisine; Alain de Benoist et Michel Marmin m'ont expliqué la nouvelle droite. En revanche, je ne crois pas aux « nouvelles jeunes filles », tarte à la crème que, tous les dix ans, ressort la presse féminine. En réalité, les jeunes filles ne changent pas : aujourd'hui comme hier, surtout lorsqu'elles rencontrent un don Juan, elles rêvent de réformer l'homme qu'elles aiment, de le fixer, de réussir là où les précédentes ont échoué, de s'impatroniser dans sa vie, d'avoir un enfant de lui... Aujourd'hui comme hier, une adolescente attend de l'homme qu'elle aime – et d'autant plus si cet homme est son premier amour – le don total de soi, l'exclusivité. Dans l'ordre de l'amour, il n'y a rien de nouveau sous le soleil, Dieu soit loué!

Nudité

La montagne, les sapins, la neige, c'est bien beau, mais que c'est froid! Et pour moi, le bonheur est synonyme d'étoffes légères, de chaleur, de nudité. Il n'y a pas de félicité possible lorsqu'il faut, pour mettre le nez dehors s'emmitoufler dans des lainages et des fourrures. L'amour est un enfant nu.

O

Obscurantisme

Les médecins, dont la vocation est d'aider les gens à vivre et qui ne sont pas suspects d'être des apologistes de la mort volontaire, devraient faire entendre une parole de sérénité et de raison dans la querelle sur le suicide qui prend chaque jour un caractère plus passionnel.

Les médecins sont des donateurs de vie, et des sauveurs de vie. Néanmoins, en certaines occasions, le suicide leur apparaît comme une marque de la grandeur de l'homme, et de sa liberté. Médecin lui-même, Freud, atteint d'un cancer à la mâchoire, demande à son médecin de lui administrer la piqûre qui le délivrera de la souffrance, et celui-ci, le docteur Max Schur, obtempère. Pour échapper à la décrépitude du grand âge, un médecin, le professeur Lacassagne, se défenestre. Et c'est un médecin, le docteur de Martel, qui pour ne pas survivre à la liberté de sa patrie renouvelle le geste oblatif de Caton et se donne la mort le jour de l'entrée des Allemands dans Paris.

Le calme est une vertu dont le débat sur le suicide a un vif besoin, car il se déroule présentement dans un climat d'extravagance. Ayant à l'occasion d'un procès exposé dans une gazette mon sentiment sur la mort volontaire, j'ai reçu la lettre d'un lecteur qui menace de me poursuivre devant les tribunaux : son fils, qui est un « dépressif », a lu mon texte et l'a découpé. « Si mon fils se suicide, me déclare ce monsieur, je porterai plainte contre vous. » Nous sommes là en plein délire, je dirais même, n'était la gravité du sujet, en pleine bouffonnerie. On frémit en songeant à l'usage que de tels cinglés feraient d'une loi condamnant « l'incitation au suicide », si par malheur une pareille loi devait être votée par des législateurs excessivement obscurantistes.

La vie est une aventure passionnante, qui mérite mille fois d'être vécue. Mais si nous devons apprendre à bien vivre, nous devons également, si le cas y échoit, apprendre à bien mourir. Personne ne souhaite voir sa maison en flammes. Mais le jour où, par malheur, la maison flambe, nous sommes contents de pouvoir nous en échapper par l'issue de secours. Le suicide est cette porte de secours. Laissons-la entrouverte.

Oisiveté (1)

Plutarque raconte qu'un Spartiate, ayant entendu parler d'un Athénien condamné pour crime d'oisiveté, demanda à rencontrer cet homme « puni d'avoir vécu en esprit libre ». A seize ans, j'avais recopié ce passage de Plutarque sur un carton où je notais quelques règles de vie essentielles, et que je portais toujours sur moi. Dès mon adolescence, j'avais en effet compris que le travail et son cortège d'illusions (tel l'appât du gain) sont le piège que nous tend la société pour nous assujettir. Berdiaeff, cet autre maître de mes jeunes années, a écrit que la société totalitaire constitue un mensonge asservissant. Pour moi, lycéen rebelle, c'était toute société, qu'elle fût coercitive ou libérale, qui constituait un mensonge asservissant. Mon sentiment sur ce point n'a guère évolué avec l'âge : aujourd'hui comme hier, la société demeure à mes yeux l'ennemi dont je dois me préserver.

Oisiveté (2)

Les trémolos à la gloire du travail m'exaspèrent. Voilà des milliers d'années que les hommes travaillent. Quand on voit l'état actuel de la planète, il n'y a pas là de quoi se vanter. Aussi les femmes n'ont-elles aucune raison de vouloir singer les hommes et doivent-elles résister à la chimère qu'elles ne seront libres que le jour où elles travailleront. Il faut qu'elles soient fières de leur spécificité et qu'elles prennent exemple sur la marquise du Deffand écrivant à Voltaire : « Je n'envie le sort ni l'état de personne ni d'aucune espèce d'individu, quel qu'il puisse être, depuis l'huître jusqu'à l'ange. »

Il est naturel que les femmes désirent échapper au rôle d'ange – c'est-à-dire d'épouse et de mère – où les hommes, tant en Orient qu'en Occident, les ont toujours enfermées. Ce n'est pas un motif pour qu'elles se mettent à vivre comme des huîtres. « Ma carrière! ma carrière! » Les hommes n'ont que ce mot ridicule à la bouche. Si les femmes se piquent de les imiter, quel ennui!

Hélas! les civilisations les plus raffinées, les plus exquises, ayant toujours tenu le loisir pour le souverain bien, il était quasi fatal que la nôtre, qui en est l'antipode, se fît un dieu du travail. Le trait de génie est d'avoir réussi à convaincre nos contemporains que ce qui les réduit en esclavage les rend libres. C'est l'imposture maquillée en vérité dogmatique, et malheur à qui vend la mèche.

Oisiveté (3)

On ne lit plus guère Édouard de Hartmann, et on a tort. *Philosophie de l'Inconscient,* paru en 1869 (trois ans après l'*Histoire du matérialisme* de Lange), demeure un excellent livre. Hartmann y montre que tout ce qu'on écrit à la gloire du travail se borne à célébrer ses avantages économiques et son action moralisatrice. Hartmann compare l'homme qui accepte ce qu'il ne peut éviter et finit par aimer son état de servitude à un cheval qui, une fois dressé, « traîne avec assez de bonne humeur la charrette à laquelle il est attelé ».

Je connais par cœur le bavardage des idéologues sur « l'organisation du monde » et « la primauté de l'action »; sur « la maîtrise du cosmos » qui, selon eux, figure l'aboutissement de la métaphysique occidentale. Soit, nous sommes en Occident, pour reprendre l'image de Hartmann, de bons dresseurs de chevaux. Y a-t-il là de quoi pavoiser? Quand je considère que les deux tiers au moins de la planète sont plongés dans les ténèbres de la misère et du malheur, je m'interroge sur le succès de « l'organisation du monde » par l'Occident et je frémis à l'idée de ce que pourrait être sa « maîtrise du cosmos ». Pitié pour les Martiens!

Chacun sait le mot fameux de Frédéric II : « Si mes soldats commençaient à penser, aucun d'eux ne resterait dans les rangs. » Le roi de Prusse serait-il, lui aussi, un traître à l'aventure occidentale? Ce qu'il disait hier de ses soldats, je le dis aujourd'hui des travailleurs aliénés et fiers de leur aliénation. Ce n'est pas l'organisation du monde que nous devons enseigner à nos cadets, mais celle de leur propre vie; ce n'est pas la maîtrise du cosmos, mais la maîtrise de soi. Nos contemporains parlent trop et s'agitent trop. Il faut leur apprendre à aimer le silence et à faire oraison. Il faut réhabiliter l'oisiveté.

Orgasme

« Mieux vaut une petite qui frétille qu'une grosse qui roupille » (proverbe philippin, cité par Christian Giudicelli dans sa thèse de doctorat d'État intitulée : *Érection et Consomption*).

Orient

C'est en l'an 204 avant Jésus-Christ que l'Orient fait son entrée solennelle dans l'Europe latine, quand, cette année-là, le Sénat de Rome décide d'élever au Palatin un temple consacré à Cybèle, la déesse asiatique, la mère des dieux, et invite le peuple romain à y vénérer la Pierre noire, apportée en grande pompe de Phrygie, qui en était l'icône.

Certes, Cybèle et son culte orgiaque de mort et de résurrection, ses rites excessifs, ses prêtres ambigus, ses voluptueuses vestales, ne vont pas évincer d'un coup les austères divinités italiques. Il demeure que l'installation de la Pierre noire au cœur de la vieille Rome patricienne est le geste qui date et symbolise l'influence désormais grandissante de l'Asie sur la foi, la culture et la sensibilité de l'Europe latine. Dorénavant, les dieux qui fascineront le génie occidental seront, comme Cybèle, des dieux orientaux : Dionysos, Mithra, Jésus-Christ, Shiva.

Orthodoxie

En France, l'Église orthodoxe est, comparée aux foules catholique et protestante, un petit troupeau : son influence sociale ou politique est nulle; elle n'a, selon la mesure du monde, aucune importance. Mais la mesure du monde n'est pas la mesure de Celui qui est entré dans Jérusalem monté sur un humble ânon. On prie aussi bien dans une chapelle de bois que dans une cathédrale de marbre. Le moindre cierge qui brûle devant l'icône la plus pauvre exprime la tendresse et la chaleur du royaume de Dieu. « Tu as fait périr l'enfer par la splendeur de Ta divinité », chante l'Église orthodoxe aux matines du samedi saint. L'orthodoxie, c'est cela, et ce n'est rien que cela : notre foi en la victoire finale de la beauté sur la mort.

D'où la difficulté d'être chrétien dans un monde où partout et toujours on assiste au triomphe de la mort et à la défaite de la beauté.

Oscillation

Plus un écrivain est grand, plus il oscille entre un orgueil démesuré et une excessive modestie. Mais s'agit-il vraiment d'une oscillation ? La conscience qu'un artiste a de son talent et celle qu'il a d'être méconnu ne sont d'aucune façon antinomiques : elles peuvent fort bien cohabiter dans un même cœur, et dans un même instant.

P

Paranoïa

Si Horace vivait de nos jours, son *Exegi monumentum* lui vaudrait d'être traité de paranoïaque par les zoïles-flics de service. Pour moi, j'ai pris les devants : je possède un certificat de paranoïa, dûment établi par les neuropsychiatres qui m'ont soigné jadis. Avec ça, je suis paré.

Comme le dit si bien ce même Horace, « il est doux de délirer à l'occasion ». La planète explosera un jour, et nous sombrerons, Horace et moi. Dans cette attente, nos livres existent, et nous avons eu raison de les écrire.

Pardon

Le propre de la générosité est l'absence de rancune. L'homme généreux est irascible, soupe au lait, mais il est incapable de ressentiment. Il pratique le pardon des offenses prôné par Jésus dans le *Pater noster* et par Sénèque dans le *De ira.*

Vivre avec de vieilles haines, cela ronge le foie. Si j'étais médecin, à tous mes malades hépatiques, avant de leur prescrire des potions, j'ordonnerais de se réconcilier avec leurs ennemis.

Parole (1)

Un ami me cite ce mot de Henri Michaux : « Voir, c'est prendre le risque de se montrer. » On pourrait dire semblablement : Parler, c'est prendre le risque d'être entendu.

Parole (2)

Parler, c'est se vider de sa substance. En société, celui qui est capable de se taire, de résister à la tentation de pérorer, de briller, préserve sa force créatrice, son énergie.

Une conversation trop longue, même avec un proche ami, me laisse toujours une sensation de fatigue et de mécontentement de moi.

« Je me suis souvent repenti d'avoir parlé, jamais d'avoir gardé le silence », disait Simonide (cité par Plutarque dans *Préceptes d'hygiène*).

Passé

Je me méfie des gens qui n'aiment pas leur passé, qui affectent de l'oublier, de le nier : ce sont toujours des âmes basses, et des cœurs médiocres. Le passé est aussi vivant que le présent, et infiniment plus que l'avenir, cette chimère sans visage. Il y a dans l'oubli, dans « la page tournée », une impiété horrible. La noblesse, c'est la fidélité. Un homme doit rester fidèle aux maîtres qui ont éclairé son adolescence, aux femmes qu'il a aimées, aux amis disparus. C'est une mauvaise et vaine action que de renier durant le jour des spectres qui, de toute manière, se revanchent en nous visitant la nuit.

Passion (1)

J'avais treize ans. J'étais en classe de troisième dans une école privée de la rue de la Tour, à Paris, dirigée par une baronne balte à qui nous baisions la main en claquant des talons, ce qui avait grand genre.

Un an plus tôt, en quatrième, nous avions étudié *le Cid,* et la pièce de Corneille m'avait bien plu. Je compatissais aux malheurs de Don Diègue, et je trouvais Chimène délicieuse. Toutefois, ses transports me faisaient sourire, et dès qu'il était question d'amour, je ricanais en poussant mon voisin du coude.

En troisième, lisant *Andromaque,* jamais je n'ai ricané. Petit garçon chahuteur, j'éprouvais la soudaine sensation que ce texte étrange me parlait de moi, et dès le premier acte mon cœur avait battu plus vite. Ce trouble faisait de moi, par-delà les siècles, le jeune page de la belle Henriette-Anne d'Angleterre, duchesse d'Orléans, à qui la pièce est dédiée, et dont Racine écrit qu'elle en honora la lecture de ses larmes. Il m'est impossible, dans mon âme, de dissocier *Andromaque* du souvenir de la jeune princesse, personnage véritablement racinien par sa grâce, par ses infortunes, par cette « incomparable douceur » que Bossuet a célébrée dans la plus triste et la plus célèbre de ses *Oraisons funèbres,* par la mort qui l'a cruellement fauchée dans l'éclat de ses vingt-six ans. « La voilà, malgré ce grand cœur, cette princesse si admirée et chérie! la voilà telle que la mort nous l'a faite. »

A treize ans, que savais-je de l'amour? J'en connaissais déjà les attentes, les élans, les fièvres, mais j'avais peu vécu, et c'est pourquoi la concordance extrême qui tout de suite s'instaura entre les personnages d'*Andromaque* et moi avait quelque chose de mystérieux. J'entendais une langue que je ne connaissais pas; je pressentais qu'un jour elle serait la mienne :

Mais l'ingrate en mon cœur reprit bientôt sa place :
De mes feux mal éteints je reconnus la trace;
Je sentis que ma haine allait finir son cours;
Ou plutôt je sentis que je l'aimais toujours.

C'était Oreste qui surtout m'émouvait, avec son goût du malheur, ses maladresses d'amoureux transi, son absence de lucidité : terrible exemple, mais combien salutaire pour un cœur de treize ans. Oreste, et aussi Pyrrhus, cet autre amant qui aime et qui n'est pas aimé : ces deux hommes qui persévèrent dans des voies sans issue et attisent leurs propres souffrances, éclairaient sous mes yeux vierges les pièges de la passion :

Je sais que vos regards vont rouvrir mes blessures,
Que tous mes pas vers vous sont autant de parjures,
Je le sais, j'en rougis...

Sainte-Beuve a admiré que fussent également sortis de Port-Royal Racine et Pascal : la perfection de la poésie française et la perfection de la prose. Avec *Andromaque,* Racine a écrit un traité des passions digne du plus austère des Messieurs de Port-Royal, mais il l'a écrit dans une langue si fluide, si mélodique, si céleste, que sous sa plume les démons ont la grâce des anges, et la damnation toutes les grâces du salut. L'Église, qu'elle soit catholique ou orthodoxe, s'est toujours méfiée de ses littérateurs. Elle a raison.

Passion (2)

Une des plus belles phrases de la langue française est, dans son laconisme véridique, celle-ci, qu'écrivit au XVIe siècle l'agronome Olivier de Serres : « La douleur de reins qui provient de pierre ou de gravelle, est appelée néphrétique passion. » Le mal, sa nature, son intensité, tout y est resserré avec une force et un bonheur d'expression suprêmes. Oui, en vérité, une passion.

Celui qui, comme moi, souffre à intervalles réguliers de crises de néphrétique passion, se fortifie en cherchant dans l'histoire les noms de ceux qui, avant lui, ont traversé les mêmes épreuves. Consolation relative, et savoir qu'Épicure, Montaigne, Bossuet, Casanova, Chénier, Byron ont, eux aussi, connu les affres de la gravelle, ne m'empêche pas, lorsque le cas y échoit, d'en ressentir les cruels effets. Il fut également un temps où je puisais de la constance dans la prière de Pascal pour le bon usage des maladies. Hélas! le seul usage qu'un écrivain puisse faire de ses souffrances est d'en nourrir son œuvre. Or, j'ai déjà utilisé d'abondance dans *Nous n'irons plus au Luxembourg* mon expérience de la maladie de la pierre, et je ne puis situer derechef l'action d'un nouveau roman dans le service d'urologie d'un hôpital parisien. Les coliques néphrétiques que je subis désormais sont donc, à la lettre, une douleur inutile et stérile, une douleur morte.

Un service d'urologie demeure néanmoins un lieu propice aux réflexions philosophiques. Lorsque j'étais un adolescent, je m'enivrais de Schopenhauer et de sa thèse selon laquelle le monde n'existe que dans la représentation que je m'en fais, et que l'univers des objets, des phénomènes, n'a de réalité qu'à proportion qu'il y a un sujet pour le percevoir. Aujourd'hui encore, cette croyance ne cesse pas de m'habiter, spécialement à l'hôpital, où l'espace et le temps n'existent pas. Le monde extérieur est aboli, et les autres malades ont pour moi plus de réalité que les milliards d'hommes qui grouillent sur la terre. Ils sont même, avec ma propre maladie, l'unique réalité. Ce qui se passe au-delà des murs ne m'intéresse pas : ce n'est que le songe d'une ombre.

Chacun des malades ne pense qu'à soi, ne parle que de soi. Rien n'importe à celui-ci que sa sonde, à celui-là que le résultat de son urographie, au troisième que sa proche opération, et dans les propos que nous échangeons il n'est question que d'uretères, de vessies et de calculs – un langage de spécialistes, d'initiés. Le monde de la néphrétique passion est un monde clos, comme l'est celui de l'amour passion : rien n'existe en dehors de lui. La souffrance et la félicité nous emprisonnent semblablement. Seules la guérison et la mort nous délivrent.

Cette comparaison est juste, et cependant bizarre, car il n'y a pas de lieu plus anti-érotique qu'un service d'urologie. Si donjuanesque que je sois, lorsque je suis étendu sur une plaque, nu comme un ver, je ne m'imagine pas invitant à dîner la ravissante infirmière habillée de blanc qui, avec une indifférence professionnelle, manipule les parties les plus intimes de mon individu, en discutant avec une copine de ce qu'elles ont vu la veille à la télévision. De telles circonstances excluent toute tentative de séduction : celle-ci serait d'un ridicule irréparable. Aux yeux de cette jeune fille, je ne suis pas un homme, je suis un malade. Voilà qui est excellent pour l'humilité. L'hôpital n'est pas une école de bonheur, mais il est une école de modestie. C'est sans nul doute pour le bien de mon âme que le bon Dieu m'a fait ce terrible cadeau de la néphrétique passion. N'importe! si la jolie infirmière, lors de ma prochaine crise, me glisse discrètement son numéro de téléphone, cela aussi sera un cadeau du bon Dieu.

Patrie

Éternel voyageur, *fugitivus errans,* je suis toujours en train de partir, et assurément je me sens chez moi à Venise, au Caire ou à Manille. Cependant, si déraciné que je puisse être, mon cœur est à Paris, dans cette ville belle et triste qui a été le berceau de mon enfance, le témoin de ma jeunesse, et où l'or pâle des pierres, à l'heure où le soleil décline, me murmure qu'elle saura aussi être mon tombeau.

Pâques

La nuit de Pâques, le Christ brise les verrous éternels de la douleur et de la mort; il est avec ceux qui meurent dans les hôpitaux; il est avec ceux qu'on torture dans les prisons; il est avec chacun de nous, au cœur de nos vanités, de nos solitudes et de nos peurs. Cette nuit-là, à Paris comme à Moscou, à New York comme à Damas, les orthodoxes du monde entier fêtent la mise à mort de la mort. Christ est ressuscité! En vérité, il est ressuscité!

Péché

Dans l'Évangile, le Christ ne parle pas du suicide. Il se tait d'ailleurs sur bien des points. Il se contente d'écrire sur le sable, silencieusement, comme avec la femme pécheresse. C'est pourtant à cette femme qu'il adresse un des mots les plus mystérieux de sa prédication : « Va, et ne pèche plus. »

Il ne dit pas : « Va, et ne trompe plus ton mari » ou : « Va, et ne couche plus à droite et à gauche », mais : « Va, et ne pèche plus. » Peut-être fait-il allusion à un tout autre péché qu'il est le seul à connaître, et que la femme, elle aussi, connaît. Peut-être ne s'agit-il pas des coucheries pour lesquelles les honnêtes gens sont prêts à la lapider. Peut-être est-ce une dureté de cœur, un manque de charité, une âpreté au gain. Le Christ sait quel est notre vrai péché, et il garde le secret.

On se suicidait beaucoup à l'époque du Christ, et il devait être plein d'une immense pitié, d'un amour infini pour ces désespérés. J'aurais voulu savoir son opinion sur le suicide de Caton qui se tue pour ne pas survivre à la liberté républicaine, et pour ne pas devoir sa grâce à un général factieux. Toute l'Antiquité a considéré la mort de Caton comme le modèle du suicide philosophique, et aujourd'hui encore elle en demeure l'archétype. Caton se tue au nom de l'idée qu'il se fait de l'homme, et son suicide par idéal préfigure celui des martyrs chrétiens, des samouraïs japonais. Le Christ le tenait-il pour un péché ? Je ne puis le croire.

Péril

Les temps sont, paraît-il, difficiles. Je n'ai pas le sentiment qu'ils le soient davantage que les époques révolues. Songeons à Protagoras et à Ovide, exilés; à Socrate, zigouillé; à Cicéron, assassiné; à Sénèque et à Pétrone, « suicidés » sur ordre; à Giordano Bruno, brûlé vif; à Vanini, torturé (langue arrachée) et brûlé vif; à Casanova et à Sade, emprisonnés; à Berdiaeff, banni; à Mandelstam, mort en déportation; et soyons convaincus que pour les esprits libres la vie en société a toujours été un exercice périlleux.

Pesanteur

François Mitterrand écrit que je ne semble connaître qu'un seul ennemi : la pesanteur. C'est une observation judicieuse. Au physique comme au moral, je hais celui que les pères du désert appellent « l'esprit de lourdeur » et Nietzsche « le cul de plomb ». Le progrès consiste pour moi à me désembarrasser, à m'alléger, à jeter du lest. Oui, pour moi, mais aussi pour ceux qui m'aiment, pour ceux qui me lisent, je veux être dans l'existence telle une flèche d'or dans le ciel.

Philosophie (1)

Maria, dix-huit ans, lycéenne, s'apprête à entrer en terminale A. Elle s'inquiète de son futur professeur de philosophie. Sera-t-il « bon » ?

– Au lycée, m'explique-t-elle, il y en a un « bon ». Mais je ne suis pas sûre de l'avoir.

L'inquiétude de Maria est légitime. Pour un adolescent, rien n'est plus fâcheux que de tomber, en classe de philo, sur un prof qui ne soit pas un éveilleur. J'ai souvent cité le titre du beau livre de Julius Evola sur le bouddhisme : *la Doctrine de l'Éveil*. Tout enseignement philosophique devrait mériter un semblable nom. L'élève de terminale qui ne sort pas de sa classe de philo plus libre qu'il (ou elle) ne l'était en y entrant, a perdu son année. L'éveil, voilà ce qui importe. Le bachot, c'est bien secondaire.

La philosophie nous délivre des évidences qui rassurent et qui endorment. Sa fonction, affirme Chestov, est de nous apprendre à nous aventurer dans l'inconnu, comme Abraham en marche vers la Terre promise. C'est la subversion créatrice.

Philosophie (2)

Garat, successeur de Danton au ministère de la Justice, tint à publier en pleine Terreur les œuvres de Sénèque, et à en corriger lui-même les épreuves, afin, dit-il, « de mieux se pénétrer de cette philosophie créée pour le règne de Néron, mais plus nécessaire encore sous le règne de Robespierre ».

Piège

La police politique tchèque a, pour le compromettre, glissé du haschich dans la valise du philosophe Jacques Derrida. Quelques années plus tôt, c'était de très jeunes personnes du sexe que le K.G.B. avait choisi de jeter dans mes bras. J'y gagnais au change : quitte à tomber dans un piège, autant que ce piège soit délicieux.

Pierre (1)

Un quartier, ce sont des pierres, des arbres, des visages. Souvent, ceux-ci se confondent. Certaines pierres battent pour nous comme des cœurs de chair, parfois avec joie, et parfois avec douleur. Dans *Ivre du vin perdu,* Angiolina écrit à Nil après leur rupture : « Je ne puis plus supporter Paris, dont tant de rues, de jardins, d'églises, ont été les témoins de notre amour et de notre complicité. »

Il y a trois siècles, en avril 1679, mourait Anne-Geneviève de Bourbon-Condé, duchesse de Longueville. Sainte-Beuve écrit qu'elle est une de ces femmes privilégiées au souvenir desquelles s'attache comme un enchantement immortel. Pour moi, il ne se passe guère de semaine que je n'aille visiter la belle duchesse à Saint-Jacques-du-Haut-Pas, où son cœur est scellé dans la pierre, à quelques mètres de la dalle sous laquelle repose l'abbé de Saint-Cyran.

Lorsque j'avais onze ans, la duchesse de Longueville me captivait déjà, mais non comme protectrice des jansénistes : celle qui alors me charmait était l'aventurière, la frondeuse, la maîtresse de La Rochefoucauld, celle que d'Artagnan surprend dans les bras d'Aramis. Cécile Gazier consacre un chapitre de ses

Belles amies de Port-Royal à ce qu'elle nomme « les deux vies de madame de Longueville ». Ces pages sont passionnantes, mais leur titre ambigu. Nous n'avons qu'une seule vie, et si profonde que soit une métamorphose, elle n'abolit pas le passé. Certes, entre la reine de l'hôtel de Rambouillet et la fille spirituelle de M. Singlin, entre l'animatrice de la guerre civile et celle qui posa la première pierre de la nef de Saint-Jacques-du-Haut-Pas, il y a un abîme. Pourtant il s'agit de la même personne, et d'un destin unique.

Sous la pierre sacrée où il repose, le cœur de la duchesse de Longueville n'a pour moi jamais cessé de battre. Anne-Geneviève qui, âgée de treize ans, mettait un cilice sous sa robe de bal, demeure l'image de mes plus secrètes contradictions.

Pierre (2)

« Tu es Pierre, et sur cette pierre je bâtirai mon Église. » Dans ses *Mémoires,* le duc de Saint-Simon oppose « l'ancienne discipline de l'Église » aux « usurpations de la cour de Rome ». La plus funeste de ces usurpations est le désir de voir dans l'évêque romain l'unique successeur de Pierre; de faire du pape de Rome une sorte d'apôtre Pierre perpétué. Une telle ecclésiologie est, n'en déplaise à Joseph de Maistre et à mon ami Philippe Sollers, une altération de celle de l'Église primitive; elle réduit le catholicisme romain à une impasse.

Lorsque saint Cyprien de Carthage écrit que l'épiscopat est un, il signifie que les paroles du Christ à Pierre ne valent pas pour les seuls évêques de Rome. Chaque membre du collège épiscopal, dès lors qu'il dispense fidèlement la parole de vérité, est, individuellement et collectivement, le successeur de Pierre. C'est l'épiscopat orthodoxe dans son entier qui occupe la chaire de Pierre. Et à la table eucharistique, chaque évêque est à la place même du Seigneur.

Le Christ est l'unique pasteur de l'Église. Il n'y a pas dans l'Église d'autre « pouvoir suprême » que le sien. La primauté qu'exerce l'évêque de Rome est une primauté d'amour, qui le fait s'adresser, *primus inter pares,* aux autres évêques « non pour donner des ordres » mais « en condisciple de Jésus-Christ », selon les termes de saint Ignace d'Antioche. Cette primauté ne s'exerce pas sur l'Église, mais dans l'Église. Le corps du Christ n'est pas une société juridique, mais une communauté sacramentelle. L'Église, c'est l'eucharistie célébrée autour de l'évêque; c'est le peuple de Dieu en prière.

La diaconie sacrificielle des évêques n'est pas ontologique : Pierre n'est la pierre de l'Église que dans la mesure où il confesse la foi de l'Église. « Quand Pierre vint à Antioche, je lui résistai en face parce qu'il était dans son tort », écrit l'apôtre Paul aux Galates. Qu'il soit de Rome, de Constantinople ou de Paris, un évêque qui cesse d'enseigner la foi orthodoxe perd aussitôt tous ses privilèges. L'ecclésialité d'un évêque dépend de sa communion avec le collège épiscopal et le peuple chrétien. Dans leur encyclique de 1848, les patriarches orthodoxes rappellent avec raison que le baptême et la confirmation rendent chaque chrétien responsable de la vérité et gardien de la foi. Chacun de nous est une parcelle de la pierre sur laquelle le Christ bâtit son Église. « Dans le baptême, écrit saint Irénée de Lyon, nous recevons le canon immuable de la vérité. » Nous sommes tous les successeurs de Pierre.

Pire (1)

Une bonne recette pour désamorcer le malheur est de ne jamais oublier qu'il peut frapper à chaque instant. « Le pire est toujours certain. » Ta maîtresse t'adore? Elle va rencontrer un autre homme, et te trahir. Tu te crois en parfaite santé? Ton médecin, en t'examinant, va découvrir une tumeur fatale. Tu collectionnes de beaux objets? Un incendie va les réduire en cendres. Plus nous sommes pénétrés de la nature fugace de nos bonheurs et plus nous sommes attentifs à en jouir pleinement. L'avenir est une duperie. Seuls comptent le passé, qui ne peut nous être ôté, et l'instant présent. Le futur n'existe pas. Demain, nous serons morts.

Pire (2)

Lorsqu'en 1898 l'impératrice Élisabeth d'Autriche fut assassinée sur une berge du lac Léman, Remy de Gourmont écrivit que son meurtrier, croyant tuer la force, avait poignardé le dédain. C'était aussi la force que s'imaginaient mettre à mort les terroristes qui, en mars 1881, lancèrent des bombes sur l'empereur Alexandre II de Russie : la première bombe tua un enfant et deux soldats; la seconde broya les jambes du tzar libérateur qui devait mourir dans la nuit. Avec lui non plus, ce n'était pas la force qui disparaissait, mais l'espérance.

Alexandre II avait amnistié les décembristes, mis fin à la guerre de Crimée, aboli le servage et s'apprêtait à doter la Russie d'une constitution. S'il avait eu le temps de mener ses réformes à terme, il aurait épargné au peuple russe la révolution bolchévique, la guerre civile, les dizaines de millions de morts de la terreur stalinienne et post-stalinienne. Ce fut pour empêcher le souverain d'accomplir cette œuvre salutaire que les nihilistes l'ont assassiné. L'empereur avait contre lui les réactionnaires qui craignaient pour leurs privilèges, et l'extrême-gauche qui, sachant que des réformes libérales lui font perdre des sectateurs, préfère un despote à un souverain éclairé. Alexandre II, au siècle dernier, devait faire face aux mêmes ennemis que combattent aujourd'hui le roi Juan Carlos en Espagne et Mme Corazon Aquino aux Philippines : une droite bornée, revancharde, et une guérilla marxiste qui pratique la politique du pire. L'exemple russe nous enseigne comment cela risque de se terminer.

Planète

Dans la nuit du 20 au 21 juillet 1969, je voyais à la télévision un homme, Neil Armstrong, marcher sur la lune; puis à l'aurore je me rendais dans un petit monastère orthodoxe des environs de Paris, où j'assistais à un service funèbre pour le repos de l'âme d'un moine, le père Grégoire.

L'exploit des astronautes américains avait enthousiasmé la planète entière; la mort du père Grégoire n'a ému qu'un minuscule troupeau de fidèles et d'amis. Pourtant, dans le destin du cosmos, la vie cachée du père Grégoire, moine et iconographe, est aussi importante que les bruyantes expéditions spatiales. La prière est, elle aussi, une action, et ce qui est décisif est toujours clandestin.

Nos contemporains se font une idée fausse de l'universalité. C'est exact, la terre est devenue toute petite. Nous prenons l'avion pour Manille ou pour Los Angeles comme nos parents prenaient le train pour Cannes ou pour Venise. Nous dévorons les kilomètres, nous nous remuons beaucoup, nous nous réputons planétaires. Hélas! l'universalité, c'est bien autre chose. Un des fondements des règles monastiques de saint Basile et de saint Benoît est le vœu de stabilité. Voilà qui mérite de nourrir notre réflexion. Nous avons besoin d'hôtesses de l'air, mais nous avons aussi besoin de moniales. Le salut du monde ne s'élabore pas dans l'agitation tumultuaire, mais dans le silence et l'*hésychia*. La dimension planétaire de la vie, nous avons plus de chance de la rencontrer à la Trappe ou au mont Athos qu'au cap Canavéral.

Polémique

La doctrine officielle de l'Église est que nous ne sommes pas libres de disposer de notre vie, que seul Dieu a le droit de nous donner le signal du départ : tel serait le sens du *Fiat voluntas tua*. Je ne suis pas convaincu. Le *Fiat voluntas tua* est très proche de l'*Amor fati* des stoïques. Or, cette doctrine de l'abandon à la volonté de Dieu n'a pas empêché les stoïciens d'élaborer une véritable philosophie du suicide. Dans son traité *De la Providence*, Sénèque fait prononcer un éloge de la mort volontaire par Dieu lui-même.

Je crois que les pères de l'Église ont été, à l'époque où les grandes hérésies commençaient à se développer, contraints au durcissement et au ton pamphlétaire. Ce sont des raisons d'ordre pédagogique, pastoral, qui ont incité les théologiens du IVe siècle à combattre l'influence néo-platonicienne et stoïcienne qui était alors très vive dans les cercles chrétiens cultivés. Il leur a fallu affirmer la singularité, l'originalité du message du Christ. D'où, entre autres, cette tardive condamnation du suicide : c'était la seule façon de soustraire les âmes à l'empire exercé par Socrate et Sénèque.

Ce zèle polémique ne me persuade guère; il ne me fait pas oublier que le Christ, évoquant sa mort future au Golgotha, dit : « Personne ne m'enlève la vie, mais je la livre de moi-même », une phrase superbe qui pourrait servir d'épigraphe à tous les suicides sacrificiels. Au IIIe siècle, Tertullien affirme que Jésus s'est tué lui-même, sans attendre que le bourreau fît son office; et dans son enthousiasme pour la mort volontaire, celui qu'on a surnommé « le Bossuet de l'Afrique » cite en exemples les héros oblatifs du paganisme romain : la fière Lucrèce, le courageux Regulus, et bien d'autres.

Polissonnerie

La transgression est une nécessité macrobiotique. Pour celui qui pense que la vie doit être royale ou ne pas être, les fruits défendus sont les seuls qui méritent d'être cueillis. Tout ce qui est applaudi par la société, perd de son charme. De grâce, ne m'autorisez pas cette folie! Dès que j'aurai votre permission, mon désir décroîtra.

Dans l'existence, si l'on ne veut pas s'ennuyer, il faut être un opiniâtre et résolu polisson. La polissonnerie, c'est la santé par la joie.

Tous les écrivains que j'aime, Pétrone, Casanova, Byron, étaient de sacrés polissons.

Les menaces m'attisent; le danger m'exalte; la sensation du risque décuple mon plaisir.

A défaut de pouvoir être un saint, je suis un roué. On a le (septième) ciel qu'on mérite.

Politesse

Un gentilhomme se reconnaît à sa politesse à l'endroit des subalternes, et la première règle qu'il enseigne à ses enfants est d'être courtois envers les domestiques. Dès que vous manquez de respect à un serviteur, vous révélez que vous êtes né dans le ruisseau. Ce sont toujours les gens de peu, les parvenus, qui au restaurant interpellent familièrement le « garçon »; ce sont toujours eux qui dans un magasin sont grossiers avec la vendeuse.

Popularité

Au dix-septième jour qui précède les calendes d'avril, Caius Caesar Augustus Germanicus prend possession de l'Empire. La mort de Tibère et le couronnement de Petite Bottine sont accueillis avec un enthousiasme délirant : les cris de « Tibère au Tibre » se mêlent aux ovations en faveur du jeune empereur, que l'imagination populaire pare de toutes les vertus de son père, le malheureux Germanicus. Certes, dans les milieux bien informés, on chuchote que Caligula, qui depuis l'âge de dix-neuf ans vivait à Capri auprès de Tibère, participait aux débauches de celui-ci, courant les mauvais lieux, déguisé en femme; on y parle aussi de la cruauté dont, dès l'adolescence, il aurait donné les signes, le moindre n'étant pas le plaisir avec lequel il assisterait aux tortures et aux exécutions. Mais ce qui se murmure dans les salons est de peu d'importance. « En devenant maître de l'Empire, observe Suétone, Caligula combla les vœux du peuple romain et de l'humanité entière. »

Sur la route de Misène à Rome où, en costume de deuil, il escorte la dépouille mortelle de Tibère, Caligula s'avance parmi les fleurs et les cris de joie d'une foule immense qui l'appelle « son astre, son nourrisson, son élève ». Même Artaban, roi des Parthes, qui méprisait Tibère et lui avait un jour conseillé de prévenir, par le suicide, la juste haine de ses contemporains, tient à saluer le nouvel empereur : traversant l'Euphrate, il rend un culte volontaire aux aigles romaines et aux portraits des césars. De l'Occident à l'Orient, la prise du pouvoir par Petite Bottine met le monde dans l'allégresse.

On s'étonne parfois de la facilité avec laquelle s'impatronise une dictature. C'est que l'on pense naïvement que les peuples aiment la liberté, alors qu'en réalité ils aiment la servitude. Ce ne sont pas les tyrans qui font les esclaves, mais les esclaves qui font les tyrans.

Pratique

Arnaud Desjardins raille la dame qui se pique d'orientalisme et va, dans un dojo bouddhiste, faire zazen une fois tous les trois jours. Soit, deux séances par semaine, c'est peu, mais les moqueries de Desjardins n'équivalent-elles pas à soutenir qu'il est ridicule d'être chrétien si l'on n'a pas d'autre pratique religieuse que la messe dominicale ?

Les seuls vrais bouddhistes, les seuls vrais chrétiens, seraient-ils ceux qui, enfermés dans des monastères, pratiquent jour et nuit, prennent la posture et prient quasi sans interruption ? C'est possible, ce n'est pas certain. Souvenons-nous du staretz Zozime conseillant à Aliocha Karamazov de quitter le monastère et d'aller dans le monde.

Cela dit, Desjardins a raison de nous mettre en garde contre un excès d'amateurisme. L'illumination (le *satori* des bouddhistes, la *théosis* des chrétiens) n'est pas une alouette qui nous tombe toute rôtie dans la bouche. Pour y atteindre, nous devons persévérer. Les longues séances de zazen, les offices interminables, ne sont pas des brimades imaginées par des sadiques, mais des instruments que l'expérience millénaire des sages met à notre disposition pour nous permettre de progresser dans la voie de la connaissance de soi; d'avancer sur le chemin de la lumière.

Il y a donc le zèle et l'opiniâtreté. Mais il y a aussi la soudaineté et la fulgurance. Abba Alonios disait : « Si l'homme le voulait, une seule journée lui suffirait, du matin au soir, pour atteindre à la mesure de la divinité » *(Apophthegmata Patrum)*.

C'est le « En vérité, je te le dis, aujourd'hui tu seras avec moi dans le paradis » du Christ au bon larron, sur la croix.

Progrès

Chaque époque se croit exceptionnelle, et se figure vivre un tournant de l'histoire. Cela est très exagéré. Les événements contemporains ne m'apprennent rien sur l'homme qui ne se trouve chez les poètes, les moralistes et les historiens du passé.

La chirurgie et l'astronomie ont progressé, mais le chirurgien et l'astronome ne sont pas différents de leurs homologues du siècle de Périclès. Les passions qui nourrissent le cœur humain, et qui ensuite le dévorent, sont immuables. Nous ne savons rien sur l'homme que ne savaient le Bouddha, Épicure et Jésus-Christ.

Prostitution

Dans les pays d'Asie soumis au capitalisme libéral, l'exotisme qui attire les touristes est celui du sexe. La douceur de vivre, la licéité de plaisirs ailleurs interdits, l'attrait d'une jeunesse que la pauvreté contraint à l'amour mercenaire, voilà ce qui pousse tant d'Occidentaux à s'envoler vers la Thaïlande, Ceylan ou les Philippines. Est-ce un bien ? Est-ce un mal ? Hobbes dirait qu'il n'est pas possible de répondre à de telles questions. L'homme n'est pas spontanément l'animal civique, *zoon politikon,* qu'imaginait Aristote, et dans une société fondée sur le pouvoir de l'argent la devise qui règle la vie des citoyens est « Chacun pour soi ». Les filles et les garçons qui, à Bangkok, à Colombo ou à Manille, se prostituent aux riches étrangers, y prennent rarement un vrai plaisir;

mais ils préfèrent cela à travailler douze heures par jour dans des rizières ou des plantations de canne à sucre.

Seigneur, délivre-nous du mal! Je veux dire : Seigneur, délivre-nous des jugements moraux!

Public

L'écrivain est l'homme du stylo et de la page blanche; donc, de la solitude. Il n'y a pas d'acte plus solitaire que l'écriture. Aussi est-ce une curieuse idée que d'inviter un écrivain à prendre la parole devant un auditoire; mais c'est une idée à la mode, toute-puissante. Écrire nos livres ne suffit, paraît-il, plus. Nous devons aussi les commenter, les défendre sous les caméras et derrière les micros; nous ne pouvons plus échapper aux contraignantes illusions du vedettariat; nous sommes condamnés à l'histrionisme.

Parler en public, c'est quitter sa tour d'ivoire, affronter les autres, oser être fraternel, partager. Certes, publier un livre est aussi un partage. Mais celui-ci est plus manifeste lors d'une causerie où il nous est donné de voir nos lectrices et nos lecteurs, de nouer avec eux un lien immédiat. Lors d'une causerie, ou même d'une simple signature : chaque année, le Salon du Livre est pour moi l'occasion de rencontres qui d'aventure deviennent des amitiés, parfois des amours. C'est un des charmes de ce métier, et un de ses risques.

Publication

Chaque fois que je publie un livre, je passe aux aveux; je fournis à l'accusation les pièces du dossier.

Putain

La libération n'est pas l'abandon aux pulsions chaotiques du corps et de l'esprit, mais leur maîtrise. Être un homme libre n'est pas être un homme à quatre pattes, mais être un homme debout. Ce qui nous libère est ce qui nous unifie, et non ce qui nous morcelle. Lorsqu'un homme au tempérament donjuanesque fait par amour-passion l'expérience de la fidélité, il éprouve une exquise sensation de délivrance : délivrance du mensonge, délivrance de la division, délivrance des démons qui le retenaient prisonnier.

Aujourd'hui, pour beaucoup d'hommes, la libération, c'est la partouze; et une femme libérée, c'est une femme facile, une Marie-couche-toi-là. Parce qu'ils se savent incapables de charmer les jeunes personnes, d'opérer la divine alchimie de la séduction, où l'indifférence se métamorphose en tendresse et l'hostilité en désir, ces types rêvent de femmes qui se déshabilleraient sur un claquement de doigts. Autrefois, il y avait les putains; à présent, il y a les femmes libérées. Aux yeux de tels hommes, une femme libérée est une putain qu'ils ne payent pas.

Que certains hommes se satisfassent de cette caricature de la libération est compréhensible; ce qui en revanche ne l'est pas, c'est que des femmes y prêtent la main. Je savais les femmes volontiers misogynes. Il me restait à apprendre qu'elles sont aussi masochistes. Le « Je suis putain et fière de l'être » ne relève pas de la liberté, mais de la haine de soi. Or cette haine de soi est le sentiment qui m'est le plus étranger. Moi aussi, mon besoin de conquêtes toujours renouvelées a longtemps fait de moi un Gabriel-couche-toi-là et, en quelque sorte, la putain de mes jeunes amoureuses. Mais moi, je n'en étais pas fier.

Q

Quête

Selon l'apôtre des Gaules, Irénée de Lyon, le propre de l'Esprit Saint est d'être *semper juvenescens :* toujours printanier, adolescent, apte au renouveau. Un écrivain, s'il veut rester fidèle à cette vocation subversive du *Logos,* doit refuser le rôle de fonctionnaire de la pensée que lui offrent l'État, l'Église, l'Université, les coteries, les idéologues, les partisans; il doit rejeter d'une main légère le confort des certitudes. Jusqu'à son dernier souffle, il sera en quête.

Nous sommes des pèlerins de l'absolu. Nous réclamons le droit à l'erreur, à la contradiction, à la métamorphose. Nous ne sommes pas des monolithes, nous sommes des vivants. Nous ne nous laisserons pas pétrifier par la Gorgone.

R

Recul

En 1884, Nietzsche, jetant un regard sur le siècle à venir, prophétisait : « La civilisation n'est qu'une mince pellicule au-dessus d'un chaos brûlant... Le barbare va bientôt s'affirmer en chacun de nous, le fauve aussi. »

Les prédictions de Nietzsche sont volontiers extravagantes. En voilà néanmoins une qui ne manquait pas de justesse. Non seulement les mœurs n'ont pas progressé, mais elles sont partout en régression. Le cynisme, la brutalité, l'esclavage conquièrent la planète. Les totalitarismes d'aujourd'hui nous font regretter les despotes de jadis : de Frédéric II de Prusse à Hitler, d'Alexandre Ier de Russie à Staline, l'humanité ne monte pas, elle descend.

Pour mesurer ce recul de la morale politique, il n'est que de considérer la place qui est faite à Rousseau. L'auteur du *Contrat social* a toujours eu des adversaires, mais ceux-ci étaient à la mesure de l'influence souveraine qu'il exerçait sur les esprits : Schopenhauer, qui n'était pourtant pas de ses disciples et lui préférait Voltaire, saluait en lui « le plus grand des moralistes modernes ». Durant des lustres, de Goethe à Tolstoï, l'Europe entière a partagé ce sentiment. De nos jours, le rousseauisme n'est plus qu'une vieillerie hors d'usage, un terme péjoratif, un synonyme d'utopie niaise. Lorsqu'un orateur veut déconsidérer le combat pour la défense de la nature, il ne manque pas de lancer avec mépris, comme s'il s'agissait d'une maladie honteuse : « C'est du rousseauisme. »

Récupération

Dans un livre consacré à Élisabeth Förster-Nietzsche, j'ai vu deux photos extraordinaires : l'une représente la vieille dame à la porte des Archives Nietzsche, à Weimar, accueillant le « merveilleux chancelier » Adolf Hitler, qui lui serre les mains avec une respectueuse effusion; l'autre, « notre Führer vénéré » qui, à l'intérieur de la maison, prend la pose devant le buste de Nietzsche.

Littré donne *récupérer* pour un synonyme de *recouvrer,* qui signifie rentrer en possession de ce qu'on a perdu. Nietzsche n'était pas un enfant perdu de l'impérialisme germanique, et se réclamer d'un écrivain qui n'a jamais manqué une occasion de railler les nationalistes bismarckiens et les antisémites, était assurément de la part des nazis une récupération abusive.

On m'opposera certaines pages de Nietzsche, dans *la Généalogie de la morale* par exemple, où les hitlériens pouvaient de bonne foi se reconnaître. Et l'admiration que, dès sa jeunesse, Mussolini témoignait à Nietzsche, était d'évidence sincère, dépourvue de calcul.

Il s'agit néanmoins d'un malentendu. L'univers de Nietzsche est celui d'un artiste, et non d'un législateur. Nietzsche, c'est une sensibilité soutenue par une écriture; ce n'est pas un programme de gouvernement. Prétendre fonder un État, avec ses frontières, ses chefs, son armée, ses lois, à partir des chimères lyriques de Nietzsche est une illusion. Sancho Pança peut à la rigueur gouverner l'île de Barataria; mais Don Quichotte, lui, ne le peut en aucun cas. Élisabeth Förster-Nietzsche affirmait que, s'il l'avait connu, son frère aurait été « enchanté » *(sic)* par son disciple Adolf Hitler. Qu'il me soit permis d'en douter.

Cela dit, que doit souhaiter un écrivain ? Ne pas être récupéré et demeurer dans l'oubli ou être récupéré et devenir célèbre ? A la veille d'être terrassé par la syphilis, Nietzsche avait quarante-quatre ans. Auteur d'une quinzaine de livres, il était totalement méconnu de ses contemporains, et si une histoire de la philosophie allemande avait paru cette année-là, son nom n'y aurait pas été cité. Comme jadis son maître Schopenhauer, il avait le sentiment d'être victime d'une conspiration du silence. Ils n'avaient d'ailleurs, l'un et l'autre, pas tort de le croire. Malheur à celui qui ne joue pas le jeu! malheur au cavalier solitaire!

Grâce à la sœur ambitieuse, aux disciples abusifs, au détournement de l'œuvre, aux contresens multiples, Nietzsche n'a jamais cessé depuis son effondrement d'être réédité, soutenu, poussé, utilisé, célébré. Aussi est-il instructif de comparer la gloire immense dont il jouit à l'oubli absolu où a sombré celui que Berdiaeff a appelé le Nietzsche russe : Constantin Léontieff. Qui de nos jours lit Léontieff ? Qui connaît son nom ? En Union soviétique, son œuvre, fondée sur une conception religieuse, esthétique et aristocratique de l'existence, est interdite; et en Europe occidentale, les éditeurs ne s'intéressent pas à cet écrivain singulier, à ce précurseur de Nietzsche, à cette figure marquante du XIXe siècle russe.

J'ai évoqué Schopenhauer. Pourquoi est-il si peu lu de nos jours ? Parce qu'il n'est pas récupérable. Même les bouddhistes, qui devraient le vénérer, le tiennent à distance. Ainsi que l'ont prouvé les jeunes hitlériens qui avaient fait de *Zarathoustra* leur bible, Nietzsche donne parfois à des lecteurs hâtifs le sentiment d'être idéologiquement utilisable. Schopenhauer ne se prête pas à de pareilles entreprises, et il le paye cher. Certes, toute récupération est déplaisante. Mais aux antipodes de la récupération, il y a l'indifférence, le silence et l'oubli. Est-ce mieux?

Réincarnation

Antoine se prenait volontiers pour une réincarnation de Dionysos. Casanova qui en disciple d'Épicure et en lecteur d'Horace était beaucoup trop lucide pour croire être quelqu'un d'autre que lui-même, s'est contenté de vivre la plus dionysiaque des vies, puis, devenu vieux, de raconter cette vie dans un livre qui allait le rendre immortel. Destin exemplaire pour ceux d'entre nous qui, se souciant peu d'être des rats de cabinet, vivons impétueusement nos passions contradictoires, et nourrissons nos livres de notre vie. L'incarnation, c'est le verbe qui se fait chair; et la chair qui se transmue en écriture, telle est la véritable réincarnation.

Réminiscence

On n'a pas toujours l'âge de ses expériences, et ce n'est parfois que plusieurs années plus tard que nous saisissons l'importance d'une rencontre. Quand le film d'Orson Welles, *Monsieur Arkadin,* est sorti pendant la guerre d'Algérie, je n'ai pas compris pourquoi il me bouleversait tant; j'étais trop jeune pour savoir qu'il me parlait de moi.

Grégoire Arkadin me fascinait, car je me reconnaissais dans ce Sardanapale amnésique qui confie à un escroc le soin d'enquêter sur son passé; mais sans discerner les motifs de cette fascination et de cette reconnaissance. A l'âge qui était alors le mien, je n'avais pas de cadavres dans mon placard; je n'avais ni remords, ni inguérissables blessures. Mon âme était vierge. Devant moi s'étendait le champ merveilleux du possible.

Van Stratten, l'enquêteur choisi par Arkadin, est un type vulgaire, un arriviste, un minable, mais cela est sans importance. De même que, selon saint Thomas, les sacrements célébrés par un prêtre indigne demeurent valides, de même l'insignifiant Van Stratten est l'outil grâce auquel Grégoire Arkadin parvient à remonter à la surface des eaux du Léthé son passé englouti, tel un romancier qui, en utilisant ses carnets anciens, de vieilles lettres d'amour et des photos jaunies, écrit le roman qui sera à la fois le couronnement de son œuvre et sa délivrance.

Délivrance, voici notre sésame. C'est pour en être délivré que Grégoire Arkadin veut retrouver les gens qui ont peuplé son passé nébuleux; et c'est aussi pour en être délivré que le romancier métamorphose en personnage de roman une femme qu'il a aimée passionnément, la fixant ainsi pour l'éternité. A dix-neuf ans, je ne voyais pas le caractère profondément *romanesque* de la démarche d'Arkadin, qui se sert de Van Stratten comme moi de mon stylo : aujourd'hui, je le vois et comprends que c'était ce qui, en 1955, prémonitoirement, captivait le futur auteur de *Ivre du vin perdu.*

Ce n'est pas l'oubli qui délivre, c'est la réminiscence. Vouloir tourner la page, prétendre repartir de zéro, est le plus sot des désirs, et la plus vaine des illusions. Nous n'effaçons jamais rien. Nos actes nous suivent, et nos amours, et nos crimes. C'est la mémoire qui constitue notre identité, et non l'amnésie. Pour un artiste, et dût-il finalement, comme Arkadin, en mourir, l'unique voie de son accomplissement est la perfection du souvenir.

Remords

L'écrivain est, par excellence, l'homme de la nostalgie, de la mémoire. Et il n'y a pas de nostalgie sans un zeste de remords, ce terreau privilégié de la création. Ce n'est pas avec notre bonne conscience que nous écrivons nos livres, mais avec nos hontes, nos regrets, nos spectres inexorcisables.

Rencontre

« L'Éveillé, dit un texte bouddhique cité par Évola, est paix à lui-même et il porte la paix au monde entier. » Quelques siècles plus tard, saint Séraphim de Sarov dira semblablement : « Acquiers la paix intérieure, et des milliers autour de toi trouveront le salut. » Cela est juste, si on l'entend comme une critique de l'activisme et un éloge de la contemplation. C'est faux, si cela signifie qu'un être de lumière rend nécessairement lumineux celles et ceux qui s'approchent de lui.

Que le Bouddha et Séraphim de Sarov aient nourri une telle illusion s'explique par leur inépuisable bienveillance; mais ce n'est qu'une généreuse chimère. La supériorité, qu'elle soit celle du cœur, de l'intelligence, de la beauté ou du talent, loin d'entraîner l'adhésion, suscite l'antipathie, voire la haine. Un saint, un grand écrivain, un musicien de génie, dès qu'ils se manifestent, sont attaqués et calomniés. Qu'une flamme brille dans la nuit, et aussitôt les médiocres s'unissent pour tâcher de l'éteindre. Jusqu'à la fin des temps il y aura des crachats sur la face du Christ.

La méchanceté jalouse n'est cependant pas l'unique ressort de cette incompréhension. Dans *Rousseau juge de Jean-Jacques,* Rousseau déplore que ses adversaires lui fassent dire *noir,* quand il a écrit *blanc.* C'est une remarque que les artistes ont souvent l'occasion de formuler. Tel écrivain qui écrit avec le sang de son cœur, est accusé de faire de la rhétorique; tel peintre dont l'œuvre exprime la brûlante densité de son existence, est critiqué pour son manque de sentiment tragique de la vie. Oui, c'est le blanc qui est noir. Mais, contrairement à ce que semble croire Rousseau, la mauvaise foi et le désir de nuire ne rendent pas compte de tout. Les gens qui font sur une œuvre les plus agressifs contresens les font souvent de bonne foi.

La communication d'un homme avec une œuvre n'est pas immanquable; elle ne coule pas de source. Dans la préface du *Défi,* j'écris qu'un livre finit toujours par rencontrer celles et ceux auxquels il est destiné. C'est exact, mais il y a aussi ceux et celles dont le destin est de ne pas le rencontrer. Découvrir une œuvre est un événement comparable à un rendez-vous amoureux : il y faut des affinités électives. Telle femme dont je suis fou laisse indifférents d'autres hommes; tel auteur dont les écrits ont bouleversé l'existence de certains êtres, ne provoque chez d'autres que l'hostilité et l'irritation. Si universelle qu'elle puisse être, une œuvre n'est pas destinée à tout le monde : Tolstoï tenait la musique de Beethoven pour « factice » et « inepte »; Dante donnait de l'urticaire à Gombrowicz.

Aussi faut-il conseiller au public de ne pas souffrir inutilement avec des auteurs dont la sensibilité lui est étrangère. La place qu'occupe un écrivain sur les rayons d'une librairie est extrêmement réduite par comparaison à l'ensemble de ce qui est publié : il est donc facile de l'ignorer pour se consacrer à ce qui n'est pas lui. Plutôt que de dire du mal de ceux qu'ils n'aiment pas, les gens feraient mieux de dire du bien de ceux qu'ils aiment; aux lettres et aux articles de dénigrement, ils devraient substituer les articles et les lettres d'enthousiasme. C'est si agréable, d'admirer ! c'est si bon, d'aimer ! En vérité, les méchants ne savent pas ce qu'ils perdent.

Répétition

Les mots et les gestes de l'amour sont limités. C'est pourquoi un journal intime érotique risque de paraître vite répétitif à ses lecteurs, et de donner le sentiment – je cite l'article d'un zoïle sur mon *Galop d'enfer* – « d'un morne ressassement, d'une répétition monomaniaque ». Soit, mais la vie elle-même est un refrain, et chez Lucrèce la Nature avertit ainsi l'homme :

Nam tibi praeterea quod machiner inveniamque,
Quod placeat, nihil est : eadem sunt omnia semper,

« Car imaginer désormais quelque invention nouvelle pour te plaire, je ne le puis : les choses sont toujours les mêmes » (III, 944-945).

Dans l'existence, *eadem sunt omnia semper,* tout est rengaine, et pas seulement la vie galante. Le journal intime d'un moine qui consignerait le détail quotidien de ses gestes liturgiques et de ses émotions religieuses, celui d'un gourmet qui noterait inlassablement les plats qu'il déguste, les vins qu'il boit et les recettes de cuisine qu'il découvre, risqueraient eux aussi d'ennuyer, d'irriter, d'être tenus pour une « répétition monomaniaque ».

Cela dit,

1° Le gourmet, le moine, l'amoureux sont, grâce à Dieu, libres de noter dans leurs carnets intimes ce qu'ils ont envie de noter, ce qui les captive, ce qui est pour eux l'essentiel, l'*unum necessarium,* ils en sont les uniques juges, et sur ce point ils récusent avec un haussement d'épaules les conseils de la critique, incongrus et ridicules.

2° Les généralités sur l'érotisme, la cuisine ou la mystique n'ont qu'un intérêt médiocre. C'est l'expérience vécue qui importe. « Ne peut parler de Dieu que celui qui l'a vu », ne cessent de répéter les pères de l'Église (qui, eux aussi, soit dit par parenthèse, se répètent beaucoup). Que ce soit au lit, à table ou à l'autel, seules les aventures particulières ont une chance d'atteindre à l'universel.

3° Enfin et surtout, un écrivain, c'est une écriture. Ce qui justifie un journal intime, c'est le talent de son auteur, son style, la flamme qui éclaire les mots et brûle l'âme de ceux qui les lisent.

Résurrection

Au IIe siècle, l'évêque Méliton de Sardes proposait, dans son *Homélie pascale,* cette étrange définition de Pâques : « Qu'est-ce que la Pâque ? Son nom découle de l'événement. C'est de pâtir que vient la Pâque. Sachez qui pâtit, et qui compatit à l'être qui pâtit et pourquoi le Seigneur est présent sur la terre. » Je laisse aux philologues la tâche de dire la justesse ou l'inexactitude des intuitions étymologiques de Méliton de Sardes. A mes yeux, ce qui compte, c'est leur beauté poétique et spirituelle. Je fais, paraît-il, figure de dinosaure, parce que j'aime me référer à de vieilles barbes, païennes ou chrétiennes, dont personne ne sait plus les noms. Méliton de Sardes, je vous demande un peu ! N'en déplaise aux donneurs de leçons (la seule catégorie sociale qui, en France, ne s'inscrive jamais au chômage), la résurrection, c'est d'abord ceci : que quelqu'un, deux ans, deux cents ans ou deux mille ans après votre mort, trouve sur le rayon poudreux d'une bibliothèque un de vos livres oubliés, qu'il l'ouvre au hasard, en lise quelques lignes, et entende un démon lui murmurer : « Prends ce livre, il est pour toi, c'est pour toi qu'il a été écrit. »

La résurrection par l'écriture m'est apparue des années avant que je ne publie mon premier livre, lors d'un cours sur Flaubert. J'étais arrivé en retard, et le professeur parlait d'une femme, Élisa Schlésinger, dont j'entendais le nom pour la première fois. Ce jour-là, il ne fut question que de cette inconnue. Sa naissance à Vernon en 1810, son premier mariage, son séjour à Trouville en 1836, son départ pour l'Allemagne en 1852, ses enfants, et jusqu'au nom de son gendre, la vie entière d'Élisa Schlésinger, ses goûts, son visage, resurgissaient dans cet amphithéâtre de la Sorbonne.

Pourquoi diable Mme Schlésinger, qui n'était rien, suscitait-elle, un siècle après sa mort, tant d'intérêt? Pourquoi des érudits lui avaient-ils consacré des livres? Pour cette simple raison que Flaubert l'a aimée. Observez que l'on n'est même pas certain qu'ils aient été amants : les spécialistes sont divisés sur ce point. Ce qui est sûr, c'est que Mme Schlésinger a inspiré à Flaubert le personnage de Mme Arnoux, dans *l'Éducation sentimentale.* Cela suffit à la rendre immortelle.

La vraie résurrection des morts, ce sont cet échange de la mort et de la vie, cette victoire de l'amour sur le néant; ce sont ces instants fugaces de bonheur, de plaisir, de souffrance, que l'artiste arrache à l'oubli pour jamais. Cette résurrection par la beauté ne préjuge en rien de l'existence de celle qui nous est promise par le Christ. L'une et l'autre ne sont pas antinomiques : au contraire, elles se complètent. Et il n'est pas nécessaire d'être chrétien pour avoir soif d'éternité; il suffit d'être un artiste et un amant :

Alors, ô ma beauté, dites à la vermine
Qui vous mangera de baisers
Que j'ai gardé la forme et l'essence divine
De mes amours décomposés.

Révolution

Parler d'une théologie de la révolution est une sorte de pléonasme. Hitler ne s'y est pas trompé, qui confondait dans une même exécration Jésus et Trotsky, « les deux agitateurs juifs ». Berdiaeff non plus, quand il écrivait que les pères de l'Église ont été les communistes de leur temps. Contre l'ordre athénien et romain, l'Évangile figure la subversion. Le *Magnificat,* comme les *Béatitudes,* est un pied de nez clownesque à la sagesse des adultes et à la raison des hommes : « Il a renversé les puissants de leurs trônes et élevé les humbles... », « Bienheureux ceux qui sont affamés et altérés de justice... » Sans doute est-ce cela qu'on appelle la théologie de la libération. En tout cas, c'est le monde à l'envers. Jésus aurait eu une très mauvaise note à l'agrégation de philosophie.

S

Sacrifice

« Si seulement nous pouvions tomber telles les fleurs du cerisier au printemps, si pures, si lumineuses », écrivait dans une lettre à sa fiancée un kamikaze de vingt-deux ans, la veille de sa mort au combat.

Les kamikazes ne parlent jamais du sacrifice qu'ils s'apprêtent à faire de leur vie comme d'un suicide, et pourtant c'est bien d'un suicide qu'il s'agit, de même que dans les premiers siècles de l'ère chrétienne les baptisés qui allaient délibérément à la mort, et qui souvent la provoquaient en confessant, au plus vif des persécutions, leur foi en Christ, commettaient eux aussi un suicide sacrificiel, un suicide d'accomplissement.

Salarié

Chaque fois que j'allume la radio, j'entends un syndicaliste ou un politicien parler du « pouvoir d'achat des salariés ». Cette formule rituelle m'épate toujours, et excite ma jalousie, car n'ayant jamais été salarié de ma vie, n'ayant pas la moindre idée de ce qu'est un salaire, je déplore que personne ne s'intéresse à mon cas. Je rêve du bon samaritain qui lancera une campagne en faveur du pouvoir d'achat des non-salariés.

Salut

Nos passions nous perdent; mais elles sont également ce qui nous sauve. C'est à Venise que Byron s'est furieusement livré au libertinage; mais c'est aussi à Venise qu'il a écrit ses livres les plus accomplis; c'est à Venise qu'il a connu la jeune femme qui allait le fixer, le réformer; qui, dans les ultimes années de sa vie, lui a apporté la paix, le bonheur; qui, après qu'il est mort, a en grande prêtresse du culte byronien défendu son œuvre, sa mémoire, avec une opiniâtreté tranquille qui balance heureusement les trahisons de tant d'autres. Byron à Venise? Les « débauches » sans doute, pour parler comme les pharisiens; mais aussi, mais surtout, *Manfred, Don Juan,* le dernier chant de *Childe Harold* et les premiers baisers de Teresa Guiccioli.

Scepticisme

On parle toujours de Platon, de Kant, de Hegel, de Marx. On ne parle pas assez de Pyrrhon et de Sextus Empiricus. Depuis mon adolescence je me nourris de l'enseignement sceptique, et je m'en trouve bien. Le pyrrhonisme m'a, dès l'âge des *praetextati mores,* délivré des illusions lyriques. Il m'a ouvert les yeux sur l'horreur, et m'a appris à ne pas m'en émouvoir.

Pyrrhon est, comme Épicure, un maître qui nous durcit, et nous libère.

« Qu'on ne se laisse point égarer : les grands esprits sont des sceptiques. Zarathoustra est un sceptique. Les convictions sont des prisons » (Nietzsche, *l'Antéchrist,* chap. 54).

De tout temps, les sceptiques ont été peu nombreux,

observe Brochard. Comment pourrait-il en être autrement? La démagogie n'est pas sceptique, elle est dogmatique, et les masses réclament à leurs chefs des raisons de croire, non des raisons de douter. Le pyrrhonisme sera toujours le privilège d'un petit nombre d'hommes. Et pourtant, l'approche apophatique des sceptiques, justement notée par Nicolas de Cuse, s'ouvre sur les quêtes les plus libres, les plus diverses. Une des dernières conversations que j'ai eues avec Jean Grenier portait sur les rapports de l'*époché* pyrrhonienne et de la théologie négative de Denys l'Aréopagite.

De même que Lucrèce stylise Épicure, Cicéron stylise les pyrrhoniens. Notre tâche est peut-être de leur rendre leur dimension subversive et infinie.

Science-fiction

Aimer quelqu'un de très différent de soi par l'âge, ou par le sexe, ou par l'un et l'autre conjugués, c'est passer de l'autre côté du miroir. Ainsi, pour moi, la rencontre d'une adolescente, cette aventure hiérophanique.

Les êtres extraordinaires qu'on voit dans les films d'anticipation n'ont qu'un médiocre intérêt. Ce n'est pas la fiction qui est fantastique, c'est la réalité. En 1873, Dostoïevski déclarait à une jeune fille désireuse d'écrire : « Voici mon précepte imprescriptible : n'inventez jamais d'histoires ni d'intrigues. Prenez ce que vous donne la vie. La vie est infiniment plus riche que nos inventions. »

Je donne toute la littérature fantastique du monde pour une lettre d'amour d'une lycéenne. C'est la lycéenne, et non la science-fiction, qui me permet d'échapper à la pesanteur, à la prudence, et de pénétrer au risque de me perdre, tel le Lapin Blanc de Lewis Carroll, dans le jardin enchanté d'Alice.

Septembre

Le 21 septembre 1972, dernier jour de l'été, Henry de Montherlant, à 15 h 59, se tirait une balle de revolver dans la bouche et, simultanément, pour être certain de ne pas se rater, croquait une ampoule de cyanure. Septembre 1972, mon Dieu, comme le temps passe! Cependant, chaque année, c'est le même mois de septembre, mélancolique, oppressant, avec ses nuits qui s'augmentent, les grilles du Luxembourg qui jour après jour se ferment plus tôt, et ses malheurs qui surgissent sans bruit. Septembre est le mois de la mort, ce soleil pâle. En septembre, les époux divorcent et les amants rompent. L'été, saison fatale aux amours. Seigneur, qu'avons-nous fait de nos couronnes nuptiales?

Septembre est le mois où les choses finissent. Il est aussi celui des commencements : la rentrée scolaire, le début de l'année liturgique. A chaque office, l'Église prie pour les morts, et cette mémoire des morts est ce qu'il y a de plus important dans la religion qui, étymologiquement, est ce qui nous relie à Dieu et aux êtres créés. La mort communique à la vie, la vie à la mort, et le râle de l'agonisant se mêle au cri primal du nouveau-né.

Silence

Enfin, arrive l'instant où nous devons cesser d'écrire et de parler. L'unique nécessaire est au-delà des mots. Ce n'est qu'au cœur du plus profond silence que nous découvrons la clef de l'énigme, et la réponse à toutes choses. Les moines le savent, et les amants.

Sobriété

L'éloignement de Saint-Simon pour Fénelon a une double signification : d'une part, il exprime les réticences qu'un écrivain qui écrit avec du feu éprouve à l'endroit d'un auteur qui écrit avec du sucre de canne; d'autre part, il manifeste l'influence des jansénistes et de Rancé qui ont communiqué à notre duc le dégoût des effusions mystiques vagues, du « christianisme à l'eau de rose » (selon la formule de Constantin Léontieff), et au contraire lui ont donné l'amour de la sobriété spirituelle, de cette *nepsis* qui est la pierre angulaire de toute la tradition patristique de l'Église d'Orient – tradition avec laquelle Port-Royal et la Trappe ont, au XVIIe siècle, si puissamment renoué.

Solitude (1)

Les habituelles tartines sur la « convivialité » m'ennuient. Ce n'est pas à vivre avec les autres qu'il importe d'apprendre aux adolescents, mais à oser être seuls. Supporter la compagnie des imbéciles et des salauds est certes une rude tâche, mais la famille et le lycée nous y préparent suffisamment. Personne, en revanche, ne nous enseigne à aimer la solitude. Celle-ci est pourtant le destin des âmes extraordinaires. Être *singulier* signifie être différent et être seul. Nous devons le savoir, et l'accepter.

Il ne faut pas craindre d'être schismatique. Demain, nous serons morts. Quel besoin avons-nous de l'approbation du monde? Le temps, le très court temps qu'il nous est donné de vivre, vivons-le de manière *inimitable.*

Solitude (2)

« De la gloire pour se faire aimer », disait Chateaubriand. Soit, mais à condition de savoir que la gloire et l'amour ne sont que d'agréables chimères. La vérité, c'est l'indifférence des êtres pour les êtres. Les gens se passent admirablement de nous, de nos livres, de notre voix, de notre visage. Nous vivons seuls, et un jour nous mourrons seuls. Enfin, ce sera le silence.

Souffrance (1)

Une des nouveautés du christianisme est la foi en la fécondité de la souffrance. Pour le sage païen, la souffrance est soit un mal, soit une épreuve qu'il convient de supporter avec *andréia,* mais elle est toujours une réalité négative. Pour le chrétien, la souffrance est la clef du paradis.

Souffrance (2)

Quand Mérejkovski, alors âgé de quinze ans, est venu demander des conseils littéraires à Dostoïevski, celui-ci lui a répondu : « Mon enfant, pour écrire il faut souffrir, souffrir beaucoup. » Ce n'était pas une apologie du dolorisme mièvre, mais celle du sens tragique de la vie. Toute épreuve, à condition qu'elle ne nous tue pas, approfondit notre sensibilité, notre perception des êtres et des choses.

La différence entre la douleur physique et les souffrances d'amour est que celle-là est monotone, répétitive, au lieu que celles-ci ont une saveur toujours variée. Les coliques néphrétiques dont je puis être victime aujourd'hui ressemblent désespérément à celles que j'ai décrites dans *Nous n'irons plus au Luxembourg.* Il n'en va pas de même pour mes crises amoureuses. Quand j'ai rompu avec Tatiana, ce fut non seulement une rupture avec la femme que j'aimais, mais aussi la rupture avec mon Église (dont j'étais jusqu'à mon divorce un fidèle très engagé, un militant), avec mes illusions lyriques sur le couple chrétien, avec le milieu bon genre et bien pensant qui était le mien. Tout s'écroulait à la fois. La souffrance provoquée par ma rupture avec Francesca fut fort différente : ce fut une douleur fondée sur la nostalgie érotique, sur la nostalgie de l'amour-passion. Dans l'un et l'autre cas, j'ai vécu ma décision de rompre (car dans les deux cas c'est moi qui ai rompu) comme un exil du paradis, mais avec Tatiana, c'était un paradis métaphysique, et avec Francesca un paradis physique. Ma rupture avec Tatiana, c'est l'icône brisée; ma rupture avec Francesca, c'est le « Je l'ai tuée, ma Carmen adorée! »

J'ai vécu mon divorce comme un échec ontologique et social. Francesca, elle, c'était la passion sensuelle, sexuelle, sentimentale, dans l'absolu. C'était elle et moi, sans rien derrière. Nous étions seuls au monde, nous nous dévorions l'un l'autre et nous savions l'un et l'autre que nous finirions dans les flammes.

Soufre

La première fois que Paul Morand se présenta à l'Académie, ses adversaires soulignèrent en rouge et donnèrent à lire au cardinal Grente les pages licencieuses de *Hécate et ses chiens,* afin que le chef du parti catholique sous la Coupole sût quel auteur immoral, scandaleux, osait espérer sa voix. Quand je lis les *Confessions* de saint Augustin, je me dis que s'il y avait eu une Académie au IVe siècle, ce ne sont pas les pages à souligner au crayon rouge qui auraient manqué. Augustin a été bien avisé d'attendre d'être évêque pour publier son autobiographie. Paru durant sa prêtrise, ce livre trop angélique pour n'être pas sulfureux lui aurait coûté son épiscopat.

Un auteur chrétien qui publie ses *Confessions,* ou ses *Mémoires,* ou son *Journal intime,* ou un roman autobiographique, s'il y décrit la débauche avec sensualité et cynisme, ne le fait, à l'en croire, que pour donner à ses lecteurs (et à ses lectrices) l'horreur du péché. On ne l'en soupçonne pas moins de complaisance envers soi-même et envers les turpitudes dont il trace un portrait si séduisant. Mettre son cœur et sa vie à nu, fût-ce en confession, est suspect, surtout lorsque la confession est tirée à plusieurs milliers d'exemplaires. Il est de bon ton de parler de la sévérité de l'Église. Moi, je m'émerveille plutôt de sa bénignité. Canoniser Augustin! Il fallait le faire! Et c'est encore plus chic que l'Académie française : la sainteté, c'est le quai Conti du paradis.

Tout le monde n'a pas été dupe de ce brevet de sainteté. Le père Lachaise, confesseur de Louis XIV, faisait observer un jour au petit duc d'Anjou, futur roi Philippe V d'Espagne : « Il faut convenir que saint Augustin doit être lu avec précaution. » A la même époque, le père Rapin, le fameux adversaire de Port-Royal, n'hésitait pas à parler du caractère *aventureux* de la doctrine d'Augustin qui, disait-il, « avait le génie trop vaste pour être fort exact ». Deux siècles plus tard, Lacordaire affirmait que sur bien des points le grand docteur, tout grand qu'il était, avait poussé à l'extrême et avait sans doute erré.

Cette formule est belle, et d'une justesse émouvante. Plus un écrivain est grand, et plus il est appelé à errer. Un tempérament original et passionné, s'il a en outre le don de l'écriture, ne sera jamais un sujet académique : il y a dans ses livres trop de pages à souligner à l'encre rouge. Chez Augustin, comme chez Baudelaire ou Dostoïevski, comme chez tout grand artiste d'inspiration chrétienne, ce n'est pas l'encens qui nous enivre, c'est le soufre.

Source

Je suis parmi les écrivains de ma génération un de ceux que le *Mare nostrum* aura le plus inspirés, et qui l'auront le plus aimé. Si depuis 1978 je le délaisse et lui préfère la lointaine Asie, c'est pour les raisons que j'ai notées dans *Un galop d'enfer.* Cette désaffection n'est cependant pas une rupture, mais un ressourcement, car les sources les plus précieuses de notre civilisation méditerranéenne sont asiatiques. Je l'ai déjà observé à l'article *Orient,* Cybèle, mère des dieux, est née en Asie, et Dionysos, et Mithra, et Jésus. L'Asie est notre patrie spirituelle, la terre de nos commencements, et sans doute de nos fins.

Spécialiste

Les écrivains sont souvent meilleurs juges, meilleurs peintres, meilleurs prophètes, que les universitaires, les politiciens ou les économistes : l'Italie de Stendhal, l'Égypte de Flaubert, le Maroc de Montherlant demeurent d'une vérité toujours vivante, mais ce que de leur temps ont écrit les prétendus spécialistes de ces pays est aujourd'hui caduc, illisible.

Sphinx

Les seules questions auxquelles l'homme ne peut échapper sont celle du mal et celle de la mort.

Le mal et la mort sont les deux visages du sphinx que nous ne cessons de questionner. Mais ce sphinx *bifrons* demeure éternellement silencieux, et c'est pourquoi nous osons proposer nous-mêmes ces fugitives réponses que sont nos livres et nos amours.

Survie

Qui a raison, la fleur du cerisier qui, lorsqu'elle se sent mourir, disperse ses pétales au vent, ou la rose qui, quand elle meurt, s'accroche désespérément à sa tige ? Je n'oserai affirmer qu'une amante qui se tue pour ne pas survivre à son amant est supérieure à celle qui, maîtrisant sa douleur, continue de vivre dans le souvenir de l'être aimé. Qui peut mesurer l'amour ? Je reste néanmoins fasciné par Henriette Vogel accompagnant Kleist dans la mort, ou par la jeune femme qui s'est tuée avec Stefan Zweig.

De toutes les preuves d'amour, le don de sa vie est la plus grande, assurément. Dans ma *Diététique,* j'ai parlé affectueusement de Teresa Guiccioli qui, elle, a survécu à son amant et que son dernier mari présentait toujours ainsi : « La marquise de Boissy, ma femme, ci-devant maîtresse de lord Byron. » Oui, c'est très bien, de survivre, et je ne jetterai certes pas la première pierre à la *contessina.* Mais enfin, il s'agit d'un degré inférieur de la passion, et d'une faute de goût. Quand on a aimé Byron, on ne lui survit pas pour épouser un sénateur.

Syncrétisme (1)

La richesse poétique du syncrétisme pagano-chrétien ne me fait pas oublier qu'il n'est aucune des valeurs constitutives de la civilisation antique qui ne soit condamnée par l'Église, et que les adeptes du « sophiste crucifié » (Lucien de Samosate) ont pris une part active à la chute de l'Empire romain. On ne peut concilier ce qui est inconciliable. *Christianiser* le paganisme gréco-latin, plonger dans les eaux baptismales Pythagore, Platon, Épicure et Sénèque est pour une âme telle que la mienne un exercice fort stimulant, mais l'opposition demeure irréductible entre Dionysos et le Crucifié, entre la religion qui est affirmation du vouloir-vivre et celle qui est négation de la vie, entre la pensée païenne qui tend à établir l'harmonie, la sagesse, la beauté et le bonheur sur la terre, et la pensée chrétienne tout eschatologique (« Seigneur, que ton règne arrive! ») et pleine de mépris pour le monde d'ici-bas.

Syncrétisme (2)

Le christianisme est la religion du Verbe qui s'est fait chair, et saint Irénée de Lyon écrit que le sang versé par le Christ a sacré la terre des hommes.

Inversement, la philosophie grecque s'éloigne volontiers de la terre, elle aime à se perdre dans les nuages. « La vision des choses célestes est à l'origine de la philosophie », affirme Platon dans *le Timée.* Aristophane s'est moqué de ce goût des jeux conceptuels, de cette perte du sens de l'incarnation.

Syncrétisme (3)

On peut se complaire à tracer entre les païens et les chrétiens un fossé infranchissable. Pour ma part, je suis comme les enfants : j'aime à sauter par-dessus les fossés. Voici un exemple, parmi cent autres. Quand Cicéron écrit dans *les Tusculanes :* « On ne doit point quitter la vie sans un ordre exprès de Dieu, qui a sur nous un pouvoir souverain », j'ai plaisir à rapprocher cette belle phrase de celle-ci, superbe, qui est de saint Thomas d'Aquin dans son traité *Des dix commandements :* « Il est défendu de tuer et de se tuer, si ce n'est sur l'ordre de Dieu ou sur l'inspiration du Saint-Esprit. »

Syncrétisme (4)

Le paganisme et le christianisme sont, pour « nous autres, bons Européens » (Nietzsche), des eaux mêlées. A l'époque de la Renaissance italienne, la redécouverte du monde antique est comme christianisée, baptisée par les artistes, dont les Vierges ressemblent à des Vénus, et les Vénus à des Vierges; qui pour peindre des anges font poser leurs gitons. Certes, l'Église a une lourde responsabilité dans la décomposition de la Rome païenne, mais il est vain, aujourd'hui, de ranimer cette vieille querelle. Les dieux de l'Olympe ne sont pas morts, puisqu'il y a toujours des hommes qui fleurissent leurs autels abandonnés. Pour moi, Vénus et Jésus-Christ ne cessent pas de se disputer mon cœur, et ils se le disputeront jusqu'à ma mort : tel Aramis dans *les Trois mousquetaires,* j'aurai toute ma vie balancé entre saint Jean Chrysostome et la belle duchesse de Chevreuse.

Ce contre quoi je m'insurge, c'est la fable selon laquelle certaines valeurs (la charité, la fraternité, la tendresse) étaient inconnues du paganisme gréco-romain et sont le privilège de la révélation chrétienne. Il suffit de lire Sénèque pour comprendre qu'il s'agit d'un mensonge. Et j'ai cité dans *le Carnet arabe* une lettre de l'empereur Julien (le grand Julien, dit l'Apostat) sur la consubstantialité de tous les êtres humains, dont la beauté ne le cède en rien à celle des Évangiles.

Syncrétisme (5)

Le christianisme n'est une aventure poétique et féconde que s'il est vécu comme un mystère qui récapitule, et non comme une doctrine qui exclut : la rédemption christique est une hiérophanie en laquelle s'accomplissent toutes celles qui l'ont précédée. Quand je prie Osiris ou Dionysos, quand j'étudie l'enseignement de Pythagore ou du Bouddha, j'aime à me figurer que, les uns et les autres, le Christ les résume et les exprime, décisivement. Tel n'est sans doute pas le christianisme qu'on enseigne dans les instituts de théologie, mais c'est le mien, et je n'en veux pas d'autre. C'est le seul qui m'émeuve, et me fasse rêver.

Syncrétisme (6)

Le successeur d'Héliogabale, Alexandre Sévère, avait un oratoire où, selon son historiographe Lampride, il priait devant les portraits d'Apollonius de Tyane, de Jésus-Christ, d'Orphée, d'Abraham « et d'autres dieux de ce genre-là ». Un des charmes *scandaleux* de la Rome païenne est cette tolérance, ce respect de l'autre, cette bienveillance envers les divinités et les cultures étrangères.

Celse, polémiste antichrétien du IIe siècle, s'attristait du monothéisme de l'Église et de son refus de sacrifier aux dieux de l'Empire. « Vous avez tort, écrivait-il, de ne pas vouloir célébrer le Soleil ou chanter un bel hymne en l'honneur de Minerve. Ce sont là des formes de piété, et il ne peut y avoir trop de piété. Vous admettez les anges; pourquoi n'admettez-vous pas les démons ou dieux secondaires ? » Aujourd'hui encore, nous sommes quelques-uns qui confessons un faible très vif pour les dieux secondaires...

Syncrétisme (7)

Lorsque saint Grégoire de Nysse écrit que « les affaires humaines ne sont que jeux d'enfants construisant des châteaux de sable qui seront bientôt effacés », il fait sien un thème stoïque, sublimement développé par Marc Aurèle. Pour l'empereur philosophe, le monde n'est qu'une illusion magique, et les passions humaines de vaines chimères. Notre expérience du réel n'est qu'un rêve, un délire. Tout n'est que « fumée et néant ». La terre n'est qu'une pointe d'aiguille sur la carte de l'univers, et les hommes des ombres fugitives.

Selon l'helléniste anglais Dodds, c'est par le truchement de Plotin que ce pessimisme stoïcien a été transmis à l'école néo-platonicienne, tant païenne que chrétienne. Dans *le Théétète,* Platon note que le monde sublunaire « est nécessairement hanté par le mal ». On trouve cette idée dans les Évangiles, et certains gnostiques aboutiront à une condamnation radicale du cosmos. La certitude chrétienne et gnostique que nous sommes des étrangers sur la terre (« N'aimez ni le monde ni les choses qui sont dans le monde ») n'est pas le privilège de l'Église naissante : chez les disciples de Platon, elle est un lieu commun, et Marc Aurèle, si soucieux qu'il soit de l'organisation de la cité et du bonheur des peuples, définit ainsi notre existence : « Un séjour passager sur une terre étrangère. »

Les stoïciens, Plotin, les sages indiens cités par Porphyre ne font pas de leur pessimisme un prétexte à l'inertie : ils enseignent que nous sommes sur terre pour coopérer avec Dieu à la révélation divine, et que notre existence humaine est un service public, une œuvre commune, une liturgie (*leitourgia* signifiant précisément en grec « service public »). Cette idée de la synergie théanthropique sera reprise par les pères de l'Église, et il est à cet égard significatif qu'Origène et Plotin aient eu le même maître : le philosophe païen Ammonius Sakkas qui donnait ses cours en la cosmopolite Alexandrie et dont Franz Cumont soutient qu'il fut l'introducteur parmi la pensée méditerranéenne des spéculations brahmaniques développées dans les Upanishads.

Syncrétisme (8)

Un hermétiste païen, l'auteur anonyme de la *Koré Kosmou,* explique que c'est l'impertinence de l'auto-affirmation de soi *(tolma)* qui constitue le péché des âmes. On retrouve cet enseignement pythagoricien chez les disciples du Crucifié, et quand saint Augustin écrit que « l'*audacia* sépare l'homme de Dieu », cette *audacia* est une traduction de *tolma.*

Syncrétisme (9)

Il y a des thèmes stoïques dans l'Évangile, et des échos évangéliques chez les stoïciens. L'amitié qui aurait uni Paul de Tarse et Sénèque est une légende, mais une légende qui mériterait d'être vraie. *Seneca saepe noster...*

Syncrétisme (10)

Sans doute peut-on opposer le chrétien agenouillé, prosterné au pied des autels, et le païen gréco-romain qui, lui, priait debout. Il y aurait néanmoins beaucoup à dire sur l'humilité chrétienne. La lecture des

Évangiles nous apprend que le Christ était le contraire d'un homme modeste. Le *Noli me tangere* est un mot d'une fierté et d'une insolence extrêmes. Les pères de l'Église, nourris de Platon et de Sénèque, ont été beaucoup plus qu'on ne le dit, les dépositaires de l'orgueil paisible de l'homme païen face au monde créé.

La cosmogonie que développe Cicéron dans *le Songe de Scipion* n'est assurément pas celle qu'enseigne l'Église, mais je trouve du charme à l'une et à l'autre. La poésie des dogmes importe plus que les dogmes eux-mêmes : quand ceux-ci se révèlent être faux, la poésie demeure.

Syncrétisme (11)

Je ne partage pas le sentiment de Louis Rougier qui oppose la vie païenne, « vie de forum, de théâtre, de gymnase et de camp », à la vie chrétienne, « vie isolée, aimant l'ombre », qui « trouve sa commodité dans la clôture, l'oraison et l'ascèse ». En premier lieu, il est étrange de prétendre opposer la gymnastique à l'ascèse, qui signifient exactement la même chose, *ascesis.* D'autre part, c'est chez les païens, un Cicéron, un Lucrèce, un Horace, que l'on peut lire les plus beaux et vibrants éloges de la solitude, de la retraite, de la vie contemplative. Enfin, Rougier oublie que l'Église est *d'abord* une communauté. *Ekklêsia* signifie *assemblée.* Contrairement à la sagesse païenne, qui est individuelle, égoïste, misanthrope *(Suave mari magno..., Odi profanum vulgus...),* le salut chrétien, lui, n'est pas une aventure solitaire : en Christ, tous les hommes sont un seul homme. Ce n'est pas le paradis, mais l'enfer, qui est solitude, séparation. C'est l'essence même de la tradition de l'Église que saint Syméon le Nouveau Théologien exprime, quand il écrit :

« Je connais un homme qui désirait d'une telle ardeur le salut de ses frères qu'il n'aurait pas voulu entrer dans le Royaume de Dieu s'il avait pour cela dû être séparé d'eux. »

T

Température

Le plus magnifique compliment qui ait jamais été fait au Christ, c'est « l'antichrétien » Nietzsche qui en est l'auteur, quand il note avec justesse que l'œuvre essentielle du christianisme est d'avoir élevé la température de l'âme.

Malheur à l'Église qui enseignerait la tiédeur!

Temple (1)

Selon le prophète Jérémie, l'important est moins de répéter : « C'est ici le temple de l'Éternel », que de ne pas répandre le sang de l'innocent, d'être charitable à la veuve, à l'orphelin et à l'étranger, car le vrai temple du Seigneur, c'est le cœur de l'homme pieux.

Nous devons nous méfier à l'extrême de la sacralisation abusive de tel ou tel point sur le globe. La Terre Sainte ? Soit, mais à condition de ne pas oublier que depuis la rencontre du Christ et de la Samaritaine, c'est l'humanité entière qui est appelée à la sainteté. Il n'y a pas de nation sainte, car chaque être humain est également appelé au salut, destiné à la transfiguration.

Cela est vrai pour un juif ou pour un musulman, qui savent que la « tente d'Abraham » n'est pas une cité terrestre, mais un royaume tout spirituel; cela l'est encore davantage pour un chrétien : ce n'est pas en prenant un billet d'avion pour Jérusalem que nous rencontrerons le Christ, mais en pratiquant son enseignement. Le Christ est certes présent à Bethléem, mais il l'est autant à Paris, à New York ou à Tokyo. Le Christ est présent en tout lieu où est célébré le mystère de l'eucharistie, la communion au Corps et au Sang; il est présent en tout lieu où s'accomplit un acte d'amour. *Ubi caritas, ubi Deus est.*

Temple (2)

Le 21 novembre, l'Église célèbre la fête de la présentation de la Vierge au Temple. Comme l'a dit le staretz Silouane de l'Athos, « pour celui qui prie dans son cœur, le monde entier est une église ». Le temple n'en demeure pas moins le lieu privilégié de la présence de Dieu, la figure emblématique de la Jérusalem céleste, et c'est pourquoi, lors de la construction d'une cité, il est le point central autour duquel tout s'organise.

Dans son *De Architectura,* Vitruve écrit : « Les temples des dieux tutélaires de la ville, de même que ceux de Jupiter, de Junon et de Minerve, seront placés dans l'endroit le plus élevé. » Et il ajoute ceci : « Les autels doivent être tournés vers l'Orient, et les images des dieux vers l'Occident, afin que les fidèles, en accomplissant leurs prières, voient tout ensemble les dieux, l'autel, et la partie du ciel qui est au Levant. »

Vitruve, qui vécut sous le règne d'Auguste, décrit les temples du paganisme, mais ces lignes peuvent aussi bien s'appliquer à nos églises chrétiennes, et cette filiation architecturale est pour un amoureux du monde gréco-romain une raison supplémentaire d'observer que le christianisme n'a pas seulement été le destructeur de la beauté et de la sensibilité païennes, mais qu'il en a été aussi, parfois, l'héritier.

Si les temples sont splendides, tant mieux, mais leur fonction n'est pas esthétique, elle est spirituelle, et l'on prie souvent mieux dans une pauvre chapelle que dans une cathédrale de marbre et d'or. Le rôle d'un temple consacré à Dieu est de permettre aux fidèles qui y participent aux offices de devenir eux-mêmes des temples de la divinité, des réceptacles du souffle divin. Dans une ville, la raison des temples est d'aider à la sanctification intérieure des citoyens. Aussi n'y a-t-il rien de plus triste au monde qu'une église désaffectée, rien de plus dérisoire qu'un autel devant lequel personne ne ploie plus le genou.

Tel est le sens de la fête du 21 novembre. Âgée de trois ans, Marie est conduite au temple par ses parents, Joachim et Anne. Elle demeurera au pied de l'autel, en prière constante, et nourrie, selon la tradition, de la main de l'archange Gabriel, jusqu'à l'âge de douze ans où elle quittera le saint lieu pour épouser Joseph (qui semble n'avoir pas eu, en cette occasion, une peur excessive de la Brigade des mineurs). Ces neuf années d'oraison dans le temple sont le prologue de la vocation de Marie à être la Mère de Dieu, et c'est cette double architecture de pierre et de chair que fête l'Église en chantant : « Le temple très pur du Seigneur Sauveur, sa précieuse chambre nuptiale, demeurée Vierge, trésor sacré de la gloire de Dieu, est conduite aujourd'hui dans la maison du Seigneur, apportant avec elle la grâce de l'Esprit divin. Les anges de Dieu lui chantent : voici le tabernacle céleste. »

Nous devons aimer et protéger nos vieilles pierres, et les bâtisseurs de demain auront, comme nous, à se mettre au service de la beauté. Mais la beauté des pierres n'est que l'écrin de la beauté des cœurs. Si indignes que nous soyons, nous devons, chacun à notre mesure, devenir des temples de la tendresse de Dieu.

Temps

En cette fin de siècle, le judéo-christianisme se porte en bandoulière. La mosquée également. Il est en revanche mal vu d'offrir des sacrifices sur les autels de Vénus et de Junon. Plus que jamais, les dieux du paganisme sont en exil. Les fils d'Abraham veillent au grain.

Il est pourtant un point sur lequel les païens et les gens du Livre devraient se retrouver : la conscience de la brièveté de la vie. Notre séjour sur cette terre est fugitif, et les adolescentes fraîches, dorées, à la peau vierge, que nous aimons, ne seront bientôt, comme chacun de nous, que de la poudre dans un cercueil. Contemplant son armée, Xerxès, roi des Perses, éclate en sanglots, ému de compassion en songeant que de ces milliers d'hommes pas un ne sera en vie dans cent ans.

Que nous croyions à la métempsycose, comme les hindouistes et les pythagoriciens, à la résurrection des morts, comme les chrétiens, ou au néant final, comme les athées, nous savons que le courage devant la mort est une vertu dont un jour, nécessairement, nous aurons besoin. Nous savons aussi, les uns et les autres, que c'est durant notre vie terrestre que tout se joue. Ce n'est pas demain, ni ailleurs, c'est ici et maintenant, *hic et nunc,* que nous devons accomplir notre destin, réaliser notre tâche, exprimer l'étincelle qui brille en chacun de nous.

L'au-delà de la mort sera ce qu'aura été notre vie. C'est nous qui, durant notre fugace existence, créons nos ténèbres et notre lumière. Le temps est une illusion, et l'avenir une chimère. Dans *le Sutra de l'éveil parfait,* le Bouddha dit que nous devons « trancher la racine du perpétuel devenir ». Ce qui est réel, c'est notre passé, et le flux du présent qui s'écoule avec une telle promptitude que soudain notre vie entière n'est plus que du passé. En cet instant, toute plaisanterie cesse. « Homme, qu'as-tu fais du talent qui t'avait été confié ? » C'est alors que nous saurons si la partie est gagnée, ou perdue.

Que nous l'appelions paradis ou délivrance, vide ou immortalité, nous savons que nous sommes attendus. Que découvrirons-nous de l'autre côté du miroir ? Peut-être, comme sur les toiles de Watteau, une lumière toute diaphane, joyeuse, enchanteresse. Nous ne devons pas avoir peur.

Tendresse

Si l'ordre mâle est celui de la conquête prométhéenne, et donc de la violence, du péché, le rôle charismatique de la femme est, ou devrait être, de délivrer l'homme de ses démons; elle serait d'exorcisme. Julia Kristeva confie cette mission à la création artistique, « enracinée dans l'abject qu'elle dit et par là même purifie ». Cela est vrai d'une certaine façon : en nourrissant nos œuvres de nos douleurs et de nos hontes, nous transmutons la mort en victoire sur la mort. Oui, l'art, bien sûr... Mais est-ce *suffisant* ? Ne serait-ce pas notre *suffisance* d'artiste qui nous souffle ce joli mensonge ? Il est agréable de penser : « Quoi qu'il m'arrive, je m'en fous, car cela me servira pour un livre. » Exquis sentiment d'invulnérabilité. Mais dans le secret de notre cœur sommes-nous aussi sereins ? J'en doute, hélas.

Ce dont nous avons besoin, en définitive, c'est d'une théologie de la tendresse et de la beauté, c'est-à-dire d'une théologie de la femme. Seule la présence amoureuse et régulatrice de la jeune fille aimée peut me sauver de mes abîmes. Ce n'est pas un hasard si, en russe, les trois vertus théologales sont des prénoms féminins : Véra (la foi), Nadejda (l'espérance) et Lioubov (l'amour). Oublions un instant que nous sommes des sceptiques racornis, désabusés, durs à cuire, et entrons dans une église. Allumons un cierge devant l'icône de la Mère de Dieu. Le visage grave et doux de la Vierge s'éclaire. Soudain, tout devient simple.

Touche

Aux Tuileries, les femmes en bronze de Maillol ont ceci de bien que le badaud a la permission de les toucher, de les peloter. Voilà un précieux privilège dans une ville où les pelouses des jardins publics sont interdites, et où l'on ne peut s'étendre sur le gazon sans se faire aussitôt siffler par un gardien.

« Ne touche pas! » a été durant notre enfance l'infatigable cri de guerre de nos mères, de nos gouvernantes suisses et de nos précepteurs moldovalaques. Qu'il s'agît d'une statue, du cul de la fille de la concierge, du chapeau de la duchesse, du zizi du petit copain ou du sourire de la Joconde, il ne fallait pas toucher. Pourtant, *toucher* est un verbe enchanteur, et *touche* un substantif porteur de félicité, ainsi qu'en témoigne l'expression céleste : « Faire une touche ».

« Ne touche pas! » est une des colonnes d'Hercule sur lesquelles repose l'éducation de nos chères têtes brunes et blondes, la seconde étant la défense de parler aux vilains messieurs, et la troisième : *E pericoloso sporgersi.* Rien que des interdictions.

Il existe beaucoup de définitions de l'esprit libre. Je propose celle-ci : le libre esprit est celui qui, très tôt, s'est affranchi de ces interdictions inventées par les grandes personnes; qui, très tôt, a compris l'innocence du plaisir; qui, très tôt, s'est mis à *toucher.*

Tradition

Suis-je contraint de me soumettre au code métaphysique de la société dans laquelle je vis ? N'ai-je pas le droit de lui en préférer un autre, apparemment révolu ? De nos jours, la mort volontaire n'a pas la cote, mais il y a eu des traditions – le stoïcisme romain, le bushidô japonais – qui ont éduqué les gens dans l'exaltation quasi sacramentelle du suicide. Je ne vis ni dans l'ancienne Rome ni dans le Japon médiéval, je suis un Français de la fin du XXe siècle, mais qui peut sérieusement soutenir que l'éthique doit être tributaire des modes, et la vie spirituelle de l'actualité ?

Transfiguration

Qu'ils vivent à Los Angeles ou à Paris, les Occidentaux semblent n'avoir plus qu'un souci : être beaux, jeunes, bronzés, en forme, bien dans leur peau. Ce qui leur importe, c'est de n'avoir pas mal à leurs chers petits intestins, et d'offrir aux regards des corps musclés, des visages lisses, sans rides. C'est à reculons qu'ils marchent vers la mort. « Nous avons inventé le bonheur », dit le dernier homme, chez Nietzsche, et il cligne de l'œil.

Ce néo-paganisme de bazar ne serait pas complet sans les coucheries. Aujourd'hui, il est entendu que tout le monde doit coucher avec tout le monde. Chaque été, on ne peut pas ouvrir un magazine sans y lire un article – toujours le même et effrayant de niaiserie – sur « les amours de vacances ». Certes, il existe encore des femmes qui aiment leurs amants, ou leurs maris, et qui n'ont aucune envie de les tromper avec le maître nageur, mais de ces femmes fidèles personne ne parle. La seule figure féminine que notre société d'abondance et de déliquescence exalte, mette sur un piédestal, propose comme un modèle à imiter, c'est la salope, la Marie-couche-toi-là.

Août, qui signifie la moisson, devrait au contraire être pour chacun de nous une occasion d'échapper au brouhaha unanime, et de se retrouver dans la fécondité du silence. « Août donne goût », dit le proverbe des vignerons. C'est la température du mois d'août qui fait que le vin sera bon ou mauvais. Ce qui est vrai du vin l'est aussi de nos vies, et l'année à venir sera à l'image de ce qu'aura été pour nous le mois d'août.

Pâques demeure « la fête des fêtes », mais la Transfiguration, que l'Église célèbre le 6 août, est plus qu'aucune autre solennité du cycle liturgique la fête qui nous aide à répondre à la question qui pour un baptisé est la seule qui importe : quel est le but de la vie en Christ ?

La Transfiguration préfigure le royaume de Dieu où « les justes resplendiront comme le soleil » (Matthieu, XIII, 43). En se transfigurant sur le mont Thabor, le Christ pour la première fois révèle sa nature divine à ses disciples. Jusqu'à ce jour, ceux qui suivaient Jésus pouvaient croire qu'il n'était qu'un prophète ou un sage. Depuis le Thabor, où par le rayonnement de la lumière incréée la splendeur de Dieu s'est manifestée aux apôtres, nous savons que le christianisme n'est pas une doctrine parmi d'autres; qu'il n'est pas une idéologie, mais une Personne; qu'être chrétien, c'est faire naître Dieu en soi.

Lors de la vigile de la fête, l'Église chante : « Aujourd'hui, dans la divine Transfiguration, la nature mortelle tout entière brille d'un éclat divin et s'écrie avec joie : le Seigneur se transfigure, sauvant tous les hommes. » Le jour de la Transfiguration est celui de la gloire de la terre, dont on bénit solennellement les fruits : en Grèce, par exemple, ce n'est qu'à partir du 6 août que l'on commence à manger du raisin. Le jour de la Transfiguration est aussi celui de la gloire du corps humain. Le dualisme est étranger à la théologie orthodoxe, et la lumière du mont Thabor nous enseigne que le corps a, autant que le cœur et l'âme, l'expérience des choses divines. C'est *intégralement* que nous sommes appelés à prendre part à la plénitude de la divinité.

Il n'est pas nécessaire d'être chrétien pour faire son miel de ce qu'il y a de beau et de bon dans la tradition de l'Église : la Transfiguration n'est d'aucune façon réservée aux seuls fidèles, et toute âme sensible peut vivre le mois d'août sous le signe de cette fête de la lumière. Ce jour-là, l'Église chante l'étincelle divine qui brille en chacun de nous, qui fait que nous ne marchons pas à quatre pattes et que nos amours ne sont pas de simples accouplements.

La lumière qui, le jour de la Transfiguration, rayonne du Christ et illumine les apôtres, nous rappelle qu'un corps bronzé et un visage jeune ne sont pas des tuniques de peau, mais que leur beauté est l'expression d'une autre beauté, secrète, intérieure, le visible de l'invisible. La formule chère à Gayelord Hauser, « Prenez votre corps à cœur », est excellente, mais elle ne veut pas seulement dire que nous devons veiller à avoir de jolies dents, un ventre plat et un teint doré : elle signifie surtout que le corps n'est rien sans le cœur, et qu'il nous faut devenir des êtres unifiés, dignes de la déification à venir.

Transmutation

Ce fut en avril 1945 que le prince Nicolas Obolenski, héros de la Résistance française, fut libéré du camp de Buchenwald; mais, de retour à Paris, ce ne fut qu'après de longues semaines d'espérance inquiète qu'il apprit que sa femme, la princesse Véra Obolenski, elle aussi arrêtée pour son action dans la Résistance, avait été décapitée à la hache, le 4 août 1944, dans une prison de Berlin.

Cet homme brillant, mondain, qui appartenait à la haute noblesse russe, décida alors de se consacrer au service de l'Évangile et de devenir prêtre. Ainsi, le supplice de sa jeune femme, ses propres souffrances à Buchenwald, ce cauchemar de mort, se transmutaient mystérieusement en une force d'amour et de vie. On songe à Rancé se retirant du monde après avoir découvert le cadavre décapité de sa maîtresse, la belle duchesse de Montbazon. Tel est sur les cœurs généreux l'empire de l'Esprit Saint.

Tribu

Dans le secret de leurs calculs, les grandes puissances sont convaincues d'être les seules à avoir le droit de faire la guerre. Ces peuples du Proche-Orient – Syriens, Israéliens, Palestiniens, Libanais, Arméniens et *tutti quanti* – qui se piquent de nationalisme et nourrissent des ambitions territoriales, sont fort impertinents. Les grandes puissances, qui aiment que l'ordre règne, en viennent presque à regretter l'impérialisme ottoman et la paix des cimeterres. « Depuis la défaite des Turcs en 1918, nous assistons au réveil des tribus », me disait à ce propos un haut fonctionnaire du Quai d'Orsay, une moue de dédain aux lèvres.

Trinité

En 1968, j'avais invité la jeunesse française à lire, ou à relire, *les Possédés* (cf. *le Sabre de Didi*, p. 132). Cette note discordante, à une époque où l'enthousiasme révolutionnaire était de rigueur, fit scandale. Seul François Mauriac me félicita dans son *Bloc-Notes* d'avoir osé évoquer le roman anti-nihiliste de Dostoïevski. Ce qui l'avait surtout frappé, c'était ma conclusion, où j'annonçais qu'une société qui a proclamé la mort de Dieu est nécessairement conduite à pratiquer la mort de l'homme.

Cette filiation était alors singulière, et intempestive. Aujourd'hui, elle est la tarte à la crème des cercles parisiens où l'on pense; elle est devenue à la mode. Heureusement, une idée vraie ne devient pas fausse parce que le parisianisme y adhère. La dialectique du divin et de l'humain qui, de saint Grégoire de Nysse à Nicolas Berdiaeff, se situe au cœur de la recherche théologique orthodoxe, échappe aux éphémères snobismes de la rive gauche; elle est irrécupérable.

Dans *Colonne et fondement de la vérité*, publié à Moscou en 1914, le père Paul Florenski écrivait : « Entre le Dieu chrétien tri-unique et la mort dans la folie, il n'y a pas de moyen terme, fût-il de l'épaisseur d'un cheveu. C'est l'un ou l'autre. »

On le sait, ce fut l'autre. Le programme de Chigalev, dans *les Possédés*, réalisé point par point : les hommes de talent tués ou bannis, la langue de Cicéron arrachée, les yeux de Copernic crevés, Shakespeare lapidé, l'égalité dans la servitude. Florenski lui-même, arrêté en 1932, déporté, devait mourir en 1943 dans un camp de concentration. Les lecteurs de *l'Archipel du Goulag* peuvent y lire son nom illustre parmi les innombrables noms des martyrs inconnus.

La frénésie anti-chrétienne des marxistes-léninistes russes s'explique par leur volonté de détruire dans le cœur du peuple le modèle christique qui y était gravé de façon consubstantielle : le dynamitage de la merveilleuse basilique du Christ Sauveur, qui dominait

Moscou, est à cet égard beaucoup plus qu'un acte de vandalisme; c'est un symbole infernal.

Le peuple russe a, plus qu'aucun autre peuple chrétien, vécu de l'intérieur la foi en la double nature, divine et humaine, du Christ : cette nature théandrique du Christ n'était pas pour les Russes un dogme abstrait, mais une réalité intime, une vérité d'existence. Elle était, écrit le philosophe allemand Walter Schubart dans *l'Europe et l'âme de l'Orient,* « l'expression la plus parfaite du sentiment russe de l'harmonie universelle ». C'est cela que Lénine s'est employé à pulvériser. Pour soumettre l'homme et le réduire en esclavage, il fallait lui faire oublier sa relation ontologique avec Dieu; il fallait libérer les éléments chaotiques et bestiaux de la nature humaine, livrer la Russie aux ténèbres.

La Trinité ou le Goulag : l'unité trine qui donne la vie ou le multiple démoniaque de la mort. Pour la théologie orthodoxe, c'est le mystère trinitaire qui fonde la consubstantialité du genre humain; c'est le tourbillon d'amour qui circule entre les trois Personnes divines qui rend possible l'amour des hommes entre eux. Mais à l'opposé de cette pluralité vivifiante, grouille l'impersonnelle multiplicité de la termitière.

(Si Diderot ou Renan lisaient ces lignes, ils trouveraient, je pense, cela fort *curieux.* Ils connaissaient pourtant la théologie chrétienne mieux que moi, mais ils vivaient l'un et l'autre à des époques où l'humanisme confiait à la raison, et non aux Hypostases divines, le soin de subjuguer l'horreur. Si sceptiques qu'ils fussent, ils demeuraient pleins de candides illusions touchant la science, le progrès; si désabusés qu'ils pussent être, ils n'étaient que des enfants de chœur optimistes à comparaison des survivants d'Auschwitz et de Kolyma.)

U

Universalité (1)

Il existe dans chaque génération un petit nombre d'êtres qui ont une pensée personnelle, un monde propre, un destin singulier; et une foule innombrable qui n'a pas plus de part à l'existence que la goutte d'eau à l'océan.

On se figure parfois qu'un sentiment tel que l'amour s'incorpore au patrimoine œcuménique de l'humanité; mais la vérité est que les âmes capables d'amour sont rares : la plupart n'en font que la grimace.

Universalité (2)

Le danger du rêve universel, *katholikos,* c'est le monisme totalitaire. Si la religion romaine fut un modèle inégalé de tolérance, ce fut grâce à la pluralité olympienne : on priait Vénus à Cnide, Diane à Éphèse, Minerve à Athènes, Priape à Lampsaque; l'Honneur avait son temple à Rome; la Fièvre aussi. Le jeune empereur Héliogabale n'a pas craint de célébrer en grande pompe les épousailles du Baal syrien et de la carthaginoise Tanit. Époque bénie où les chefs d'État étaient assez fantaisistes pour marier les dieux! où le souverain était à lui seul le roi et le fou du roi! C'était un monde où jamais ne régnait l'uniformité; un monde où l'on ne s'ennuyait pas.

Universel

C'est sa capacité d'ouverture à l'universel qui rend une vie passionnante. Mais m'ouvrir à l'universel ne veut pas seulement dire que je dois être attentif à l'humanité qui m'entoure; cela signifie également que je dois oser donner la parole aux personnages contradictoires qui se combattent dans mon propre cœur.

Usage

Selon Littré, un des sens du mot *usage* est la « pratique acquise par l'expérience ». Voilà une signification que le Paris intellectuel ignore résolument. Les Parisiens sont spirituels, subtils, et leurs idées crépitent comme des feux d'artifice. Mais celles-ci ont beau fuser, elles n'éclairent ni ne réchauffent personne. Cela reste abstrait, et livresque. Quand un intellectuel parisien gémit qu'il « traverse une crise », cela signifie qu'il a quitté Maurras pour Marx, ou Reich pour Schérer, ou Tintin pour Astérix. Dans ce petit monde, on ne s'évade jamais du papier imprimé, et les passions y sentent toujours leur grimoire. Les opinions les plus subversives y sont défendues par des gens qui ont des existences suprêmement timorées : on y est d'extrême-gauche tout en briguant les honneurs les plus conventionnels; on s'y répute révolutionnaire et on vit en petit-bourgeois frileux; on y vénère les concepts, mais ce n'est que pour en mieux dédaigner *l'usage.*

Dans *la Tentation d'exister,* Cioran écrit que la France est « le pays des mots »; et dans *le Sabre de Didi,* j'observe que l'intelligence spéculative est notre vérole nationale. Si le peuple français est plus qu'aucun autre tenté par l'hérésie d'Arius, c'est parce qu'il est plus qu'aucun autre fermé au mystère de l'incarnation. Les idées sont les idées. Pourquoi diable voudriez-vous qu'elles prissent chair ? Paris, capitale de la sophistique.

Des idéologies, des engouements, des modes, des snobismes, mais peu de « pratique acquise par l'expérience », peu d'usage. Un écrivain qui se compromet dans son œuvre, et dont la vie nourrit les livres, très vite fait scandale. Il est rejeté par ses confrères, et tenu pour un pestiféré, parce qu'il ne joue pas le jeu de la dialectique. C'est la conspiration des tribunaux littéraires dont parle Rousseau dans *Rousseau juge de Jean-Jacques.* Un homme dont la façon d'écrire tient à son existence, à son organisation, passe pour un naïf ou un provocateur.

D'un côté, des chapelles où l'on a l'esprit vif et le cœur glacé; de l'autre, un solitaire à l'âme sensible et au tempérament passionné. De leur vivant, c'est la lutte du pot de fer contre le pot de terre; mais la mort, grâce à Dieu, redistribue les cartes, et deux siècles plus tard c'est de Rousseau dont nous avons *l'usage,* et non de d'Alembert.

V

Victoire

Le récit de la mort de Caton par Plutarque (« Déjà les oiseaux commençaient à chanter... »), c'est la nuit de Gethsémani du paganisme romain; et les *Annales* de Tacite en sont les *Actes des martyrs.* Le suicide était alors pour les âmes nobles l'unique manière de résister à l'oppression. Ces gens étaient des vaincus, mais en échappant à leurs vainqueurs par la mort volontaire ils transmutaient leur défaite en victoire.

A Pharsale, César a vaincu Pompée, mais le vrai vainqueur de Pharsale, c'est le pompéien Caton. Ce n'est pas le général factieux César, c'est l'amant de la liberté Caton qui, à travers les siècles, demeure comme un exemple, et une lumière.

Vie

« Gagner sa vie » est une formule nauséabonde. Après l'avoir prononcée, même par dérision, j'ai envie de me rincer la bouche. Quand je songe que c'est dans cette misérable mystique de l'âpreté au gain que sont éduqués des centaines de millions d'êtres humains, je frémis.

Entendons-nous. Ce qui est méprisable, ce n'est pas la nécessité d'avoir de l'argent pour vivre; c'est cette croyance dans laquelle on élève les enfants que le but de l'existence est de « réussir », de « faire une carrière ». Ce qui est effrayant, c'est la juxtaposition de ces deux mots : *vie* qui exprime la joie, la liberté, l'exubérance, et *gagner* qui signifie la peine et l'esclavage.

Peut-être est-ce l'article possessif (« Gagner *sa* vie ») qui achève de rendre cette expression parfaitement obscène : aussi répugnante et de la même famille spirituelle que, par exemple, la locution « Tuer le temps ».

Vieillesse

Parmi les textes sur la vieillesse que nous a légués l'Antiquité, le plus intéressant est le *De Senectute* que Cicéron écrivit à l'âge de soixante-deux ans, afin d'aider son ami Atticus, qui en avait soixante-cinq, à supporter sa condition de vieillard : la vieillesse, selon les Anciens, commençait à soixante ans.

Aider Atticus, mais aussi s'aider soi-même. En mai 44, séjournant à Pouzzoles, Cicéron écrit à Atticus : « J'ai bien souvent besoin de relire le traité que je t'ai envoyé, car la vieillesse me rend amer. Tout me blesse. » Nous écrivons pour les autres, mais nous écrivons d'abord pour nous. Cicéron n'aura d'ailleurs pas l'occasion de relire souvent son *De Senectute,* puisque, un an plus tard, il sera assassiné sur l'ordre de Marc-Antoine.

Ce traité où Cicéron expose et réfute les reproches que l'on fait d'ordinaire à la vieillesse, est d'une lecture roborative et souvent amusante. Ainsi, lorsqu'on lit au chapitre XII qu'un des principaux mérites du grand âge est de nous délivrer de l'appétit des plaisirs sensuels, qui est « ce que l'adolescence a de plus vicieux », *quod est in adulescentia vitiosissimum,* on sourit en songeant qu'au moment même où il écrivait ces pages enthousiastes sur la chasteté des vieux messieurs, Cicéron venait d'épouser Publilia, une adolescente de quatorze ans.

Est-ce l'heureuse influence de sa femme-enfant? Cicéron se montre dans cet essai un partisan résolu de l'amalgame des générations. Il y exprime les raisons qu'ont les adolescents et les vieillards de s'aimer les uns les autres. A soixante-deux ans, il se fâche contre ceux qui prétendent que la vieillesse est odieuse à la jeunesse, et soutient que les adolescents doués d'un bon naturel éprouvent au contraire les sentiments les plus tendres pour les sages vieillards qui les guident dans le chemin de la vertu.

Quelques semaines auparavant, il avait répudié sa première femme, Terentia, après trente ans de mariage. Pour se venger, celle-ci répandait dans tout Rome que Cicéron s'était pris d'une passion extravagante pour une fille de quatorze ans : malgré le *De Senectute*, la continence était le dernier souci du grand méchant loup aux yeux de qui « le chemin de la vertu » passait nécessairement par son lit.

A une époque, la nôtre, où tant de parents sont catastrophés d'apprendre que leur fille de quatorze ans a pour amant, non un garçon de son âge, mais un adulte, il est souhaitable qu'on redécouvre cet excellent traité de Cicéron, et qu'on songe aux tendres amours de celui-ci avec la petite Publilia. « Comme j'aime l'adolescent qui a quelque chose du vieillard, j'aime le vieillard qui a quelque chose de l'adolescent », écrit Cicéron. Et il ajoute : « A suivre ce précepte, on vieillira peut-être de corps, mais jamais d'esprit. » Plus de deux mille ans se sont écoulés depuis que cette pensée a été formulée, mais aujourd'hui encore je ne saurais mieux dire. Je préciserai seulement que si vivre une passion avec un homme de qualité est pour une fille de quatorze ans très formateur, l'amour d'une fille de quatorze ans et le contact de sa peau balsamique aident un homme vieillissant à rester jeune d'esprit, certes, mais aussi de corps. N'introduisons pas le dualisme platonicien au plumard – où il n'a pas sa place.

Ville

La ville, c'est le mal. Rome, archétype de la ville, est fondée sur un fratricide : le meurtre de Rémus par Romulus. A l'époque des guerres civiles, les Romains expliquaient leurs tragédies par ce crime primordial qui a fait de Rome une cité maudite, abandonnée des dieux. Ainsi Horace, dans son *Épode VII,* déroule « les destins cruels », *acerba fata,* qui poursuivent Rome depuis que le sang de Rémus a coulé sur la terre d'Italie.

La campagne, en revanche, c'est l'innocence originelle, le paradis retrouvé, le jardin d'Éden; c'est, en jargon psychanalytique, la matrice-mère. Si la ville est un lieu maudit, la campagne, elle, est celui où l'on opère son salut. Le rêve pastoral de tant de citadins n'est pas seulement un projet écologique; il est davantage un désir religieux de résurrection.

La fuite de la ville semble être le principe nécessaire de toute grande aventure spirituelle. Le Bouddha se retire à la campagne, sous un arbre; le Christ s'enfonce au désert. La source du monachisme, en Orient comme en Occident, est cette volonté de rupture avec le monde, c'est-à-dire avec le bruit, la richesse, la dispersion et le péché. Or le monde, c'est par excellence la grande ville. Babylone, Rome, Alexandrie, Carthage sont toutes des incarnations du mal; elles sont toutes des « vaches multicolores » (Nietzsche), et les passions délétères y crépitent, telle de l'huile bouillante.

C'est précisément parce que je suis assujetti aux passions que, si j'ai d'aventure été heureux à la campagne, je ne pourrais pas y vivre. Je n'aime que les grandes villes, et lorsque je lis chez Horace ou chez Rousseau (deux auteurs de mon panthéon particulier) des éloges enthousiastes de la vie bucolique, je suis charmé par l'écriture, mais je ne suis pas convaincu par les arguments. Un jour peut-être, le diable se faisant ermite, me retirerai-je dans quelque thébaïde, mais avant d'en être capable j'ai des progrès à accomplir dans la vie spirituelle. Le temps n'est pas encore venu.

Au reste, si un pré où paissent des vaches est un lieu de silence et de solitude (à condition de ne pas y être persécuté par les taons), le *Per loca pastorum deserta atque otia dia* de Lucrèce, une chambre d'hôtel à Paris ou à Manille ne l'est pas moins. La libération, c'est le dépouillement, et il n'est pas d'endroit où je me sente plus dépouillé, et donc plus libre, qu'une chambre d'hôtel au cœur d'une grande ville. C'est là où j'aime vivre, et c'est là où je souhaiterais mourir, dans la nudité absolue.

Viol

Dans *Gloria mundi,* film de Nikos Papatakis, on voit des parachutistes torturer une femme et la violer avec un tesson de bouteille. Il n'existe aucune différence entre ces tortionnaires et le jeune cadre dynamique qui prend une fille en auto-stop sur la route, puis la viole. Prétendre le contraire est un sophisme. Le type qui viole une femme et le type qui lui brûle les seins avec une cigarette participent à la même ignominie. Il est d'ailleurs rare que dans un viol l'homme se borne au seul acte sexuel : celui-ci est presque toujours accompagné d'une volonté sadique de dégrader, d'humilier la victime. La violence physique est une et indivisible. Dans la Grèce ancienne, la loi condamnait de façon semblable « toute espèce de mauvais traitement, de violence ou d'outrage contre un enfant, une femme, un homme libre ou esclave ». Et Démosthène, dans son discours contre Midias, loue l'humanité, la *philanthropia* de cette loi.

Les femmes qui s'apitoient sur les violeurs condamnés à de sévères peines de prison ne sont que des dupes. Les violeurs sont des ordures, et leur châtiment est une victoire du droit sur la sauvagerie. Récuser, comme le font certaines féministes, « la justice patriarcale de l'État bourgeois » *(sic)* équivaut à débrider les brutes, pire encore : à les légitimer.

Et le pardon des offenses, m'objectera-t-on ? J'ai le droit de pardonner le mal que l'on me fait, mais non celui que l'on fait aux autres. Au jour du Jugement, seuls les martyrs auront le pouvoir d'intercéder en faveur de leurs bourreaux.

Violence

Les intellectuels sont indécrottables. Quand, assis dans un fauteuil moelleux, les pieds dans leurs douillettes pantoufles, ils lisent chez Héraclite que la guerre est la mère, la reine, la souveraine de l'univers, ils apprécient cette pensée avec une satisfaction humaniste. S'ils savent le grec, ils s'offriront même le luxe de noter que cette traduction n'est pas assez précise, et qu'il vaut mieux dire : le combat est le père et le roi de toutes choses.

La joie de nos doctes s'augmente encore, lorsqu'ils découvrent au paragraphe suivant qu'Héraclite blâme Homère pour avoir souhaité que la discorde soit bannie de la terre et des cieux : selon le philosophe, c'est désirer la mort, puisque tout ce qui vit est le fruit de la lutte et de l'affrontement. Voilà qui est subtil. En vérité, la culture est une bien belle chose, et Héraclite un type épatant.

L'intellectuel pose alors le livre, et descend dans la rue pour faire pisser son chien. Là, un quidam le bouscule, lui vole son portefeuille et lui plante un couteau dans le ventre. Je ne sais si vous l'avez remarqué, mais la vie est extrêmement mal élevée :

elle se met parfois à ressembler à ce que les philosophes écrivent d'elle dans leurs livres. L'intellectuel meurt sur le trottoir, en songeant que l'éloge de la violence par Héraclite est passionnant – à condition de n'avoir pas de chien qui demande à faire pipi.

Bon, c'est entendu, tous les hommes sont frères. Cette solidarité du genre humain n'est pas pour autant une sensation que nous éprouvons de manière naturelle. Ce qui est spontané, c'est l'indifférence, ou l'agacement, ou la haine. Dans la rue, dans l'autobus, au restaurant, au cinéma, il est rare que nous ayons envie de nous jeter au cou des gens qui nous entourent. Pour un joli visage, que de faces vilaines! pour un intelligent, que d'imbéciles! pour un être qui respire la finesse et la bonté, que de butors et de méchants! Nous sommes cernés par les gorilles. Nous ne leur enfonçons pas un couteau dans le ventre, parce que nous avons appris au catéchisme que cela ne se fait pas, mais nous préférerions les rencontrer au zoo de Vincennes plutôt qu'au jardin du Luxembourg. Nous ne sommes pas violents, parce que nous sommes trop bien élevés ou trop lâches pour cela, mais nous savons que cette violence sommeille en nous. L'homme peut être, s'il a eu une nurse anglaise, un animal policé; il n'est jamais un animal bienveil lant.

Le métropolite Antoine de Souroge cite la réponse d'un rabbin, survivant d'un camp nazi, alors qu'on l'interrogeait sur ses bourreaux : « La souffrance a tout consumé en moi, sauf l'amour. » Si cette parole nous bouleverse, c'est parce que nous comprenons qu'elle n'est pas l'habituel baratin idéaliste sur l'amour (l'amour : le mot le plus galvaudé de la langue française), mais le cri jailli d'une expérience déchirante. Il faut avoir beaucoup prié, et souffert, et pardonné, pour accepter véritablement *l'autre,* pour métamorphoser la violence en tendresse, pour être – enfin – capable d'amour.

Voyage

Chaque fois que je prends l'avion pour Manille, c'est-à-dire pour le bout du monde, je suis envahi par un exquis sentiment d'invulnérabilité. Sensation absurde (car le malheur frappe n'importe où), mais toute-puissante, d'être hors d'atteinte.

Les ennuis riment avec Paris. Aux antipodes, il ne peut rien m'advenir de fâcheux. Dans son *Louis-Philippe,* Alexandre Dumas note que Dumont d'Urville, l'illustre voyageur qui avait fait deux voyages autour du monde, « après avoir échappé aux dangers de quatre océans », trouva la mort, en 1842, dans un accident de chemin de fer entre Versailles et Paris.

Si loin que je parte, je n'ai qu'un bagage à main : une brosse à dents, un rasoir, des pilules en cas de chaude-pisse ou de paludisme, un maillot de bain, un carnet, un stylo – le strict nécessaire. Le voyage est le meilleur spécifique contre l'esprit de lourdeur : s'envoler pour l'autre face de la planète et n'emporter qu'un sac avec soi, est une ascèse excellente. Le nomadisme m'a enseigné qu'il est vain d'accumuler les vêtements, les objets, les livres. Une garde-robe trop étendue, une bibliothèque trop vaste, une bimbeloterie trop abondante nous encombrent inutilement. Être un dandy, c'est aimer les belles choses, mais la fleur suprême du dandysme est de savoir s'en passer. Pour accomplir son destin, l'homme n'a besoin de rien, ou de presque rien. J'ai toujours eu le goût des chambres d'hôtel où l'anonymat du lit, la laideur des meubles et la nudité des murs me délivrent de tout ce qui n'est pas l'essentiel.

Dans *Sartre est-il un possédé?,* Pierre Boutang affirme que ce goût est un signe de possession démoniaque. Selon Boutang, le possédé est « partout sauf chez lui », il « n'a pas de chez lui », il « vit à l'hôtel ». Je pense exactement le contraire. C'est la possession (matérielle) qui risque de nous assujettir à la possession (démoniaque) de celui que l'apôtre Paul nomme « le prince de ce siècle » (II *Cor.*, 4, 4). Quant à la non-possession *(Beati non possidentes)* et l'errance, elles me paraissent les prolégomènes de toute aventure spirituelle : l'hôtel, vestibule laïc du monastère. L'homme libre est celui dont tous les biens tiennent dans une valise. Et ce peu est encore trop. Un jour viendra où nous devrons jeter notre valise à la mer.

Z

Zénith

Nausiphane, dont peu de textes nous sont parvenus, et c'est fort dommage car cet auteur qui fut le disciple de Pyrrhon et le maître d'Épicure devait être passionnant, écrit que « tout ce qui paraît exister peut aussi bien ne pas être qu'être ».

Que de ce qui semble être, il n'y a rien dont l'être soit plus certain que le non-être est une pensée terrible dont, une fois qu'elle vous a visité, vous ne pouvez plus vous délivrer; une pensée toute-puissante et qui s'applique à tout, à la création, aux créatures, aux amours, à l'existence même.

Le monde, de son zénith à son nadir, ne serait donc qu'une illusion, et l'univers entier que semblent former l'espace et le temps n'aurait pas d'autre réalité que la représentation que je m'en fais, moi, sujet percevant, mais sujet lui-même chimérique et fugitif? Cette hypothèse simultanément me glace et m'enflamme.

« De son zénith à son nadir... » Le zénith, c'est le point culminant de la sphère céleste dont Cicéron écrit dans *le Songe de Scipion* qu'elle représente le dieu souverain, *summus ipse deus;* mais selon Gaspare de los Reyes, médecin du XVIIe siècle cité par Littré, le zénith est aussi le premier sang que répandent les très jeunes filles, *qui a virginibus exit.* A chacun son zénith. Moi, je choisis résolument celui-ci, car les globes charmants d'où il coule ne sont pas moins galbés – *globosae et rotundae* – que les constellations cicéroniennes, et ils ont une réalité palpable dont toute la philosophie de Nausiphane ne parviendra pas à me faire douter. Quant à la sphère céleste et à son point culminant, je verrai ce qu'il en est quand, à l'instar de Scipion l'Africain, le sommeil ou la mort m'y aura transporté.

Table

CET OUVRAGE
A ÉTÉ COMPOSÉ
ET ACHEVÉ D'IMPRIMER
PAR L'IMPRIMERIE FLOCH
À MAYENNE EN AVRIL 1987

Mise en pages
d'après la maquette
de Pierre Faucheux

Dépôt légal : avril 1987.
Numéro d'édition : 2368.
Numéro d'impression : 25445.
ISBN 2-7103-0313-2.

Imprimé en France.

2368